中国多民族作家作品系列

石一宁 主编

吕翼 著

>>> 中篇小说集

穿水靴的马

广西民族出版社

作者简介

吕翼，昭通日报社总编辑，中国作家协会会员，鲁迅文学院第十五届高研班学员，中共云南省委联系专家；在《人民文学》《民族文学》《中国作家》《大家》等发表小说多篇（部）；有小说入选《小说选刊》《小说月报》《作品与争鸣》《2018中国年选系列·2018年中国中篇小说精选》《2019中国年选系列·2019年中国中篇小说精选》《2020中国年选系列·2020年中国中篇小说精选》等；出版有《寒门》《割不断的苦藤》《马嘶》《岭上的阳光》《生为兄弟》等作品十八部；首届"中国少数民族文学之星"获得者，曾获云南省德艺双馨青年作家奖、第十二届全国少数民族文学创作"骏马奖"、首届"青稞文学奖"、梁斌文学奖、云南省文艺精品工程奖、云南省优秀期刊编辑奖、云南省少数民族文学精品奖等。

目录

逃亡的貋貐 …………………………… 1
逃跑的貔貅 …………………………… 56
穿水靴的马 …………………………… 112
石头江湖 ……………………………… 152
"疯子"维聪 …………………………… 199
门里门外 ……………………………… 245

逃亡的貔貅

一

生命的拐点就这样突然出现,眼下的境况,仿佛是进入炼狱的前奏。我晓得它会来,但不晓得它会来得这样迅猛,仿佛一把锋利无比的刀具,那裹挟的厉风还没到来,身体的某个部分就瞬间分离,令人猝不及防。

云厚,低沉。空气,沉闷,黏糊在脸上,抹不掉,难受。位于长江边上的沙城,越来越不让人喜欢。砥屿社区万头攒动,热闹得不行。老的小的,高的矮的,胖的瘦的,男的女的,着西装打领带的,穿长裙戴耳环和项链的,都来了。他们是来参加这里的万家宴的。据后来的新闻报道说,这一天共计四万多家庭十万以上的人前来聚会。这大街小巷,仿佛人的河流。河流里漂浮着无数的头颅。头颅上嵌着无数欲望的眼睛，堆满了无数的表情，挂着各种各样的嘴巴。这些嘴有大有小，有厚有薄，有烈焰红唇，有樱桃小口，还有长着胡须的厚唇阔嘴。这些嘴连着喉，连着肠胃，通向更为隐秘的地方，深不可测。要让这些嘴满足，还真不容易。人类无法填满的嘴，其实远远超过传说中的貔貅。貔貅只吃不屙，而人的嘴吃下去，再多，第二天还得吃。所以这样的无底洞，你永远也不可能满足它。这些年，我在这地方混久了，我太清楚。我知道这些嘴喜欢啥，知道如何奉迎它。否则，我一个马腹村那山旮旯里来的穷光蛋，要在这里立足，骗鬼。

这砥屿社区的人海中，我们一家三口，肯定是少不了的。近些年，我们也不止一次参加过万家宴。出门前，我躲在卫生间里，给满身的疮疖擦药。这好几百块一支的、只有指头尖那么大的日本进口药膏，只有暂时止痒的作用。不同药效的药膏，换着擦了好几年，都没有明显的效果。柜子放有父亲从遥远的乌蒙大山深处的马腹村寄来的草药酒，擦了两次，我就扔在了杂物间的墙角。原因是父亲要求我忌口，少吃肉，不要吃腥辣，更沾不得野味。这于我，哪能做到？除非把我的嘴缝起来。人活一世，吃穿二字嘛！再就是那东西味重，担心在生意场中被朋友嗅到，遭人嫌弃。我穿上深蓝鄂尔多斯羊毛西装，脖子上扎了大红领带，脚上穿了崭新、黑亮的皮鞋，左腕上还戴了一块豪雅手表。老婆莎拉在卧室里打扮得更精细，她身体的每一个部分都是一件艺术品。看我的样子，她边小心地涂唇膏，边说："这还差不多，之前看你，老像是打狗队的。"收拾妥当，我和莎拉一起，一左一右，牵着女儿丹丹出门了。丹丹昨天生日，刚满十岁。出门前，她将给她买的大蛋糕搬到她的房间。"怕外面有老鼠。"丹丹说。丹丹是小学三年级的学生，不求穿着名贵，只要求干净得体。她从来不向我们要衣服，哪怕是一双袜子。当然，绘画书除外，每次看到不同的绘画书，她会像蜜蜂见到花蕊一样，钻进去就出不来。当妈的莎拉不一样，为了这一天，她三天前一直穿梭于沙城数家高档的服装专卖店。就是项链、手镯这样的饰物，也翻箱倒柜，选颜色、挑形状、比对大小，精心准备。

今天老感觉不对劲，右眼皮老是跳。穿外套时纽扣扣错位，关门时差点夹了手，下楼时踩空，差点崴了脚。昨夜的梦乱七八糟，自己居然是一只穿山甲，笨笨的，死命往土洞里钻。不料却有条狗，呲着利齿，拽我的尾巴，野蛮地将我拖了出来，张开臭烘烘的嘴巴，试图要吞了我。我大叫一声，醒来全身冷汗，原来自己钻的是被窝。电话铃老是响，催命似的。号码显示很陌生。见我不接，接着又响。近来，陌生电话我都不接。不仅是陌生的不接，就是存有名字的某些朋友的电话，我都没有接。年底了，要债的人可不少。早在半个月前，他们就开始找我，电话天天打，时时打，短信、微信铺天盖地。起先还算客气，后来话就很难听，甚至有人试图要动手。更有甚者，老家那边，有人远在数千公里外找到我的父母，逼他们催我还钱。那些人也是马腹村人，早年我贩卖野物上路了，看我能过好日子了，就来投奔我。在我身边，他们找到钱，日子过得光鲜了，便把多余的钱都给我，再由我来转给贾二哥，贾二哥给银行五倍以上的利息。贾二哥脑瓜子大，活络，在融资做更大的生意，需要更多的钱。每人只要往贾二哥那里存上十万元，每月得到的钱，就比去工地扛水泥、抹墙灰来得多，这帮喽啰自然个个高兴得昏头。钱就是这样，一层一层塞进去，一层一层往里装。最后谁是大哥，谁在掌舵，我根本就不清楚了。那些成捆的钱，变成银行给的一张存单，手机里的一条短信，就再什么也没有了。过后大家才发现，一觉醒来，辛辛苦苦挣来的血汗钱，变成了一个虚无缥缈的梦，很可怕。去年，沙城乃至全国范围的金融系统突出奇招，非正道上的经济运行，脖子被捏住了。半年前扫黑除恶，"打伞破网"，上上下下干得很凶，融资信贷便进入了死胡同。贾二哥前后受敌，钱一时弄不回来，本钱不在，利息自然就没有了。贾二哥已经一年多没有给我利息了，我拿空气给他们？经我手过去的钱，至少在五百万元以上，我拿命来抵呀！我个人的就有近百万元的钱在贾二哥那里。因为政府支持讨薪，这些人仗势，便得理不饶人。一个月前，骂人的话就已经有了。甚至前些天就有人扬言要扛着行李来我家里住。脑壳皮疼呐！我每每上街，都得环顾四周，看是否有人盯梢，或者埋伏。突然有人冲出来在我脑袋上砸两锤子，那可不是好事。

砥屿社区的大街小巷，全是挤来挤去的人。他们大多以家庭为单位，老照顾小，大牵着小，男搂着女，往最热闹的地方挤。往下看，那一双双脚，比老家乌蒙山区原始森林里的树桩还密实。往上看，一张张脸丰富得像是电脑里的拼图。这个由政府搭台、企业唱戏的大型活动，已经办了整整二十年。从百家宴、千家宴到万家宴，场面越做越大，实力越做越强,融资平台越做越多。一家一道菜,从最初的五十多道菜,到创吉尼斯世界纪录的八千多道菜,再到今天的上万道菜,真令人眼花缭乱、垂涎欲滴。操办的人真是高手,是天才!每到腊月的这几天,我们老家都会停下农活,杀牲过年,会把亲戚朋友邀请来吃上一顿肉、喝上一台酒,但也就那么三五桌人,哪有这阵仗。这阵仗真是举世无双。这个活动,我必须得来。我一个山旮旯里穷人家的穷娃儿,当年身无分文、破衣烂裤,逃难于此,能有一席之地,真得感谢他们。

特别要感谢贾二哥。

万家宴的规模更大,比去年更上档次,仪式感更强,活动内容更加丰富呢!有社区领导讲话,有文艺演出,有厨艺比赛,有书法家赠送现写的春联。我非常荣幸,作为嘉宾,被安排到台上,站在贾二哥的旁边。参加完万家宴的仪式,在丹丹的生拉硬扯下,我们领着她,看了一会儿画家们在现场画鱼描虾,便硬拉着她离开了。丹丹喜欢画画,不愿离开,一步三回头。贾二哥邀请我们近二十位和他业务上有联系的朋友,到海鲜市场品质最高的一家酒楼去小坐。这是少有的殊荣。所谓小坐,是一种谦虚的说法,目的是邀请大家聚会,吃顿饭,联络一下感情,讨论眼前和下一阶段要做的事。有项目的,可以立即沟通。有问题的,当即可以商量。不相识的,借此就可以握手。缘分到了,还会成为朋友,在未知的未来做未知的事。

宴会前一个小时,我开着车,一家三口赶到了指定的酒店。刚下车,女儿丹丹又拽上我的手,要出去走走。原因是她刚才在车上，看到车窗外的街市有许多动物。女儿对啥都好奇，这当然好，平日里我很难有时间陪她，趁这个空领她走走也不错。莎拉呢，她喜欢打麻将，自个就随着其他女眷，奔到早就预定好的包间里面。拐过两个街口，我们就走进了丹丹刚才看到的那个偌大的街市。偶尔我们还能看到蓝眼睛、黄头发的外国人来来往往。我告诉丹丹，这就是大名鼎鼎的海鲜市场。这里面不仅仅有海鲜，还有各种各样的活禽、野味，让人眼花缭乱。这些动物之繁多，比动物园更甚。丹丹满脸的惊奇、欣喜，她非常少见地开心起来。我不是动物学家，没法给她从动物的界、门、纲、目、科等方面讲。我只能讲我的生活经验，讲我在老家和它们的各种遭遇，讲它们的动作、声音、颜色，讲它们什么时候睡觉，什么时候出门找吃的。说到它们的叫声，我还鼓着眼，噘着嘴，叫上两声。这些都是小时候在老家马腹村积累的。那原始、偏僻、高寒而且贫穷的地方，恰好是野生动物的天堂。以我的切身体会，我讲得肯定生动。丹丹一边看，一边听，很入迷。

丹丹说："爸爸，你应该到动物园里工作，当讲解员叔叔。"

是的，我很懂这些动物，特别是野生的。但我没让丹丹晓得实情，作为父亲，我永远都是"谦谦君子"。

"爸爸，这喜鹊的尾巴怎么秃了？"

"这只小猴子怎么一脸委屈呢？"

"浣熊也太脏了，和书上的比，好不可爱。"

孩子的视界和大人是不一样的。犹豫了一下，我还是告诉她，这些动物，是用来吃的，不是用来看的，只要身上有肉就行了。丹丹脸上的笑消失了，原来的开心没有了。丹丹睁着惊恐的眼睛，紧紧攥住我的手，小小的掌心里出了汗。这些年，我从没有告诉她我所从事的职业，看来是对的。但她是不是感觉到了，我不得而知。

前边这个门店，卖的全是穿山甲。现在关在笼子里的，就有五六只，这些都是我通过下线，从西南那边弄来的，大年三十前，应该会卖得一只不剩。它们那嘴那脸，那鳞甲，那身体的每一部分，含金量都很高。但穿山甲不好看，那模样会让初见的人心生恐惧。丹丹躲在我的背后，好奇却又不敢靠近。旁边的笼子里，是两只黄麂，一大一小。黄麂毛皮金黄，很炫目；四脚修长，是典型的美腿。但它们并不站立，而是侧卧在笼子里，相互偎依。见我们走近，全身不停地抖动。黄麂是有名的胆小鬼，接触过它的人，都会很清楚。

"好可爱呢，可是，"丹丹小声说，"爸爸，它们怎么不站起来？"

黄麂的弹跳力极强，即便是乱石深壑，它们要翻跨也不是难事。但眼下的几根铁棍焊接的笼子，就将它们囚住，使它们无法挣脱。事实上，即使将它们放出来，它们也跑不掉。因为入笼前，店主已将它们的脚弄伤了，以防它们逃跑。丹丹正在长大，她需要知道一些真相，书本之外的。于是，我心虚地把黄麂的遭遇告诉了她。

"黄麂站起来应该很帅气的，可是……"丹丹说完，蹲在地上就哭了。丹丹瘦小的背，在激烈地战栗。她这几天正在看一本书，书名叫作《白鹿》。看那本书的过程中，她不止一次放下书，站在窗户边抹眼泪。她告诉我，这个叫作刘虎的作家,描写的是一只鹿的"命运四重奏"。读这本书,她懂得了很多。

嘿,命运,我的命运,恐怕比书里更精彩。我告诉她,学会承受,才会长大,也才能站起来。

好说歹说,她总算站了起来。往下的动物,她就没有再看下去的意思。

二

回到酒店,贾二哥正好领着一行人来到大堂。贾二哥个高,腰粗,额头光亮,气宇轩昂,不怒自威。我一见他,微微弯腰,点头,微笑。贾二哥大手果断伸来,将我一攥,要我一起去厨房。"这个厨师不错,此前在五星级酒店,专门给达官贵人做私厨。最近那边情况不妙,他就到我这里暂避一下。"贾二哥人脉广,常有奇招,这我知道。丹丹想去找妈妈,我没有放手。这时候的莎拉,肯定在麻将桌上又是幺鸡又是发财的,哪有时间照顾丹丹。我想,小女孩嘛,领略一下厨艺,应该比看牌桌上的输赢好得多。"也许会给你惊喜,对画画有帮助。"我说。我们一起到了厨房,又胖又白的中年厨师等候已久,他伸手入笼,试图抓出里面的穿山甲。这穿山甲嘴唇细长,脑颅特别大,像圆锥一样,全身的鳞片呈棕褐色。穿山甲发现厨师的手伸进笼子里的一瞬间,立即将身体蜷缩成一个圆状,这是穿山甲保护自己的本领。就是在山野，穿山甲遇上了敌人，也不会逃跑，更不会反抗，而是将身子紧缩起来，用坚硬的鳞甲来保护自己。老实说，它这本领，对付狼虎没有问题，狼虎的尖牙利齿，啃不动、咬不坏那硬甲，相反还硌牙；对付毒蛇没有问题，再毒的汁液都沁不进它的身体，那硬甲可是百毒不侵。但是它对付不了人，有的人比毒蛇更厉害，比禽兽更能下手。现在，厨师甩开两只膀子，却将它拉不直、弄不开。厨师反身从案板上拾起刀来，白光一闪，但它还是一动不动，还是弄不开。背后的丹丹抓住我的裤子，"爸爸……"麻烦，我居然忘记了有丹丹在身边。我估计她是看不下去了。这孩子，就是善良，以后长大了，真不知怎样面对人世。见大人没有停止，丹丹将我的衣服往木凳上一扔，跑了。

这只穿山甲，是我近年来弄到的最大的货，前几天我送给贾二哥，让他大年三十享用。想不到他这么讲兄弟情义，提前拿出来让我们分享。这样的好兄长，真会待人。不多时，大家依次入席。酒入喉，我才知道这是茅台，而且是很有些年份的那种。贾二哥之前没有亮出外包装，还是为他人考虑。因为桌上坐的，还有几位身份不明的官员。他们衣冠楚楚，不苟言笑，不怒自威。服务员用非常精致的小碗盛来了福寿汤，每人一份，端到每位客人的面前。这样的菜品，从色、香、味、形来说，当是世间极品。口里的涎水出来了，我悄悄咽了一下。这时，我背上的疮疖突然发痒，好像是在提醒我要受到的惩罚。不吃，真的可惜。要是吃了，我身上的疮疖，肯定会进一步恶化。依照此前的惯例，只要我吃了较重的荤腥，它就会对我不依不饶，三两个月也治不下来。

看我不动勺子，旁边亭亭玉立的服务员微笑着，轻抬玉手，向我做出喝汤的邀请。而隔着三个座位的贾二哥，似乎特别注意到了，光亮的头朝我点了点。我抿抿嘴，暗地里下了决心，端起碗来，果断地喝了起来。这是我有生以来第一次吃这么好的菜品。我把最后一勺汤含了好一阵，让味蕾充分感受。慢慢下咽之后，留在口腔里的，是动物骨肉的复杂的味道，还有若干复杂香料里包含的趋炎附势的浮华。咂咂嘴，我突然想起莎拉和丹丹。作为家眷，她们被安排在另一个包间。这样的宴席丹丹可是第一次遇上，我不知道这个拣嘴的孩子，是不是喜欢。她一直那么瘦弱，她应该汲取更多的营养，才能长得健康一些，才能应付眼下繁重无比的学习任务。人们开始互相敬酒。给贾二哥敬酒的人，是排着队去的，包括那几位官员。敬酒的秩序，在这种正规的场合，是万万不能乱的。有酒有菜，气氛渐次活跃，官员们矜持的脸上也开始舒朗起来。轮到我敬贾二哥酒了。我倒满酒，走过去，弯着腰敬他。贾二哥很爽朗地站起来，酒杯口比我略高一些，亲热地碰了碰，一口干了："来年吉祥！"这些年来，我之所以在这个市场里有一席之地，多亏贾二哥。十多年前，我刚到这里时，没吃没穿，流落街头，不仅屁股脏，身体脏，脸也脏，乞丐一般。我还清楚地记得，那天，我在海鲜市场的一角，坐在一个笼子旁边打盹，就给一个光头的胖子看见。他拾起一根木棍弄醒我，要我滚开。我在没有吃喝的梦里醒来，站起来，朝他客气地说："对不起。"要走。"站住！"他说。听我口音，他知道我是西南一带的人，便将我收留了。给吃，给穿，给住的地方，还给活干，给发数量不等的钱。

几年后,他给我介绍了莎拉。他就是贾二哥。尽管莎拉不是那么情愿,最后还是嫁给了我。一次,贾二哥出差回来,和贾二嫂闹了矛盾,原因是贾二嫂在他的包里发现半瓶印着英文的壮阳药。为融化他们之间冰冷的墙,我和莎拉商量了,请他们一家吃饭。贾二哥喝高了,一手端着酒杯,一手搭住我的肩膀:"乌斯都,我们是兄弟不是?""当然是弟兄,是情同骨肉的那种啊!"我说。"我们是好朋友、好兄弟,我们是手背和手心,我们情同手足。我的,就是你的!你的,也是我的!"贾二哥点了点头。贾二哥朝桌子的另一边看了看,那边坐着满脸冷傲的贾二嫂,还有刚从卫生间补妆回来的莎拉。贾二哥说:"我们的衣服可以换着穿,我们的车子可以换着开。我的钱,你需要,拿去用就是。老婆呢,哈哈!兄弟如手足,女人如衣服嘛!哈哈……"贾二哥将手中的酒杯一扔,居然又跳又唱。那是贾二哥非常放肆的一次,也是唯一的一次。此后,他再也没有这样过。但每次喝酒,我就会想起这事,心里满不是滋味的。后来,我也曾趁莎拉心情不错的时候,委婉地要她少与贾二哥来往。"他的内心比江底还深,我们摸不透。"我说。可莎拉的理解却不一样。莎拉说:"贾二哥桩子稳,能量大,有的事你扛不住,但他行。"

"老家那边带了些野生天麻,还在路上。过些天我让莎拉给二哥送来。"我把酒杯倒过来,晃了晃,低声说。

贾二哥摆摆手,表示不用客气。又有人端着满杯酒候在旁边,我识趣,尽快退出。背部突然恶痒起来,弄得我手足无措。话多惹是非,贪吃得疾病。麻烦,今天贪嘴,瞬间遭到报应。受不了啦!我悄悄将背在椅靠上蹭了又蹭。没用。

我得擦擦止痒膏药，否则恐怕难以支撑到晚宴结束。我的包先前交给莎拉保管着的，我得去找她。

我放下酒杯，走到隔壁女眷们所在的包间。这里的热闹更是非凡，女人们个个都像是品牌店里的模特儿，花容月貌，珠光宝气，耳环、项链、戒指、手镯，还有上衣、裙子、鞋子，甚至发式和所纹的眉、所用的唇膏，都各有特点，品质不俗，绝不重复。莎拉那眉那眼，有点像略微过气的演员。她在这帮女人中间还不算差，年龄不是太大，个子也算适中。这还真得感谢贾二哥的眼力和对我的关照。贾二嫂的年龄更大些，是贾二哥的原配。要知道，沙城这个流金淌银的地方，青春年少的女人肯定不少，追求美好生活的女人肯定不少，能使出各种手段的女人肯定不少。贾二哥能和原配生活到现在，了不起。这一点，是圈内兄弟们所景仰的。女人们都在争先恐后地说话，举手投足都十分夸张，都在努力引起别人的关注。这些嘛，都是女人的做派，也是男人们最喜欢的。当然，核心还是坐在主位上的贾二嫂。贾二嫂的背景，据说很复杂，没有人能说清楚。现在我顾不得这些了。我需要的是止痒的药膏。

丹丹的座位是空的，座位前的碗是干净的，筷子动都没有动过。

"丹丹呢？"我的手揣在裤兜里，暗暗摁了一下痒处。

"她说不想吃，出去了。估计是去大厅里看动物了吧。"莎拉端着高脚红酒杯，"我们俩敬敬贾二嫂。"

自我认识她们以来，就感觉到贾二嫂对莎拉并不感冒。两个女人表面很好，暗地里却在不断较量，盐咸醋酸的事，从来就没少过。但这些都在暗处，明里她们可是亲若姐妹。她们都各有能耐，都能够清楚地认识到自己的位置，特别能把握婚姻、家庭和生意的大局。我不能知道太多，得向贾二哥学习。他当面背后，从来不谈女人们的是非，也不会无端指责一个生意上的兄弟。

敬了酒，听了几句贾二嫂含沙射影的嘲讽后，我笑笑退了出来。酒店里的大厅里，有很多鱼缸，里面有各种各样的海洋生物，有时一动不动。从它们的表情上看，亡命之痛，它们肯定就没有体会过，也不可能想到。大厅里灯光迷离，人影散乱，各种各样的人也如那些鱼虾蟹贝，往来穿梭。前后左右都找了个遍，丹丹根本就没在。我掏出电话，打丹丹的电话手表，没接，再打，还是没接。我酒醒了不少，冲出酒店，朝海鲜市场的方向跑去。我估计，她放不下的，是那些野生动物。

就在这时，几个男人朝我冲来：

"抓住他！"

定睛一看，这几个人都是我手下的伙计，几年前从马腹村来，就一直在跟我忙这忙那。领头的是阿搏，精明、有胆量。我很淡定地朝他们走去，用马腹村的方言说："阿搏老表，吃饭没有？""吃什么吃！肚皮都贴着穷肋巴了！给我们钱，我们才买得起米……"看他们背后露出的斧头、棍棒，我点点头，暗想不可轻视。马腹村有句老话说：猫儿虽大吞不下一张牛皮，蚂蚁虽小却能把牛皮噬掉。"不急不急……"我手往他背后的街口指了指，说："是你们送来的货？"趁他们回望，我迅速调头，转身就跑。进酒店大厅，进电梯，往负一楼的地下车库跑，快到我的车边，却有两个人早在那里候着。"抓住他！"见我来，他们很兴奋，挥舞着黑乎乎的短刀、长棍，朝我扑来。我转过身子，低首屈腰，专往车子中间窜。车库里的灯光浑浊不清，很快，那俩人便被我甩掉。我从最黑的一个出口钻出来，打了个出租车，就往家里奔。进了小区，保安老王跑了过来，这个乌蒙山国家级自然保护区过来打工的单身汉，心善，憨厚，满脸的健康色，早年没少领丹丹在院子里看蚂蚁，看蝴蝶，观察草叶上的露珠如何消失。有一次，他提出要认丹丹作干女儿。我和莎拉商量，她一口拒绝了，我一直没想好如何回复他。老王走过来说："有几个人找你，是你的老乡。""在哪？""在你单元门外。"果然，远远地，我看到单元门口，横横竖竖站着几个人，他们一边抽烟，一边东张西望。见我来，迅速朝我围来，一边喊："抓住他！"我折回头，在花园深处绕了几圈，将他们甩掉，往后门跑。老王给过我钥匙。出了小区，迅速打了出租车，往我办公的地点跑。虽然从事的是那些活物的交易，但我还是在写字楼租了一个办公室，干干净净地打理好，在门外挂上牌子，室内两面墙上，分别挂了一幅"马到成功"的书法作品和一幅牡丹图，还弄了一柜子的书。有朋友来谈生意，对我都平添几分尊敬。但我刚下车，松了一口气，吹着口哨掏钥匙时，树荫下又窜出两个横眉怒目的人来，我就只好再逃。看来，今天来逼钱的人，不是一个，而是一帮。他们织成了一张网，只等着我这只麻雀往他们网里钻，是不达目的不罢休呢！

这会儿，手机里一连串的短信发来。我边走边看，都是要钱的。其中有一条说："我就是钻进地洞里，也要把你抓出来。""抓不到你,我就和你姓。""欠债还钱,连这点都做不到,枉活人间!"这些狠话,太多。这是我一生所受的最大屈辱。近一年来,我曾以不同的方式,试图将放在贾二哥那里的钱撤回来。我晓得,要一下子全部拿回来,是不大可能的。先是说百分之五十,再说百分之三十,最后说百分之十。贾二哥都没有拒绝。贾二哥很爽朗地答应了。但说到最后,钱一分也没有到账。一个月前,我去找朋友借过,眼下的朋友们,估计个个都吃过亏,攥钱袋子比攥命还紧。我找银行借贷,可现在银行对我这种有户口又无抵押的外地人,哪会放贷。

时进腊月,打工的弟兄们都得回家过年,再给贾二哥说起,他哈哈大笑,拍着我的肩膀:"兄弟,没问题!"为此,我弄了一只最大的穿山甲送他。贾二哥又是哈哈大笑:"没问题,过完小年吧!"今天就是小年,可他还是没有要真正给钱的样子。

我窜进一家购物店,躲在货柜背后,把电话打给莎拉。电话一直响,她一直没有接。她和我一样,这段时间以来,都有电话在骚扰她,给我打不通,就会给她打。我们商量过,在贾二哥没有给我们钱之前,那些要账的电话,一个都不能接,陌生电话也不能接。这几天,缺钱的人,可都像疯狗一样,咬死人的可能都会有,要被他们嚼碎骨头都有可能。也许,这时候,她正和那些女人喝得面红耳赤呢!想想,我就只好把电话打给贾二哥,让莎拉给我回电话。

我就得佩服贾二哥,对于我的处境,他一点都不意外,好像他早有预料。"兄弟,钱的事,没事的,不用急。"他的沉稳，让人意外。他刚挂电话，莎拉就给我回了过来。"尽快找到丹丹。不要回家，找个偏僻一点的酒店。那些人疯狗一样呢，怕做出出格的事来。"鸡饿不怕死，人穷没底线。在这之前，为了钱，绑架的事在沙城没少发生，杀人的事也曾有过。我说："另外，给贾二哥说一下我们眼下的处境，请他给我们付上五十万……哪怕十万也行。再不给钱，怕要出人命了。"

莎拉没说行，也没说不行，肉食被咀嚼的切嚓声倒没有停止。电话那头有人大声说话，甚至鼓起了掌、唱起了歌来。看来宴会的高潮还在。莎拉没明确表态，但我晓得，如果她真要找贾二哥要钱，绝对成，便挂了电话。眼下我需要安静，需要停下来好好想一想。我身上还是痒，全身火燎一般的不舒服。我往哪里走呢？不行，还得找个地方藏起来。否则，我会被愤怒的人抓起来，掐我满身指痕，吐我满身唾沫，踩我满身脚印，把我的脸打瘪，把牙打掉，把腿折断。踩躏够了，再将我撕成碎片，擂成粪渣。那样，我就从此身败名裂，从此在这个喧闹的世界消失，与各种欲望再无瓜葛。我可不愿意这样，我还得活，我还有很多事要做。我还不想把很多属于我的和即将属于我的东西放弃。金沙江边长大的人，性格和金沙江一样执拗，朝向大海的方向，从来不会改变。我找了个熟人的小宾馆，想住进来。此前，他没少跟我买过野味。人熟，没用身份证，扫扫脸，我就拿到了房卡。可就在我离开吧台，走近电梯时，第六感觉告诉我有些不对。我回过头，突然看到那宾馆的老板，一双眯斜眼，正看着我的背影打电话。见我看他，一脸的怪异，有点猝不及防的样子。

那一瞬间，我感觉到了他的不可靠。我朝他挥挥手，不动声色，进了电梯，先是上，再下，到地下车库，再上步梯，逃出酒店。

三

我的逃离很曲折，至少遭遇到十次以上的围追堵截，要不是我有小时候在马腹村的悬崖峭壁上练就的腿脚功夫，四季不同的风光训练出的岩鹰一样机智的眼睛，饥饿和寒冷练就的求生的本能，恐怕早给他们捉住。这个过程中，我换过两种假发、三副眼镜、五件外衣。我在这个城市里生活了近十五年，骑三轮车给小卖部送过货，夜深人静时贴过牛皮癣广告，在火车站卖过地图和车票，爬五十层以上的高楼清洗过外墙……这里的街道、公园、地铁、公交，甚至各个站口，对我来说，熟悉得像掌心里的纹路。因此，逃跑对于我来说，并不是件困难的事。

何况我也不是只逃跑过这一次。

甩脱那些人，我躲进一个已经遗弃了多年的烂尾楼里，靠墙坐下，地上苔痕的柔软使我舒服，我长长地舒了一口气。环顾四周，这烂尾楼仿佛无边森林，真不知多少人为此而焦头烂额、负债累累，不知多少人的命运由此而拐弯。这时，黑暗下来，我仿佛置身地狱的底层。汗水湿透了头发，也浸透了衣服，疮疖的疼痒又在发作。因为汗水的沁渍，身上一下比一下痒，一下比一下疼。要知道，疮疖的疼痒并不是在具体的哪一个位置，而是和神经紧紧相连。疮疖与疮疖相连，与皮肤相连，与眼耳鼻舌口相连，与四肢、心脏相连，与神经相连。疮疖的疼痒是身体每个部分的疼痛，疮疖的疼痒让身体无所适从，让眼前这个世界都变嘴变脸。那病毒很讨厌，长着数不清的细根，那些细根深深地扎进我的皮肤，扎进肉里，扎进血管里，扎进骨缝里。一松手，万千种痒痛又卷土重来。

难受呐！我太需要药膏了，夫西地酸乳膏，或者地奈德软膏，都行。可眼下这些东西，好像海洛因一样难寻。摸摸裤兜，好极了，手机还在，开启，一大堆未接来电和短信，还是那些讨债的。我笑了一下，这些憨杂种，现在说这些，还有用吗？再看，啊，其中有几个电话竟然是丹丹的！丹丹，我的小心肝！我连忙回拨过去，她没有接。再打，还是没接，一连打了十多个之后，我泄气了。我打开她的电话手表的定位程序，看她的定位地址，是两个小时前在的酒店。我急了，拨通莎拉的电话，可她就是不接。这女人也许让那几杯红酒给醉倒了，也许还在和那一桌品行如她一般的女人们攀比脸蛋、腰身、那一堆附属物品，甚至会暗暗比较她们身上有时有、有时没有的神秘东西。也许……不多想了，想多了，连死的心都会有的。我把背紧贴在墙上，重重地搓，猛擦。墙砖粗糙，硌紧些舒服。这当然还不够，隔靴搔痒的难受我体会最深。我干脆把手伸进去，用力挠，不断地挠。挠着很舒服，真恨不得十个手指甲扎进肉里，扎进血管里，扎进骨缝里，将那些乱麻一样的东西抠出来。

短暂地睡着后，我却又被什么东西撞醒。已是黎明，缝隙里透来的朝霞将破旧的烂砖破墙照得略有生气。我以为来临的是一如既往的那种让我虽不开心但也不痛苦的日子。我以为一个噩梦之后，便可洗洗脸走出家门去承接那些难见人心却很找钱的活。事实上不是。我醒来后发觉自己是在运动的，说准确点是在滚动，是在堆满破砖、水泥团子的建筑垃圾上滚动。我全身生疼，那不是疮疖的痒疼，是皮肤被撕破了的生疼。我的头、四肢和背部都有生硬的东西，如雨点击来。睁开眼睛，一双又旧又破的皮鞋踩来，几乎将我的脸压瘪。

"你，你是，谁？"我呻吟着。

"是谁？你睁开狗眼看看我是谁！"回答我的是阿搏。阿搏收住脚，我身体上的雨点般的拳脚也停住了。我挣扎着坐了起来。有什么糊住了我的脸，伸手抹了抹，全是血。再抹，不想越抹越多，止不住，我便抓起泥土往破烂的脸上掩。小时候在马腹村，没少受伤，就用这个来解决问题，知道泥土是世间最好的药。血止住了，眼前清楚了些。我的周围，站着几个手握各种武器、气势汹汹的兄弟，估计刚才他们没少下手。接着，就有人从我衣袋里掏走手机。

"欠债还钱！就你能跑掉？！"阿搏开始教训我。在这一点上，我在老家受到的教育可不少。父亲经常告诉我，很久以前，祖上就有族训：打残手赔一头牛，打残脚赔一匹马，打瞎眼赔一锭银，打落牙赔一把刀。向上抛石头，要小心自己的头。我从不亏欠谁的。我结婚时，马腹村的亲友们每户给我寄来一百块钱的礼金，我回寄他们每户三百块钱的海鲜产品。阿搏前几年来找我时，也是空手空脚。我给他吃，给他穿，有一段时间我们甚至同睡一床。我领他上路，给他从金沙江一带弄来捕获野生动物的路径和办法。他露了马脚，被抓进派出所，要不是我及时协调，他可能现在还在监狱里。那一段时间，他也挣了不少的钱。现在我欠他的钱，那是他通过我，交给贾二哥融资的。他和我一样，穷怕了，目的是让自己从无钱变得有钱，让自己的小钱变成大钱，让自己从穷人变成富人，是想在沙城这个地方买房买车，想让孩子上更好的学校。这些想法没错，换任何一个人都会有的。但不通过正当渠道，肯定就出问题了。我现在这个样子，某种程度上说，也是他们所逼。因为钱，我由好人变成了坏人，由恩人变成了仇人。另外几个人挤过来，朝我吐唾沫。也还有人跃跃欲试，想将高高抬起的腿再度踢过来。我制止了他们，站起来："别打我了，我给你们唱首歌。"

"别用温情来打动我……"

"这样……如果唱得好，就手下留情，我们继续谈，往解决问题的方向谈。如果我唱得不好，你们继续打，打残手脚也行，打死了也行。"

"你这样抠我吃我，我们已经恩断义绝。"阿搏说，"我母亲住院，没有钱，只好向农村信用社借贷。现在欠债都快二十万元了。"

既然这样，我便无话可说。阿搏家穷，家里又屡遭不幸。他爹早年为救一只羊落崖而亡。母亲有肺心病，常年蹲在火塘边咳喘。一个妹妹不到十八岁就嫁到了江边的村子里，另一个妹妹外出打工，下落不明。这些我都清楚。

我还是想唱歌。前些年，不管是他被人欺负无法出气，还是莎拉夜不还家我心头煎熬，我们都会找家歌厅，抱来两件啤酒，破声烂气地吼上一夜。我扶墙站起，抬头看了看厚重的云团的缝隙里透出的一线阳光，吼了起来：

"也许我上辈子丧尽天良，
"才遇见你，还不完的账。
"你是我八辈子轮回的伤，
"不能愈合，却还在扩张。

"我不要再想，
"我要去流浪，
"我要去那，有一条大河的地方。
"让河水，洗净我的创伤；
"让温暖，治疗我的悲伤……"

还没有唱完，我早已泪流满面。我没有指桑骂槐，也没有要教训或者提醒阿搏的意思。那些年，我们随时都在唱这首歌。一难受就喝酒，一喝酒就唱它，一唱它就醉。然后抱在一起，哭得像狗。阿搏应该感觉到了什么，当另外几个人的拳脚再次要落在我的身上时，他伸手拦住了。他们离开时，阿搏将手机扔在我的面前。

偌大的城市里似乎有些不安，也许它身体的某个部分，也生了让它难以忍受的疥疮，这是我的直觉。我在路边的一个房檐下小睡了一会，突然被惊醒。发现很多人在往城外的方向跑，而交通要道上，若干的车辆，只有往城外挤的，就没见往回走的。一个扛着大包的女人从前边跑来，又将从我身后跑去。我抓住她问："美女，是怎么回事？"那女人一边甩开我一边说："快跑！""为啥要跑？"我想，不可能人人都如我一样，因负债而东躲西藏吧。"城里遭瘟疫了！"怪事。瘟疫？只有故事里才有过，只有父亲的歌谣里才会反复哼唱，怎么一下子就有了？我扶起一个被破砖绊倒的老年男人，问了他同样的问题。他回答得很干脆："这是要死人的！"关于城里有瘟疫的事得到了印证。我掐了掐脸，伤口生疼，这不是梦。我慌了神。如果真是这样，那我得把丹丹带走，还有莎拉。我迅速拨了丹丹的电话手表，关机。再拨莎拉电话，通的，但没有接。我拦住一辆出租车，好说歹说，用手机二维码转了两千块钱给他，他才送我回家。我回到家，家门紧闭，怎么敲都没有一点声音。来到办公室，办公室的门锁也被换掉。打电话给莎拉和丹丹，依然如故。而贾二哥和贾二嫂也不接我的电话。就是曾经有过交往的生意场中的朋友，他们的电话也都一致的无人接听。我变成了孤家寡人。在沙城这个世界里，我最亲近的两个人，瞬间遥远而迷离。

　　不能再等，我决定回马腹村，可麻烦的确不少。机票没有了，我就找高铁票；高铁票没有了，我就找轮船票；轮船票没有了，我就找长途客车票；长途客车票没有了，我就找出租车。我的想法是，能走出一段算一段，能离开一点算一点。以前我的出行，都是阿搏给我安排的。别说机票，就是洗脸毛巾、修胡刀、充电器，全都会给我准备好。如果我不带上莎拉，他还会往我的包里塞些避孕套，或者壮阳药什么的。如果是更为私密的出行，一切准备工作，都是莎拉来完成。我不太熟练，现在临时下载APP来抢这些票，肯定费劲。费劲没事，关键是白费劲。一票难求，我泄气了。而就在这时，两个英俊的小伙子堵住我，轻而易举地将我的手机拿走。估计是我这样子吓到了他们，连手机是否捆绑银行卡他们都没有问，就迅速离开。他们刚一转身，我就连忙往反方向奔逃。要是他们发觉我手机里还有点钱，一定会折回来要密码的。

没想到跑不了几步，又有人挡在我的面前，是阿搏。他比我年轻，如果动手，肯定难以胜他。"没有钱。要命有一条。"我说。有钱能使鬼推磨，无钱便作推磨鬼。我已无奈，干脆闭上眼睛。

阿搏没有要我的钱，也没有要我的命。阿搏抓住我，往我口袋里塞了几张钞票："够路费了，你快走吧，我们的事，回老家再说。"他怕我死掉，或者失踪，所有的债务便将一笔勾销，这种想法还算高明。我知道，灾年给你肉吃的，不一定是富人，但一定是兄弟。但这时阿搏给我钱，肯定就羞辱了我。我果断地将手一挥，那些钱便随风散开。阿搏大惊失色，低头奔跑着，努力要全部捡回那些钱。我感觉到了自己的潇洒，开心一笑，大步离开。既然当年我可以身无分文地从几千里外的马腹村来到沙城，现在我也有能力身无分文地溯流而上，回到故乡。

四

那年，我沿江而下，四处辗转，到了沙城的砥屿社区，在贾二哥的屋檐下，找到了吃饭的碗。眼下我久积沉疴，又溯流而上，是想在这人间活下来。一路上，我遇上不少视我为怪物、穷鬼的人，他们有的捂着口鼻惊恐逃离，有的以为我是强盗或流氓，试图以非常手段将我清除；还有数只恶狗，想在我破烂的大腿上再撕几个伤口。可想不到的是，我一转身，恐怖的面目倒将他们或者它们吓得屁滚尿流。当然，我也遇上如我父母一样慈祥的老人，一如丹丹一样纯洁的孩子，他们给过我煮熟的土豆、炒熟的花生和温热的茶水，给我指出更加节省时间的小路，甚至还让我在存放农具的工棚里躲避寒夜，睡上一夜。

就有那么一个傍晚，我走到长江边的一片沙滩上。西斜的晚霞落在江面上，落在沙滩上，落在我的身上。在一个小小的水湾里，我脱掉满身的破烂，试探着走进水里。圆滑的鹅卵石硌到我的脚掌心，清澈无比的江水淹没了我的脚背，我的大腿，我的腰，我的胸口，甚至脖颈。这水多好啊，我小心地喝了一口，又喝了一口，前所未有的舒服弥漫了我的全身，甚至内心。泪水夺眶而出，我哭了。我一步一步地往江心走，往深处走，往河流汹涌的地方走，那里面有一股不可遏制的力量在牵引我，在诱惑我。就那么一瞬间，三两只鸟从高处飞过。我知道，是野生大麻鹬，之前丹丹画过。我突然看到一个女孩的脸，满脸忧郁的脸。她突然叫我爸爸。我一惊，连忙往回凫游，汹涌扑来的波浪呛得我差点昏厥。要是慢一步，我倒真在江水中永生了。

　　天地一团墨黑，我回到了马腹村。可以想象我当时的狼狈：衣服破烂，头发污长，胡须杂乱，脸色污脏，双目失神，还有满身疮疖致使的身心的不安。这么多年，我一直咬着牙赌咒发誓要衣锦还乡，荣归故里，让固执的父亲和看我笑话的村里人对我刮目相看。想不到事与愿违，我居然以这样一种方式回来，仿佛天报。我内心无限的矛盾和痛苦，任何一个男人都懂。"也许我上辈子丧尽天良，才遇见你，还不完的账……"泪水打湿了我胡须蓬乱的脸。

　　马腹村在乌蒙大山的深处。站在高处，就能听到金沙江耕牛一样的喘息。路还是那样的路，哪里有个拐弯，哪里有个桥洞，哪里有悬崖，我都晓得。只是路上铺了水泥，走起路来，脚不再被稀泥陷住。村子里苞谷草、荞麦草堆上一段时间后，散发出久沤过的味道，这于我是非常的熟悉。我深深地吸了一口，不错，是年少时候的味道。

　　犹豫了无数次，我还是伸出了手，推了推曾经推过无数次的院门。"吱嘎"一声，院门在涩滞中推开。一个黑物闪电般扑来，将我撂倒。它的鼻子在我身上嗅了嗅，尖利的牙齿瞬间将我的喉咙锁住。我叫喊，却说不出话。我挣扎，却手酸腿软。绝望中，我全身紧缩，伸出双手，想蒙住自己的脸，却摸到两只毛茸茸的利爪。天哪，我是不是逃脱了魔窟，又进了狼口?

院门上的白炽灯无声地亮了。一个披着披毡的老人,提着一把锄头,推开瓦屋的正门,走了出来。看那样子,像是来打狼。他打开手电筒,强烈的光线刺得我睁不开眼。他看了看我的脸,又看了看全身。他左看右看,上看下看,看得我全身发怵。

他是我多年不见的父亲。

"唉!"父亲叹了口气,对那黑乎乎的动物说:"黑虎,回屋,别脏你的嘴。"

父亲的话像一股冷风,让我的心头发凉。黑虎是父亲养了十多年的看家狗。它不情愿地将我放开,猎猎叫了两声,回到爹的身边。

"爹!我是乌斯都。"我挣扎着站起来,回过头对黑物说,"黑虎,忘记我了?"

黑虎摇了摇尾巴,黑眼睛炯炯有神地盯着我,好像是在说:"你这怂样,我怎么会记得?"

我说:"爹,我冷。"

"哐啷"一声,父亲扔掉手里的锄头,往回就走。

我吓了一跳,蹒跚着跟去。正要跨进门槛,父亲果断地做出拒绝的手势,我只好停下来。掐指算来,已经整整十五年没有回家,父亲居然不让我进屋。不听父言误行十片幽谷,不听母语错走五座山岭,父亲真的把我开除了。我抬起头,看看天空,天空口黑锅罩来,暗得不见一点星光。回头看院门,一阵寒风灌来,刮骨地疼。

"乌斯都,你不能进正屋的!有祖灵在!"母亲一脸张皇地奔出来,将我拦回院子。大约她也知道是我回来了,从睡梦中爬起,不得不面对我这个忤逆的儿子。

马腹村每家每户的正堂屋的上方,都供有祖灵玛都。祖灵面前,不可有污脏的行为,也不可有污脏的物体,这是谁都不能违反的。一旦违反了,村里人都会来吐口水,一致决定要开除出家族。不管活着或者死去,都无颜面对祖宗。

"先过入门仪式!"妈妈抱来木柴,放在地上点燃。火焰慢慢升高,照亮了院子的一部分,也照亮了母亲苍白的头发和皱纹堆叠、惊慌失措的脸。母亲让我围着火堆,正绕三圈,反绕三圈。我便正绕了三圈,反绕了三圈。小时候,我要是在外面与人打架或者发烧什么的,回到家里,父亲就认为我孽障附身,都是这样给我除孽的。

父亲大声喝道:"还不够!六六三十六圈!"

六六三十六圈是更重的除孽方式。我一只手捶打后腰,另一只手撑着腿,努力地走圈。我猜想我夜半三更的这个样子,肯定和鬼魅没有什么两样。父亲发话,我肯定得听。父亲端着一盆黑豆,我走一圈,他就撒三把,还一边念念有词。据说,这些黑豆会在父亲的咒语中化为神兵,与看不见的貔貅[①]搏斗。父亲非常在意这些事。要知道,当年红军长征时,父亲的爷爷那一辈,就有好几个参加过红军,有的战死疆场,有的成了部队里不大不小的干部。父亲刚满十八岁那年,就

---

①貔貅,乌蒙山区一带对恶鬼的称呼,此鬼聚百毒为一体。当地人认为,一旦逗惹此鬼,会怪病迭出,全身溃烂,难以治愈。

积极报名参军。可事与愿违，因为我们家从爷爷一直往上，都是马腹村一带的祭司。那个年代，这是个硬伤，是一个阻碍他走向部队的不可逾越的鸿沟，就是远在祖国各地的几个亲人分别与地方征兵办联系过，父亲的梦想也没有实现。那以后，父亲一直耿耿于怀，每做一件事情，都会想得比村里人更远。他虽然没有当上兵，但国家大事，关心的倒是不少。眼下村里的脱贫攻坚，上边每次来人，不管提什么要求，他一概不拒，全力支持。

那些豆骤雨一样落在我的身上，我感觉有些舒服，仿佛身上的疮疖，在不断地被打击中，缓缓消逝。仿佛虚弱的身体里，突然增添了雄兵无数，脚步也更有力些。父亲又吩咐母亲从屋里拿来几个浑圆的鹅卵石，小心地放进火中灼烧。父亲像是在屋里准备什么，过了一会，父亲出来了。他左手端一盛有柏枝叶和鲜绿松毛的木瓢，右手端一碗清水。母亲用火钳小心地将通红的鹅卵石夹出来，放到父亲的木瓢里，父亲将清水一点点地往木瓢里倒，一边围着我转，一边念念有词。

也不知道转了多久，父亲喝令我停下来。父亲将木瓢里的东西倒在院门外，跺了三脚。父亲指了指正屋二十米外的关牲口的厩，"第一间。"便回屋了。我知道，第一间是猪厩，往后几间是牛厩、马厩和羊厩。我有如此沉疴，没有资格进正屋，这是族规，我不能逾越，我懂。但让我进猪厩，却在我的意料之外。柴火渐渐燃尽，天空中偶尔落下几粒雪米，我双腿颤抖，上下牙猛磕。我站立不安，这并未引起父亲的半点怜悯。倒是母亲，擦着眼泪，打开猪厩门，抱上些木柴进去，将火烧了起来。

"要过年，厩里的猪杀了好几天了。白日里，你爹将粪草全都铲干净的。你进去吧，先烤烤火。我给你做点吃的来。"

父亲既是祭司，又是马腹村有名的老中医。小时候我倒是见到过，谁家的马丢失了，谁家的孩子肚子痛，院子失火了，村里人都要悄悄将父亲请去，看鸡卦，打木刻，烧羊胛骨看纹理，以此分析事物的前因后果。每年春天干旱，秋天洪涝，庄稼没有收成，村里人都很焦虑，没有办法了，就要在节气里祭水、祭火、祭谷、祭天地日月。在这样的大型活动中，父亲是主角。每每遇上这样的年辰，父亲就会很辛苦。做这些事父亲一向很小心的，他怕。他只应承村族人的请求，村外一概拒绝。有人来找，他就躲，躲不了，就说："别听那些人传言，我不懂，我真的不懂。没进过学堂，睁眼瞎。书上那些蚂蚁脚迹，我可是一知半解。"有人明白父亲的意思，便不提那些神神鬼鬼的事，只说请父亲看病，只说请父亲帮忙找些草药。那样，父亲便会高兴地应诺下来，不遗余力地给予帮助。后来日子好过了，风调雨顺，家家粮食吃不完，穿得暖和，娃儿都有书读，生病能在医院得到更准确地医治，父亲就失业了。但失业的父亲每到农闲，都会在阳光下翻晒他的药书，整理落满灰尘的祭器，有时还一个人嘟嘟哝哝念上半天。村里人都说："吉萨老爹呀，家家不愁吃不愁穿，卫生所都修到村里了，貔貅都下十八层地狱了，你还忙乎啥！快去领孙子吧！"父亲笑，不肯定，当然也不否定。但我敢断定，父亲的医术是真，其他的，就不好说了。因为我多次看到，他将连下马都要搀扶的人医好，笑眯眯地走路回家。但就从没有看到他捉到过一只长着四个脑袋、十六只眼睛、三十六只脚的貔貅。

"一进腊月，要债的人就像是树上的麻雀，叫得歇不下来。先是让你爹告诉你，欠债要还钱，后来干脆要你爹赔。"母亲揉着眼泪，"儿呀，你到底在外面干了些啥？为啥会欠这么多钱？咋个会有恁多的苦坑？我们这样的人家，就是翻遍家族的谱牒，也没有人会干这样的事，你爹他能顺心吗？这么多钱，山上的树叶也没有这么多，就是还三代，也还不清哪！这个骂名，就是再洗三代，也洗不清哪……"

母亲从没有见到过那么多钱，她一生得到的最多的钱，就是当年他们要到沙城帮我带娃，无人照管，便一次卖了十只羊、两头牛、一匹马的所得。要给母亲讲清我这些年的事，我一时还难以表达清楚。对于母亲，我欠的实在是太多。据说，母亲当年挺着大肚子，还上山割荞。割甜荞时，我没有动静。割苦荞时，我却挣扎着钻出了母亲的肚皮。母亲的镰刀把还握在手里就昏死过去。她醒来时，却见到一匹狼，张着通红的大口，将尖牙利齿向血淋淋的我伸来。母亲一声尖叫，使出全身力气，将手里的镰刀砍过去。那只饿狼猝不及防，受了伤害，眯着一只流血的眼睛，惨叫着逃进丛林。自我出生以后，家里就一直穷，一直苦。后来我长大了，书读不下去了，爹就给我一匹马，让我以此为生。我哪里耐得住这种清苦，我没有去驮土豆、荞麦，没有去搬砖抹墙，而是偷偷地捉野鸡、野兔到镇上去卖。可没多久，就被镇上的林业派出所抓到，被罚了一笔钱，在派出所蹲了三天。爹找了人,把我保了出来。

"你跟我学学吧!马腹村几千年来留下的药方,对你会有帮助的。"父亲说。可面对那些散发出陈旧气息的书卷,我一点激情也没有。那些文字,像麋鹿一样在奔跑,像山鸡一样在飞翔,像野蛇一样蜿蜒……它们老在我眼前晃动。我坐不住了。在小饭店喝闷酒时,老板免费给我加了一碗坨坨肉,凑在耳朵边告诉我,穿山甲更值钱。要弄到穿山甲,对我来说是小菜一碟。我们马腹村背后的山林里,这货还不少呢!我晓得它们啥时候觅食,啥时候打洞,啥时候生孩子,还知道它的肉啥时候最肥美。但是没多久,我再一次被拘进了派出所,接着被判了一年零六个月。出狱后,爹不理我了,甚至不让我进那屋子。我四处流浪,到处打短工。我沿金沙江顺流而下。我走过路,骑过马,坐过船和大货车,阴差阳错来到了沙城,有了家,生了丹丹,还买了一套二手房。

记得那个时候我好开心,我总算过上了自己想要的生活。我曾回过家一次,那次我是预备去接父亲和母亲来住一阵。他们活了大半辈子,从没到过大地方,连县城都很少去。沙城这种在全国、全世界都有一席之地的地方,他们根本想都没有想过。据说,沙城现在的位置,原来是一片汪洋,只因年年海浪推来大量的沙,越积越宽,越堆越多,成了陆地。水主富嘛,这里立即吸引了无数的外地人,甚至是外国人。他们有钱的出小钱赚大钱,有力的出笨力赚养命钱,有想法的呢,就靠会旋转的脑瓜子、能说会道的嘴皮子赚净钱。我是想接他们去,看看比乌蒙山还高的楼、比马腹村的动物还多的动物园什么的。父亲根本就不理我,嘴皮说破了,他都不吭一声，只是咕噜咕噜地喝罐罐茶。当然母亲也就不跟我走了。村子里几个读书没长进的小伙子，听说我回来了，跑来听我讲外面的稀奇事。再后来，莎拉怀上丹丹，要生了，我好说歹说，父亲和母亲同意去帮我带孩子。刚到的那天，父亲就从他大大的旅行包里小心地掏出一堆东西来，有发黄的经书，有羊皮鼓、锣、铙、镲等，甚至还有不少的草根树叶。那些根叶散发出的味道，让躺在卧室里的莎拉呕吐不止。

暮色苍茫，城市的灯火闪闪烁烁。父亲将门窗紧闭，拉上窗帘，摆开架势，要为即将出世的孩子祈福，还说要请来家里的祖灵，为我们消灾。按照马腹村人的说法，每个人身上都附有这几位神，它们分别主宰着命运，决定家庭的吉祥与否，注定一个人的贫富、幸福或不幸、生育和温饱。此前在马腹村，我对这些一点都不感兴趣。经过些磨难之后，我可以接受这些东西了。殊不知莎拉看到这个场面的第一瞬间，突然转身进了卧室门，将门猛地撞上，不再出来。父亲一脸尴尬，连忙将那些东西收起来。父亲是个闲不住的人，很快，他又从那些草根树叶里拣出一些来，用砂锅煲汤，说是保胎，他先前看到莎拉的气色不对，认为有必要喝上两碗。

"我这草药，治好的人不少。"父亲说。

母亲用肯定的目光看着我，点点头。我知道父亲在这方面的能耐。我在老家时，经常看到有不少的村民来找父亲，求的就是这味药。我好说歹说，莎拉总算开门。但当我把热气腾腾的药端到床前，莎拉嗅到那药味，立即脸色大变，一挥手将药碗打翻，呕吐不止。莎拉又哭又闹，不休不止。

莎拉的态度决定了我们一家的未来。第二天一大早，没有等我起床，父亲就悄悄出门。等我发现到处找寻时，父亲打电话来，说他进入机场，已经登机了。母亲也待不住，她待不住的原因是莎拉对她的苛刻。比如地没有拖干净啦，说话的声音大啦，炒菜里的油太多啦，等等。丹丹满月后，妈妈也离开了。此后，我也就再没有见到父母。我给他们寄了些钱过去，父亲也狠心拒绝。"米黑吃得，钱黑吃不得。脸黑要得，心黑要不得。你翅膀毛硬了，好自为之吧！"每每逢年过节，母亲就会在电话里悄悄对我说："你爹又在给你们一家祈福了。"

"你爹说你遭貔貅了，不能进正屋的。"母亲又说，"你哪里会！我们家族上数十代，也没有哪个遭过。他死脑筋一个，我得好好劝他。"

我遭貔貅了？这可是件麻烦的事。在马腹村的传说之中，貔貅是个奇形怪状的物种，带有一种怪病，横行人间，祸害无穷。所到之处，遇水水污，逢人人病。马腹村人不怕恶人，不怕豺狼虎豹，甚至不怕刀枪剑戟，但就是怕貔貅。据说，古时候金沙江两对岸打冤家，每个家族各有所长，互不买账。但各路土司最不愿意惹的，就是马腹村了。马腹村地势险要，兵强马壮，但马腹村人也有自己惧怕的东西。是啥？就是貔貅。貔貅来临，开初只有一个人生病。病人头昏眼花，皮肤溃烂，毛发脱落，相貌难看，生活难以自理，很难治愈。这病一旦惹上，不加以控制，它就会无休止地泛滥。貔貅会发疯，威力奇大，危害范围更广。据说，一个家庭，一个山寨，一个乡镇，甚至一个县城或者更宽泛的地方，都会遭灾遇难。这个我知道。我身上发痒、生疮，以至于溃烂，西医说是湿疹，中医说是湿疮，我不认为它是貔貅。我内心还有善良，我不可能遭遇貔貅的。

猪厩里尽管还有猪粪的遗臭，但暖和得多。看我一身的衣服，又脏又破，母亲就把父亲的衣服找来，让我换上，另外还送来一件羊毛披毡。母亲还给我端来温水，让我清洗。我脱开衣服时，母亲手里的水盆"哐啷"一声掉在地上。

"儿！你前世做了啥孽！"

除了脸部，我的身上全都溃烂了。头发丛里、背部、腹部、四肢，就是腋窝里，都是让人恐怖的疮疖，都在流着脓水。这几天的逃亡，因为无法护理，因为我不停地抓挠、掐捏、搓揉、捶打，疮疖气势汹汹，在不停地蔓延、扩张。我哪里是人！简直就是一堆腐肉。我被自己吓呆了。现在想来，莎拉避开我，经常夜不归宿，是完全可以理解的。

"妈妈，你出去吧，我会处理好的。"我是母亲身上的肉，当年从母亲身体里生出来时，肯定是洁净的、可爱的、没有一丝杂质的。几十年后，她看到我这个样子，不知道内心是何等的痛。

母亲离开，又很快跑来。她给了我一袋中药粉。这估计是她向父亲求来的。我曾亲眼见父亲给牛马治过跌打损伤。他的药灵得很，敷上一天，伤处就收口；三天以后，伤口就长新肉；七天以后，骨头就开始还原。我洗掉身上的脏物，把那些药粉小心地涂撒在疮面上。一阵灼心的疼痛后，疮面上的痒弱了许多，黄色的脓水奇迹般地干了。

五

檐后的鸟叫声把我吵醒。这是久违的声音,我已经多少年没有听到了。我试图站起来,凑得更近一些,去听听,去看看。一动身,骨骼酸疼,散了架一样,讨厌的疮疖像被惊醒,恶痒起来。我挣扎着,用药再把身上的疮面擦了一遍。外面一阵嚷嚷,好像来人还不少。

"把乌斯都叫出来!"

"在沙城找不到他,原来躲在这个旮旯里!"

是讨债的来了。叫得最响的就是曲比。阿搏呢,站在旁边不吭气。曲比是阿搏的舅子,有些蛮样。此前他也是在沙城打工,是阿搏领去的。他脾气比阿搏还烈,在沙城没有捉到我,就一直追回老家来了。记得早年阿搏和我搭上线后,曲比也就是捉了两口袋蝙蝠过去,就此有碗饭吃。他融资的钱是五万块钱,现在反目为仇,真是人心隔肚皮。缺了钱就会缺少恩情,这是我在他身上看出来的。另外两个呢,是他的什么远房亲戚,去年才认识。我请他们吃过几次烧烤,谈过几次人生,收购过他们不少的山货。

这个时候了,我也没啥可怕的,便推门要出去,不想门是反扣着的。

"叫啥叫?"我相信我的威风并没有跌减,"想打人呀,朝这里来!"

几个人就噼里啪啦地走过来。他们每人手里都拿有要置人于死地的武器。曲比手里是一把伐木的斧头,另一个扛着铡马草的铡刀。还有两个,手里捏的是松树棒,手臂粗的那种。阿搏却空着手。

"躲在猪厩里,你算啥汉子?你出来,把欠下的钱都给我们。明天就大年三十了!再不给,就搬你家来过年!"曲比怒火中烧。

"你告诉我爹吧,他把门锁上了。"我把头从窗洞里伸出去。靠前的曲比吓得连退两步,脸色苍白。

"你怎么了?"阿搏问。

看曲比那样子,我暗自想笑。我现在全身骨骼酸疼,皮肉奇痒,心里像无数只猫在抓挠,脸色肯定不好。和他此前在沙城看到的衣冠楚楚、精神饱满而又高高在上的老板派头相比,肯定判若两人。

"别装孬了,我看你是躲不了就装可怜!我这斧头可不是纸糊的。"曲比举起斧头,就要砸门。

父亲从屋里走出来。曲比轻蔑地说:"吉萨老爹,为躲债,把乌斯都藏在这个地方,也不怕影响你在马腹村的名誉!"

"曲比贤侄,有理走遍天下,无理寸步难行。大过年的,有话好好说。"父亲从来都是条汉子,在我印象中,长这么大,他就从没有欺外瞒内,从没有欠债不还,哪怕是一分钱,或者一碗米。

"他欠我五万块钱。"曲比说。

其余两个,一个说三万六千块钱,一个说一万块钱。我知道，他们说的只是本金，利息都没有说上。父亲吓了一跳，手里的草药掉在地上。父亲弯下腰，慢慢拾起，轻轻地叹了一口气。父亲有些颤抖，他侧头来看我。

我说："是真的。"

"虱多不咬，债多不愁呀！这些年你都干了些啥？你是赌了？嫖了？还是吸毒了？"父亲吃荞麦、喝土酒的嗓门，粗糙得像石头滚落。

我干了些啥，父亲永远都不会晓得。往事多如蚂蚁，我摇摇头。曲比从檐下扯了一根棕绳来："捆到派出所再说。"看曲比要动真格了，阿搏走上前说："让他出来吧，我们需要好好谈谈。""他不能出来。"爹说。"你包庇他？你这是犯法的。"曲比说着，又要砸门。阿搏说："曲比，我好像有些头昏，你扶我一下。"曲比扶着阿搏走到院门外，嘀咕了一阵，又回来说："那，你用手机，通过网银，或者微信，把钱转过来。""手机在路上被……"我说，"被弄丢了。"曲比怀疑地看看我，掏出他的手机来拨了个号。曲比说："是关机了。会不会是你故意关了，这些天你一直都这样。"我说："真丢了，五天前。"几个人又凑在一起，嘀咕了一会，阿搏说："好办，我买一个送你。"

"打电话给你老婆！"曲比又出主意。

是的，现在非常有必要和莎拉对话了，但不知道她会不会接。当我用曲比的电话打过去时，她居然接了。"喂，你谁呀？""听不出来了？老婆，我是乌斯都。""哦，是你呀！你不是躲到世外桃源了吧？"莎拉轻轻咳了一声，"你还想得起我来？"莎拉反打一耙的本领不错，她的话里常常带刺。"你感冒了？要保重。"我说，"你帮我看看，我的银行卡、身份证是不是在你那里？"

莎拉一下子很警惕："你要干啥？"

"我得还债，我的那个卡里，好像还有点钱……""哪个卡？"莎拉说，"眼下正好用钱，昨晚到现在，我的嗓子也有些不舒服……""村里的阿搏，还有曲比，他们现在急需……"我话还没说完，莎拉把电话挂了。不一会儿，莎拉打电话过来："这里有五个卡，密码是多少？以前你给我的三个密码，都不是。"给她密码，等于把最后一点钱都给她了，我才不会这么傻，这些年，我都傻透了。最后一次，我不能再傻。与其给她，我倒不如给阿搏。阿搏是我多年的好兄弟，阿搏生活得好不容易，他现在母亲有难。

不能再等，我让父亲开恩，让我出去。父亲犹豫了一下，用燃烧的艾草在我身上转了几圈，让我喝了三大碗药汤。阿搏用摩托车带上我，赶到镇上派出所的户籍管理科，办理了临时身份证，拿到电信营业厅，补办了手机卡。阿搏给我三百块钱，买了一个最便宜的智能手机。再到银行，办理银行卡的挂失。阿搏找到他在银行工作的表姐，帮我查了所有卡里的余额，五张卡里的钱加起来，不到两百块钱。

钱都给莎拉转走了。阿搏失望了，曲比失望了，我也失望了，大家都失望了。一时无语，一些人看着天空，一些人看着脚背。

"让我想想。老表们，"我说，"我乌斯都只要有一碗饭，另一半碗是你们的。"这话我早年说过，现在只是重复了一下。

估计父亲那些草药起了作用,我感觉好些。我想起了丹丹。丹丹一脸的忧郁令我不安。这孩子过早成熟,过早地感受家庭的不和,甚至更多的不幸。丹丹出世之后,莎拉气走父母,我只好请保姆,莎拉还是不喜欢保姆,不管是年长有经验的,还是年轻充满活力的,和莎拉相处不到三天就问题多多。直到丹丹上幼儿园,我们一共换了八个保姆。莎拉经常和保姆怄气,保姆的心情自然就不好,有的便会把不高兴的情绪转移在丹丹身上,那可是没有办法的事。有的保姆有可能当着我们微笑,转过背就对孩子怒目,甚至使用暴力。她们会恐吓孩子不准瘪嘴,不准哭,不准告状。丹丹第二天就要上幼儿园了,我抱着丹丹下楼,与最后一个辞退的保姆说再见。她亲了亲丹丹的脸,说了一句:"有这个妈,是你最大的不幸。"事实上,丹丹还有一个让她更不幸的爸爸。她这个爸爸,隐藏得更深。这些年以来,我单线联系,依靠阿搏等手下的几个人,给我弄来大批的野味,我再把它转给贾二哥,从中牟取一笔不少的利润。当然,我也做其他的生意。如果红木赚钱,我就贩上一两笔。如果普洱茶有利润,我也会介入一下。但那些都是找上门来的生意,我并不深涉。我对外打的牌子是深海融资公司,我是总经理。那盘根错节的生意中,就有马腹村来的这帮弟兄。兔子不吃窝边草,我记得这句话的,我也想在自己发财的同时,让他们也沾点财运,但事与愿违。将来,丹丹长大了,我还真难以在她面前讲述这些事情。丹丹很少笑,她只有在看书看到某个非常喜欢的地方,牙齿才会露出来,才会有咯咯的笑声。美术老师说她画的画很奇怪,总是违反常规。她的画里,天空的颜色总是黑乎乎的,动物的眼睛里总是充满惊恐,我个子高不过板凳,还弯着腰。莎拉呢,身材不错,可眼睛居然比两个脑袋大。"我在你眼中,就是这么难看吗?"为此,莎拉把自己最好看的照片给了丹丹,"我可是沙城并不多见的美女呢!"可即使是丹丹一笔一画描摹下来,莎拉的形象仍和《西游记》里的妖精没啥两样。莎拉一气之下,把调色板、画笔全都扔进了垃圾桶。莎拉命令她,用透明纸蒙在标准的图案上描摹:"不能多一毫米,也不能少一毫米!"莎拉要求她画素描,甚至若干次用上了直尺和圆规。但这并没有多大的改变,只要莎拉一离开,她画笔下的妈妈,还是那个人不人、鬼不鬼的样子。我看到她藏在书堆中间的一张全家福,她站中间,两边的我和莎拉,虽然一左一右牵着她的手,但眼睛却是各看一方,变形的脸,几乎扭得下水来。丹丹懂事太早,真让人担心。

　　看不到丹丹,只能给她打电话。能听到她的声音,也是件幸福的事。可她还是关机,我的心被拧得很紧。眼下我所牵挂的,就只有她了。你可能不知道,她那么小,比个玩具大不了多少;她那么弱,似乎风一吹就会像蒲公英那样飞起来;她那么嫩,熟透了的樱桃一样的小脸,仿佛只要轻轻一摸,就可能有汁液流出;她那么善良,那么聪明,那么可爱。她要是有个三长两短,我这一生可真没有啥盼头。看她瘦得不行,我买了一只土鸡,预备杀了给她炖汤。不想她却攥住我握刀的手,要我别杀动物,别伤害那小生命。我听她的,放下了刀。趁她回到书房专心画画时,我把鸡送到肉菜市场。当鸡贩子将锋利的刀往鸡脖子上抹去时,我闭上眼,小声祷告:"鸡呀鸡,天神恩梯古兹作证,不是我杀你,是天杀你……"此后，我就常用这样一种方式替自己"卸罪消灾"。甚至有一次，莎拉陪贾二哥去大巴山深处考察，整整半个月没有回家，也没有给过我一个电话。我打电话，她不接。发微信，她不回。我在一家餐馆，帮助杀一条菜花蛇时，我就暗地里把"是天杀你"换成了"是莎拉在杀你"或者"是贾二哥在杀你"。这样，我的手就不再颤抖，用力更大，刀法更狠。

丹丹的电话手表打不通，我就打给莎拉，可莎拉不接。莎拉另外有几个电话的，但我记不得那么多，我就想一个打一个。可那些拨出去的电话，要么是空号，要么就是没有人接。其中有几个通了，一个是男声，低声说他开会，在发言呢，过一会再联系，就挂了。另一个人是个老年的女人，铃一响就接通："儿呀，你爹他退烧没有？他能挺过来吗？"其中也有一个女人，乍听是莎拉，却又不是。她说："老公，你还是去医院看看吧，这次我还是没有怀上……"唉，眼下这个时代，只听听，就能触摸到另一类心脏的跳动。也许，这莎拉已经认为我没有用了，对她没有任何威胁了，早把我加入黑名单，正和某个臭男人在一起，干那些他们喜欢干的事。这女人欲望强烈，我们刚认识那几年，几乎每天都在要。不仅晚上，白天也是，有时甚至一天多次。我不得不弄些肉苁蓉、淫羊藿、鹿茸、海马什么的，泡酒壮阳。后来干脆吃药店里那些不明不白的、价格奇高但却伤身的西药。也不晓得，后来我身上起的疮疖，和那些激素有没有关系。因为这，莎拉嫌弃呀，她和我分床，都好几年再没有那事了。想想，我干脆冒了一个险，把电话打给贾二哥。电话响到第二声，贾二哥接电话了，他还是不急不躁。等我说完，他说莎拉前天离开他的，至于现在啥情况，他也不清楚。我让他转告莎拉，把电话打在这个手机上。贾二哥答应了，又说："现在封城了，机票没有，车票没有，开车出城，给多少钱都打不通关系，走不脱。遇上这点事我都无法协调，我说话都没有人当回事了……"我勉强笑了笑。他咳了一声，突然清醒似的说："你兔子样的就溜了，是不是提前得到什么消息？"我哪得到啥消息，不就是他不给钱，把我弄得生不如死，才有这个在十八层地狱走了一回的逃离吗？

他当然不会听我解释，果断地挂了电话。这是他的风格。再打，无人接听。我正想求他给打点钱过来，现在又没办法了。我现在仿佛小说里的鲁滨孙，陷入了无人荒岛。沙城到底发生了什么情况，我一点也不晓得。突然，我想起前些年给父亲买过一个袖珍收音机。父亲从沙城回去后，又多付了一些钱，才将和他胖似兄弟的马赎了回来。他天天上山放马，有这样一个东西，会少些寂寞。我跟妈妈说了，妈妈回屋，不一会儿，她把那收音机给我。包装还在，收音机根本就没有打开。父亲就是以这样一种方式，将我开除，永远不当是他的儿子。打开落满灰尘的包装，收音机完好无损，一些地方居然还有着金属光泽。我让妈妈到村口的小卖部，去了半天，五号电池买来了。妈妈说，封村了。村委会主任专门安排人堵卡，驻村扶贫的同志连家也不回了，亲自守在村口，不让村里人出去，也不准外面的人进来。特别是从沙城回来的人，一定要向他们报告。还有人说，这回的病毒厉害无比，超过天花、麻风、肝炎，超过前些年的非典……

真正的恶鬼貔貅来了,我的心在颤抖。

"儿呐,你是不是……"妈妈突然问。

我把身上的疮疖给妈妈看。"妈妈,几年前就有了的。"

妈妈说:"我不是给你寄药了吗?你爹现在还不晓得呢!"

父亲的药是独门秘方,只要用上他的药,都有效果。但妈妈偷偷给我寄的药,我用了几次,没有明显的效果,后来就索性不用。一个时期,我甚至以为那些治牲口的药,也许只适用于马腹村,只适用于牲口,而到了沙城药效就变了。现在才明白,药效不明显的原因是自己不忌嘴、贪吃,欲望害了我。

鼓捣半天,收音机里有电磁声,根本就听不清。是信号的原因。我请父亲允许我出去,我想在房后的山顶上找信号。但父亲根本不理,相反还弄了一把铁锁来将门锁住。正在这时,外边的喇叭响起。不听不知道,一听吓一跳。说的是这次的传染肺炎的危害、上级的高度重视,特别是对村民的行为做了非常严格的规定。这事儿大了,令人感到恐怖。喇叭里还说,蝙蝠、穿山甲身上是携带相似病毒的。如果是这样,我倒真是罪大恶极。说不定,最早传播病毒的那只穿山甲,就曾经经过我的手。我举举手,又摸摸心。我对妈妈说:"我是不是真这样坏?"妈妈摇摇头,她也不清楚。妈妈从窗口塞进一捆干荞草,我接过放在火堆边,躺上去,舒服得不得了。荞子是马腹村人的肠子药,是救命药。脱了粒的干荞草,就应该是救命草了。我很快睡去。梦里的我老是往土里钻,老是嘴脚并用,在黑暗里打洞,像只笨手笨脚的穿山甲。

不知过了多久,我被电话吵醒。乡街子上卖的手机,声音大得像是在喊山,像是一个聋人在和一个不聋的人说话,分贝超过了村委会房顶上那喇叭声。刚接通,又断了。我打过去,通了。估计是听我声音有些不对,莎拉在那头有些怀疑,问:"你是乌斯都吗?"得到肯定后,她一下哭出声音来:"你都到哪去了?找你几天都找不到!""怎么了,莎拉?丹丹呢?丹丹怎么样?"我很焦急。

"丹丹不在,找了很多地方都没有!"莎拉干咳了两声,"贾二哥有些发烧,我刚送他到医院,这里乱糟糟的……"

前两天,在溯江而上的逃亡过程中,我就听说这该死的瘟疫,最显著的特征,就是发烧,就是咳嗽和呕吐,而且会人传人。刚才喇叭里也是这样说的,会不会……

"家门外还有一帮讨债的,他们也生病了,说要钱去看病……"莎拉说。

"这……这该怎么办?"我语无伦次,"你赶快叫医生,不要心疼钱,要多少都可以。把贾二哥安顿好,快去找丹丹!"

莎拉好像要解释什么,我吼了起来:"丹丹是你的心头肉,你别弄颠倒了!"

"你到底在哪里?你能不能回来?你下十八层地狱了不是?要是丹丹有个啥,我可饶不了你!"那头的莎拉也火冒三丈。

"我……"话还没完,电话断了。我再打过去,关机。没有丹丹的任何消息,我心如刀绞,又开始想丹丹。我靠着土墙坐下，任未燃尽的木柴的火烟将我裹住。小时候坐在火塘边，只要柴火的烟雾朝我漫来，母亲就会提醒我上厕所时要把屁股擦干净："看，你身上有污秽了！火神在提醒你呢！"父亲经常告诫我，是人就要做好事，暗中干坏事的，地只能保三天，天只能保三天。隐藏得再深的人和事，三三九天后，必定暴露。还说天神恩梯古兹惩罚人的标准是，错事做了三十三件要被虎噬蛇咬；做了六十六件要落崖溺水；做到九十九件，要遭貔貅纠缠，甚至雷劈电击。我做错哪些事，一时还难以厘清。我做错了多少件事，眼下也无法计数。我下了十八层地狱，即将接受道德的审判。

四下里是光怪陆离的灯火，是各种各样的人脸。红眼睛、绿头发、黄眉毛、白色的舌头、锥子一样的眼光、刀锯一样的嘴巴……这分明是一个恶鬼的世界，分明是传说的貔貅地狱。我，身置其中，头发蓬乱，双目流血，牙齿暴长，舌头外挂，面容黑污，全身溃烂，恶臭熏天……

六

我全身汃软，像是被谁抽走了全部的骨头，咳，忍不住的咳。母亲端来一碗肉汤泡饭，这是我小时候最喜欢吃的了，但我却一点食欲都没有，我嗅了嗅，那肉味让我不舒服，摆摆手让妈妈拿走。妈妈流着眼泪，要我硬撑着喝下。妈妈的话，我当然爱听，便依着她，努力喝了两口。可还没有咽下，却突然呕吐，妈妈脸上的担忧比皱纹还多。妈妈说："儿，你怎么啦？"我摇摇头，她把手伸进窗口来，在我的额头上摸了摸："天哪，你发烧了！"我发烧了？这于我，可是多年没有过的事情。自我记事起，除了近几年的疮疖，我可从来就没有病过，发烧从来就没有过的。现在，我尝到了生病的滋味。听说我的情况，父亲来了，他掰开我的眼睛看过，让我伸出舌头看过，父亲叹了一口气。"听我话没错，儿子。"父亲终于叫我儿子了，"你这病来得不轻，宿根太久。""是啥病，爹？"我说起话来，气若游丝。"貔貅找上你了！"很快，父亲端来一锅热气腾腾的药汤，要我喝。这次的药太苦，甚过黄连，勉强喝下，却恨不得自己死了才好。

阿搏和那几个人又过来了。他们似乎没有了之前的凶恶霸道，没有之前精神。几个人走起路来，脚步松松垮垮，像是酒喝高了。

"乌斯都，能弄到钱了吗？"阿搏说话像是在哼。

今天已经是今年的最后一天，在全家团圆的年夜饭桌上，要是没有碗肉，锅里没有米，壶里没有两斤酒，孩子没有换件新衣，那可是说不过去的。他们几个今天再得不到钱，这个年肯定是过得凄凉。电话打给贾二哥，还是关机。曲比像是给抽了筋，全身晃了晃。

我说："要不，上山，去弄几只野兔、麻雀来？"

我说："要不，下江里捞几条鱼上来也行？"

"我非常不舒服，头昏，我像有些发热。"曲比摇摇头说，伸开五指，去支撑快倒的头颅。

"我也非常不舒服，心慌，想吐。"阿搏说，"我们不想过年了，我们要钱，是想去医院。"

说着，他蹲在地上吐了起来。

我也开始咳，吐。整个院子里，咳声一片，此起彼伏。家里的黑虎惊慌失措，围着院子不安地跑动。父亲一直在观察我们，看我们这个样子，说："没错，是貔貅找上你们了！"

貔貅来了，貔貅找上我们了！听到这话，我们像在法庭被判了死刑一样，一个个呆住了。父亲让他们分别到旁边的牛厩、马厩、羊厩里待着。"不能回家过年了。"父亲说，"不能再把貔貅带回家，祸害你们的亲人。"那几个本来要走的人，被吓倒了。"肉体好治，罪恶难消……"父亲叹了一口气说，"好好待在这里，别乱走动啊，我给你们清除干净。"几个人商量了一会，不敢走了，乖乖地听父亲安排。

那一天父亲特忙。早上，我从窗口看到，他背着背篓，扛上锄头，往后山去了。晚上，父亲背着沉重的背篓回来。那背篓装得满满的、沉沉的。那都是金沙江边十分珍贵的草药。有治身浮肿的青蛇藤、止瘙痒的龙芽草、治皮肤溃烂的凉山乌头、治疟腮的红毛虎耳草，还有狗屎椒、崖爬藤、琉璃草、闹羊花、马先蒿、鬼针草、独角莲、紫萁……其中也有一些我叫不出名的东西。母亲悄悄地告诉我，父亲已经两天两夜没有合眼了。父亲将那几十种草药洗净，有的切碎，有的打浆，有的捣成粉末，有的则制成药丸。这些一一弄好之后，父亲在墙角的杂物堆里找出他此前驱鬼用的牛皮鼓、羊角卦、锣、铙、镲。他走到畜厩前，问了阿搏这些年打工的地点和经过的路线，特别是从沙城回来落过脚的地方。父亲用雄黄在院子中间画了沙城的地形，在里面点了盏油灯，烧起艾叶和松柏枝叶,然后围着跳了起来。他一边跳,一边唱。父亲走到马厩边,问了曲比停留过的地方,父亲用雄黄在地上画了一个长江三峡,然后又一边跳,一边唱。当父亲知道,我们不止一次地往返于马腹村和沙城之间,便又画了一条蜿蜒的、起伏的、粗壮的金沙江。父亲将羊皮鼓敲得一次比一次激烈,粗糙的嗓子吼出:"山将貔貅除,压进十八层地狱;水将貔貅除,推到东海龙王处;风将貔貅吹,吹到天边沙漠去;雪将貔貅冻,永生永世不复苏……"

这样的活计,有的人说它是马腹村祖先留给后人的文化遗产,值得研究。而也有人认为,这神不是神,鬼不是鬼,人不像人,医不是医,甚至会讥笑、讽刺、挖苦、打击。他们认为爷爷是搞封建迷信,是装神弄鬼,是愚弄村民。父亲很小的时候从爷爷那里学来这活计,他唯一能做的,就是将爷爷那些东西藏了起来。此后,父亲一直躲躲闪闪,畏畏缩缩,活得很是苟且,生怕有人晓得他还能做这样的活计。有一年地震,村子里一下死了七十多个人。救灾结束后,父亲躲在屋子里一个月没有出门。我逃离马腹村后,他认为家屋不顺,也是关门闭户。他躲在屋子干啥?祈福。后来上面对文化遗产重视了,有专家到金沙江沿线的村寨田野调查,来到了马腹村。他们找到父亲,坐在火塘边,烤了三个晚上的木柴火,喝了好几泡罐罐茶,说了一大堆文化遗产的好。

"你们说的那些,我不懂。我懂马,同志,如果要买马就找我,保准给你们选到骏马。"父亲硬是不松口,"当然我还懂草药,要是有个跌打痨伤啥的,头疼发烧啥的,我也可以尽尽力。"成立专业合作社，驻村扶贫队员也来找过他，请他主要负责组织村民将草药种植、生产、销售扩大化，既给他人减少苦痛，又给大伙增加收入。他倒是听进去了，为此做了不少事。现在呢，他不管了，不顾了，不怕了，他为将貔貅驱走，使出了种种手段。

今天是大年三十，再过几个小时，新年就将到来，远处祈福的火炮连绵不绝地响起，硫黄、木炭和硝石高温后的香味，轻一下重一下地钻进鼻孔。寒风吹彻，星星点点的雪粒落了下来。冬天冷到了极致，上天就会给马腹村这样的礼物。这时，情况不妙的已经不止我们几个，人群中还有一些人也在低声咳嗽，或者躲到人群外搂着心口发呕。貔貅开始发力，再不加以控制，后果将不堪设想。在父亲的指挥下，很多人参与，扛来木柴。这些木柴是父亲准备下一年生火煮饭、取暖的全部燃料，他们把木柴围成一个极大的圈。父亲命令我、阿搏和曲比，还有另外表现异常的人，钻出畜厩，挪了进来。我们背靠背坐在木柴的中间时，阿搏有气无力地叫道：

"吉萨老爹，你是要烧了我们吗？我们还没有落气呢……"

突然，手机的微信视频通话响了。一看，是小区保安老王。老王和我联系过几次，自己的手机从来不用，只用物业管理处的座机电话。我知道，他是穷。他值班吃的饭，一律都是从出租屋里带来。我有些奇怪，迅速接了。那边，老王的眼睛晃了一下，脸部被口罩紧紧遮住。接着，我看到了女儿丹丹！"爸爸！你在哪里呀？你都好几天没有回家了！"

啊！我见到丹丹了！"丹丹，真的是你吗？你在哪里？你在哪里？？"胸腔像是羊皮鼓被重击那样，我的心狂跳，都快蹦出来了。可那边的视频老是晃，我想我是不是做梦了，或者想丹丹太多而产生了幻觉。"丹丹，让我看看你，你的眼睛呢？你的鼻子呢？你的小嘴巴呢？你的小手呢……"老王的手机大约是在丹丹的手里，听我一说，老王接了过去，正正地对着丹丹。视频稳定下来，我看到了，丹丹是在家里，在并不光亮的小卧室里，丹丹的脸有些苍白，有些瘦，头发有些凌乱，眼睛更大了些，嘴唇起了干壳。"丹丹，让爸爸抱抱你……"我双手一搂，却是一个空。"丹丹，让爸爸亲亲你！"我把嘴唇凑了过去，丹丹也凑过来，努力将嘴唇往手机上贴。在和丹丹的对话中，我知道了丹丹的情况。那天她心情不好，一个人打车回家。到了家里，她把自己关在衣柜里，她不想见爸爸，也不想见妈妈，更不想见任何人。在黑暗里，她哭了一会，也不知道啥时候，就睡着了。等她醒来时，已经是第二天的黎明。看我们都还没有回来，她就关上书房的门，还挂上插销。听到外面非同寻常的车辆呼啸的声音、人们奔进奔出惊慌失措的声音，她干脆把窗帘拉得严丝合缝，不让外面的任何光亮透进来，也不让里面的一点点灯光透出去。五天过去，丹丹居然没有被任何人发现。

"你这些天吃啥？"

丹丹指了指还沾有一点点奶油的塑料盘子，我才想起来，她居然是靠我给她买的那个生日大蛋糕活了下来。

丹丹勉强笑了一下，往后一指："爸爸，你看。"

丹丹后面的几面墙上，全是她刚完成的画。画里的主角，几乎都是动物：斑马、麋鹿、岩鹰、仙鹤、猕猴、蚂蚁、熊猫、大象……居然还有穿山甲，还有蝙蝠。这些动物造型较以往更准确了些，没有之前丑陋了。画得这么多，看来她这些天从未停止过。

"爸爸，我想画好些，不然妈妈就不回来了。我们家的全家福，和上次的不一样了。"丹丹突然哭了起来，"爸爸，你快回来，我们去找妈妈，我要妈妈，我想妈妈……"

好像老王也在抽搐。他把视频对准那幅画。果然，我和以往不一样了，又高又帅；莎拉的脸苹果一样的圆，嘴角上翘，居然有了少见的笑。老王走出丹丹房间，低声说："贾二哥病毒感染得最厉害，已经进了重症监护室，好像是连话都说不出来了。"贾二哥于我来说，已经不重要了，我阻止他往下说："莎拉呢？莎拉情况怎么样？""她整天忙来忙去，净往外跑，也感染了。听说正在排队等医院确诊……""在能够帮忙的情况下，请你帮帮她，不能让她死。我会感激你的。"我给老王深深鞠了一躬，他连忙回两个鞠躬。我又问："你是怎么发现丹丹的？真得感谢你……"老王说："谢啥！打小，我就喜欢这孩子，关注她多一些。小年那天，我是有印象，看到她回家的，却再没见她出来。我担心哪，有事无事都往你家的房子瞄。刚才是一只鸟落在你家的窗前，丹丹掀开窗帘，正巧被我瞄到了……"我对老王说："丹丹就给你做干女儿吧！拜托你照管好她，不能让她有一点感染！我的好兄长，你也是，一点都不能出问题！我很快就会回来……"视频里，老王的泪水像两条蚯蚓，顺着满脸的皱褶，迅速下滑。

父亲在点火之前，搬来了一大堆发黄的经书。皮绳解开，陈味扑面而来。七零八落的经书，像座圣塔一样矗在我们面前。父亲要通过那些只有他自己才看得懂的文字，请来剿杀瘟疫的神灵，释放能灭掉貎狖的能量。那神灵不是一个，而是一群，有高原之神、江河之神、火焰之神、山林之神、动物之神、善良之神，还有天空中的鹰神、雁神，村子里的牛神、马神，庄稼地里的荞麦神和土豆神……经卷徐徐展开，里面还有扁鹊、华佗、张仲景、孙思邈、李时珍的画像，更让人意外的是，居然有一个穿白大褂戴眼镜的人。"这是？"我问。"钟医生。"父亲说，"十多年前，他在北京救了无数人的命，我就晓得的了。我请镇上中学的美术老师画的。"

父亲鼓捣这些，引起了村里人的关注，老老小小一大帮，纷纷跑来看热闹。很快，村里人都知道我们这一帮人是从沙城逃回来的，我们惹上貎狖了，既害怕又好奇。其中有灵醒人，焦虑地对父亲说："吉萨老爹，眼下遭貎狖的不只是沙城，不只是马腹村，也不只是沿江一带，好多地方都遭貎狖了。咳嗽、发烧、呕吐、拉肚子的，不只你儿子，不只马腹村这几个不听话的逆子……"

如此严重，估计是在父亲的意料之外。父亲也急了，原来的自信似乎有些动摇。"那怎么办？"大伙都看着父亲，父亲看着大伙，一时不知如何是好。这时，母亲从屋里出来，手里拿着一叠已经搓旧、折裂的彩图。打开一看，是一张中国地图。当年，两位老人到沙城时，买了一张中国地图。记得到了我们家里，夜半三更，父亲还拿出地图来，兴奋地用手拃着白天飞机飞过的路线和距离。离开我家后，每当空闲时，或者听说某个地方有大事发生，他就会摊开地图，一看就是半天。"呆子一样，老想外面的事。你这爹，吃地沟油的命，操土皇帝的心。"母亲说，"他要是年轻二十岁，怕比你还跑得远。"

"有这个，我就有办法了。看看，关键时候，还是老伴懂我。"父亲双手接过，找来羊毛毡子垫底，小心地摊开地图。他用牛角卦压住冷风吹起的边角，俯下身子，细心地看了一回。我想他是在找马腹村的位置，找三峡、沙城和砥屿社区的位置，找金沙江、长江流过的位置，再找更为辽阔的地方。

父亲让众人搬来几个大石头砌了锅庄，抬来大铁锅摆上，再装满水，下面燃起熊熊烈火。估计父亲是要把即将捉到的鬼下油锅了。马腹村的习俗，下油锅是对鬼怪最为严重的惩罚。可是，这锅里没有油，而是水，这让我纳闷。不过我很快释然，父亲眼下没有钱，或者来不及去买油，只好用清水来代替。法鼓、金铙訇然作响，父亲开始念经。那声音时高时低，时长时短，抑扬顿挫。父亲驱鬼的鞭子在地图上的云南绕过，在金沙江、长江上绕过。父亲的动作越来越大，绕过了沙城，他的手伸得更长，鞭子伸得更远。父亲用深邃的目光看着苍茫的暮色，动作迟缓，脚步趔趄，声音嘶哑，语气生硬：

"恶鬼貎貐啊，今天风凛冽，我用刀祭你！今天雨淋淋，我用火烧你！你要远走莫回头，像高山滚石不回头，要像水淌入河不回头。你若要回来，除非骡子会下儿，除非太阳西边升，除非石头开鲜花，除非骡马长硬角……"

父亲："金银财宝出不出？"

母亲："不出！"

父亲："福禄寿喜出不出？"

母亲："不出！"

父亲："全家安康出不出？"

母亲："不出！"

父亲："恶鬼貔貅出不出？"

所有人伸长脖颈，使出全身力气，朝着模糊的山外，齐声吼道："出！出！出！……"

木柴噼啪燃烧，金黄的火焰越来越大，吞没了院子，吞没了我的瞳孔，甚至要吞没一切。我的心在滴血，在灼烧。我不知道，我的爱，我的痛，我的所有，是开始，还是结束……

大铁锅里的水开了，父亲将此前准备好的草药全放了进去。很快，浓烈的草药味道弥漫开来。母亲配合着父亲，在我们每人面前摆一个木缸，往木缸里分配好中药的汤汁后，父亲和母亲耳语几句，母亲便匆匆走出院门。我的目光随母亲而去，我意外地发现，她是往村民委员会的办公地点方向走去的。

"脱！"我正百思不得其解，张大的嘴巴还没有合拢，突然父亲的吼声如炸雷响起。

阿博和其他几个人面面相觑，我也疑窦丛生。但我得遵从父亲的安排，也许，这是人世间最好的安排。我扔掉披毡，脱掉衣服，褪去鞋袜，一步步走过去，跨进木缸。温暖的药汤浸泡着我的全身，进入我的每一个毛孔。每一根血管里，似乎都有这药汤在温暖地流动，似乎这药汤每到之处，貔貅顿时溃不成军，纷纷逃亡。说不出来的舒服，让我满眶含泪。

雪花纷纷扬扬，很快，山山岭岭间变得白茫茫的一片。正在这时，村口传来汽车尖锐的鸣笛。院门外，黑虎紧张地狂吠起来。透过灼灼燃烧的火光，我惊讶地看到，一群穿着白色防护衣的医生，还有村委会主任和驻村扶贫队员，迅速往院内扑来。白色防护衣将他们捂得严严实实，白色的大口罩将他们的口鼻藏了起来。我迅速跳出木缸，越过火堆，跌跌撞撞地往外逃跑。阿搏、曲比和另外几个人，也惊慌失措，野狼一样跟在我的屁股后面。

身后，父亲声嘶力竭的叫喊划破夜空："糟了！恶鬼貔貅跑了！快抓住……"

逃跑的貔狖

一

舍且从未有过的锥心疼。胸的左边疼过了，右边又疼。左边疼的时候，他就用左手捂。右边疼的时候，他就用右手捂。两边都疼的时候，他就用双手捂。双手捂不住，他就抱一块石头来摁。再摁不住，他就大口喝酒。酒喝上几口，心不疼了，眼耳鼻舌口都暂时失去知觉。

偶尔有人从江里背上石头来。人和石头闪烁着诡异的光芒，从眼前慢慢移过。酒吧或者某个暗处传来的吼叫，落在街心的石板上，像带有棱角的石头，蹉在哪里，哪里就不好受。

舍且喝得趔趄。路增宽了，腿也变长了，他就横着走。

山长高了，腿却酸软了，他就往低处溜。低处是金河，汹汹涌涌地淌着金色的光芒，刺眼。河滩上到处都是石头，冷冷的，又硬，面无表情地看他。舍且和它们混得太熟了，一块石头他往往看过无数次，横着看，竖着看，翻着看，倒着看，用茅草擦擦看，用清水洗干净再看。如果有长相的，舍且就将它抱走。

现在还躺在河滩上的石头，舍且都不大看得上，或者说还没有看出名堂来。过了他慧眼的石头，不得了，要就居庙堂之高、入书香门第，要就是摆市场任人挑选了。眼下这些石头，无数次遭到舍且的冷眼，现在轮到舍且来看它们的冷眼了。估计在它们眼里，舍且甚至不如一块石头，根本就不配与它们为伍。舍且不服，抬了抬腿，要踢，腿却伸不到，老是伸不到位。再踢，人就倒下了。他爬起来，坐在那些石头的面前，大声哭出声来："你们，是不是你们都长着菩萨的脸，却有着屠户一样的心？"

舍且委屈得很。

不过好像石头也有柔软的。背后就有一块石头，贴着他，呼哧呼哧喘着气，拖他，将他放倒在沙滩上。那石头给他理凌乱的头发，掬了江水，洗他脸上的脏污。

舍且知道这人是芬芳。芬芳在这个时候出现，又让舍且心疼了一下。他缩回软弱的手，一只手捂心口，另一只手捏着芬芳的手。

"芬芳，你回来了？答应我，不要再离开。"

芬芳点点头。

"芬芳，我是不是很糟糕？得罪了恩梯古兹……"

芬芳摇摇头："别想那么多，人啊，简单点才好。"
"不要再和我说钱的事。"舍且摇摇头说。
"不要再和我说茶的事。"舍且伸了伸腿说。
"不要再和我说石头的事。"舍且闭上眼睛说。
…………

舍且还没有说完，手一松，头一垂，就打起了呼噜。芬芳腾出手，给舍且的眼角拭泪。一个大男人，哭成这样，好像爹死妈亡。别人不理解，芬芳是理解的。

二

说起来也真好笑。在马宽面前，舍且突然觉得自己一事无成。就拿喝茶来说，马宽就是一个高手。

"能把茶侍候好的人，生活品质不会差到哪里去。"马宽自豪地说，"就是一片枯叶，我也能让它起死回生，让它的生命变得再有价值。"尽管马宽说得这样真假难辨，让人云里雾里，但舍且不这样认为。舍且觉得，唤醒一片茶叶，让它将积存的东西释放，并不是他马宽的独创，也并不仅他马宽个人所能。于他舍且而言，比喝茶更重要的事情，太多了。再就是，以一杯茶论品质，未免有些小题大做，或者说是牵强附会。

舍且坐在马宽的办公室里喝茶，屁股老是稳不住。老实说，此前的舍且，可从没有见过大世面，没有享受过如此尊贵的待遇。马宽的办公室很宽大，至少也有四十多平方米，另外还带有卫生间和卧室。不仅用来办公，还可开会，可打牌，可看电影。办公桌是红木的，椅子是红木的，其他陈设也是红木的，就连马宽背后的背景墙，也是红木的。据说，这种来自非洲的红木，价格高得怕人。舍且没有进里屋看过，不知道马宽的床是不是红木的。舍且想，要是马宽的床也是红木的，那该多享受呀！他不知道马宽躺在床上是什么样子，那大大的肚腩肯定不是一座山，而是一个面口袋。这样一个软不拉叽的面口袋放在床上，要多难看就有多难看，是不是可惜了床，甚至可惜了床上的另一样东西——一个女人。舍且不知道那个叫作英姿的女人，躺在马宽的身下，又是一种什么样子和感受。

想到这里，舍且心里就像泼进了一碗醋。

马宽煮水、洗杯、取茶，马宽的动作是那样的规范和熟练。他一边准备，一边给舍且做介绍："铁观音抗衰老、抗癌症，普洱茶清热、消暑、解毒、消食，武夷岩茶醒心明目、杀菌去垢，龙井茶净化血管、预防中风，黄山毛峰降低胆固醇，太平猴魁防辐射……"马宽说了三十多种茶的功效，让舍且一头雾水，他呆呆地看着马宽泡茶。在舍且看来，马宽当属有天赋的一类。人各有命，当年马宽在这裤脚坝子，可是力气小得连锄头都举不起来，懒得连脸上歇了苍蝇都不想拍一巴掌，背柴火时，常常将自己弄翻在沟壑里，割草时镰刀老是往腿上划拉，下河捞鱼几次差点给漩涡吞掉。马宽的妈妈常常一边在他血肉模糊的伤口上敷草药浆，一边哭说这娃儿长大后，不知道能不能养活自己。天生一苗草，都要给颗露水珠。没想到马宽长大后,不仅养活了自己,还依次养活过好几个女人。不仅养活过好几个女人,还成为裤脚坝子最有钱、最会玩的主儿。

是的,马宽的背后是无限的财富,是谜一样的财富。或者说,马宽的故事里,有着财富一样的谜。

马宽的旁边,一个女人在忙去忙来,一下给马宽点烟,一下给舍且削水果,一下又将马宽溢出的茶水小心地擦拭干净。这个女人的服务无微不至,让人暖心。眼下这个女人叫英姿,比马宽小七八岁,明里也是他的第三个女人了。英姿有些胖,或者叫作丰满更合适些。英姿浓眉大眼,鼻直嘴阔,做事情风风火火,说话干净清楚,思路清晰,从不拖泥带水。

舍且内心有个秘密,就是梦里都想娶这样一个女人。

英姿第一次见到舍且就叫哥,那种叫法不是装的,不是憋的,不是生硬的,而是水嫩嫩的、甜丝丝的,自然得很。四川人嘛,话说完了,还往后拖一下。拖那一下,像是夜市里掏耳朵的人,末了时敲打那铁纤的感觉。让人麻,让人酥,让人余味无穷,让人立即就想投降。舍且一听她的声音,润心润肺,心爽神怡,瞬间振作。英姿削苹果,切成小块,用牙签插起,递给了他。英姿暗地里给他买过一件T恤,当着面要他试试合适不,弄得舍且的脸红一阵,白一阵。第三次呢,第三次马宽过四川做生意去了,英姿随舍且到金河边捡石头。捡着捡着,英姿就累了,在沙地里坐着、躺着,然后睡着了。舍且守在她身边,给她举阳伞遮日。英姿穿得又薄又短,出了汗,薄薄的春衫紧一处松一处。但舍且不敢低头，只是将眼光看向那些云遮雾绕的、猿鸣三声泪沾裳的悬崖。英姿大约是梦到了什么，熬不住了，在半睡半醒时，狠狠咬了他的手臂一口。舍且在家里没有姐妹，长这么大最亲近的女性就是母亲。母亲疼过他，也恨过他。恨他的时候，会用荆条打他屁股，疼他的时候，会给他好吃的，抱着他流上一阵泪，或者狠狠掐他一爪。英姿那一咬，舍且没有恨她，相反心里热了。虽然疼，但快乐。后来，英姿还随舍且去看了他母亲，给他母亲买了一个简易血压测试器，买了补钙的奶粉，买了蚕丝缝制的冬衣。英姿说："舍且，我就认你为哥了，你妈就是我妈……"舍且的心颤抖了一下。英姿说："不过你不要和任何人说起，包括妈妈，包括马宽。这件事只有天知地知你知我知。"此后逢年过节，英姿都会给舍且母亲送点鲜肉、蒸菜，或者几百块钱，还真的像是自家女儿那样。

这英姿是马宽去四川做生意带回来的。舍且也没有把英姿当外人看。在马宽之外，他们私下里，收藏着小小的秘密，有时会心一笑，彼此便温暖无限。

泽具、洗茶、泡茶，马宽做得井井有条、一丝不苟。红茶倒在洁净的公道杯里，红红的、浓浓的，呈现着富贵气象，也有些动物血液的感觉。舍且端起茶杯，用鼻子嗅了嗅，抿了一口。与马宽相处这段时间，舍且学会了喝茶，懂得茶也是有生命的，懂得茶也需要善待的，懂得茶也有高低贵贱之分的。不过，舍且并不太喜欢长时间坐着喝茶。老是把大把大把的时间丢在茶杯里，然后随水而去，真是太可惜了。老是和一些有身份的人坐在一起，让自己变得没有身份。而且喝茶的时间一长，舍且老是有一种血液被茶水稀释、血性减弱的感觉。

士别三日，当刮目相看。现在的马宽，不仅是个商人，还是个文化人，据说，还是个发明家。舍且坐在他对面，一边喝茶，一边听他天南地北地侃。舍且就知道，生活中不仅石头重要，不仅钱重要，还有其他，比如女人，比如名气，比如不断地对未来的探知。这些话都是对的，谁觉得女人不重要？谁觉得钱不重要？谁又敢说创新不重要？马宽此前做茶生意，将本地的茶，成堆地拉到沿海地区，换到了成堆的钱，就得益于他的口才、他的想法。那些各种各样的树叶，通过他的研究，成了降压、收脂、防癌、平心静气、改善心脑血管，甚至眼下生二胎必需的补肾、生精、固胎之珍品。

件件和百姓生活密切相关，怎能不找钱呢！

舍且和他不同，命运多舛。刚进高中时，老爹在悬崖上采收野蜂蜜，不小心捏死一只野蜂，不想成群的野蜂恼羞成怒，扑面而来，将他包围得严严实实。母亲找到他时，他遭受无数的蜂蜇，受尽折磨，根本就不像人了，浮肿得像一个巨大鼓胀的皮袋。待寨子里的人将他送到医院时，重症监护室通知一次要交三万块钱。那样一个破家，三千块钱都拿不出来，居然要交三万块钱！母亲四处求借，以头抢地，根本就筹措不到这笔山一样大、河一样满的巨款。得不到救治，老爹含恨离世。一个大男人，让那些小动物杀死，这是个意外，说起来可笑。这样的命债任何人都没法讨要。在金河边，这样的案子不是首例，谁会去和那些生活在悬崖峭壁上的小东西斗劲呢？那些苦寒之地的蚂蚁呀，蚊蚋呀，虫蛇呀，它们卑微得很，它们也要生存，它们在几年甚至几个月的生命里，创造的一点点财富，突然被另一种令它们讨厌的动物凭空掠走，它们哪会善罢甘休！所以它们拿命来换，蜇死个把人，也没有什么不可以的。当然人类也不是好惹的，一把锄头、一堆烟火、一袋农药就能让它们死无葬身之地。舍且将父亲按照彝人的风俗安葬之后，再找那一堆野蜂时，野蜂早已消失得无影无踪，或许，它们早知道自己闯下的大祸，在舍且寻命之前就逃之夭夭；或者，金河边的飞鹰、黑熊、落石、风雨雷电等万千气象，在不经意间已让它们消失殆尽，替舍且报了仇恨。舍且只能将野蜂残留的一堆空巢，抓起，搓揉，狠狠甩进了咆哮的江心。舍且的书没法读下去，他离开金河，帮助南方最有钱的人修过房，到北方最黑暗的煤矿背过煤，再到官员最多的京都给餐馆当过保安，最后没找到啥钱就回来了。回来好，回来妈妈就放心了。而恰好金河一带玩石头的人越来越多，石头成了裤脚坝子的一个宝，据说那可是时下十分吃香的文化产业，不仅有钱人喜欢，政府也在大力助推。舍且不怕吃苦，又有这几年的眼界作为基础，做得还不赖。每天鸡一叫就起床，就到河滩里走来奔去。特别是洪水刚过，新冲来的石头，好东西更多。他捡了很多的石头，很多图案别致的石头，那就是他的财富。那样的石头，他略微打理一下，加个木座，取个富有文化气息的名字，一出手就可赚上点钱。当然，遇上有价格空间的，他也买上几个存起来。

　　石头生意不是轻巧活，舍且的钱来得不容易，它是舍且一分一文地攒起来的，是流过汗甚至流过血后才得来的。他的钱从不在身上过夜，每有收入，很快就化零为整，存进了镇上的储蓄所。除了日常的开支，除了妈妈生病要买药，一般他是不会动用一百那样的老人头，就是使用五十一张的青蛙皮，他也得犹豫上一会。当然这很正常，金河两岸的人，都非常现实，要是谁大手大脚，铺张浪费，相反被视为异端，遭人瞧不起。

和舍且相比，马宽不一样，马宽是这个小镇的另类，马宽也没有将书读完，他没有读完的原因不是他的父亲死掉了，也不是没有钱或吃不饱穿不暖，而是他不小心将初中的班花的肚子搞大了。顶着全校师生吐得满身的口水，马宽连书包都不敢要，逃回家躲了些天。马宽没再读书，但半年内将裤脚坝子的几个高脚骡子骗出去卖掉——高脚骡子是镇上对女孩子的比喻，女孩子腿高，身材好，和骡子一样值钱。再后来呢，马宽摇身一变，成了外商，成了镇里对外招商的重要对象，曾伙同镇上的一个副镇长搞什么招商引资，要修过江大桥，致使财政两百万元公款有去无回。马宽和那个副镇长因此而获刑。据说马宽只在监狱里待了半年就取保候审出来了。出狱后的马宽消失了，几年后，马宽又突然回来。这次的马宽成熟得多了，和以前判若两人，低调沉稳，不事张扬，涵养丰厚，待人接物彬彬有礼，说话果断肯定。镇上的人再次见他，往事泛起，除了暗地里朝他吐口水，并没有更多办法。人们见他都离得远远的，视若疯狗脏物，耳不听为静，眼不见不烦，只要和自己没有关系，就当他死掉好了，就当生活中从没有这样一个人。

马宽这次回来，在临街租了一幢楼，开了一个融资公司，其中包括典当。舍且对典当没有更多的了解，估计不过是马宽不大务实的一个花招罢了。

一个进过监狱里的人，他会好到哪里去呢？

事实上并不是这样，马宽的店开张的第一天，就门庭若市。舍且也在被邀请之列，为什么要邀请舍且呢？这话说来有点长。早年舍且和马宽在一个班读书，舍且没少给马宽做过作业，当然马宽偶尔也会给舍且一点钱或者什么好吃的。重要的一次，马宽为了到河对面去买羊腿吃，过溜索时跌进江心。是舍且往下游追了两公里，将马宽捞出来的。后面赶来的人将早已装了一肚子脏水、昏迷不醒的马宽，趴放在牛背上，牵着牛在河坝里来回不停地走。牛每走几步，马宽就往外吐两口泥水。牛走了五分钟后，马宽突然吐出一条死鱼，"嗯"出一声来。马宽恢复了体力后，在他爹的带领下，买了一个猪脑壳、两瓶糯米酒来舍且家谢恩。

马宽咕咚一下跪在舍且面前："舍且，没有你，就没有我的命……"

舍且手足无措，他要朝马宽跪下还礼，腿一弯，却被马宽的爹一把抓了起来："这是你该受的礼，别弄反了！"

舍且就一直想，什么时候找个恰当的理由，把这一跪还掉。

现在，马宽给舍且泡上一壶好茶，请上一顿好酒，甚至更多地帮助舍且，都正常，不正常才怪。

马宽双手递过红得耀眼、装帧气派的请柬，诚恳地邀请舍且在他确定的那个黄道吉日，拨冗光临。他的融资公司很快就要在裤脚坝子开业，这是他人生中的大事，也必将影响裤脚坝子的发展，舍且是他的福星，舍且到，福就到。

三

舍且犹犹豫豫地走进融资公司时，受到了马宽的热烈欢迎，马宽甚至把舍且排在他的朋友的前十名来介绍，这让舍且有些受宠若惊。马宽在裤脚坝子甚至坝子以外的很多朋友都到了场，有气宇轩昂的商人，有内敛低调的官员，有高谈阔论的写字、画画、作诗填词的文艺家，还有老师、医生、工匠和农民。举头看去，大多是中年人。对的，这种场合，只有中年人更合适些，中年人才懂人情世故，中年人思维更敏捷，有的中年人钱包里装着的东西才配谈融资。

而就在那时，舍且进一步感受到英姿的不一样。英姿有一双明亮而深情的眼睛，它忽闪一下，舍且就感觉到它在说话。到底是在说什么呢？舍且不是太肯定，也许是你好，欢迎你！也许是我们之间的故事，不允许和别人说起啊！也许只是礼节性地打招呼。舍且不知道她这双眼睛只是和自己说话，还是和所有人都这样说话。舍且奇怪，和这个女人交往，每一次都会有不同的感觉。舍且是个知足的人，他不会为一个女人对自己的客气而有更多的想法，特别是那种非分的想法。但是他又想，马宽这家伙，这个之前坏得头上流脓、脚下流血的家伙，突然变得这样彬彬有礼，这样派头十足，这样富甲一方，或许就是和这个女人分不开吧！那么，这样一个女人又看上他的什么了呢？

"英姿，我的老婆。这位是我少年时最好的朋友，舍且。"马宽说。

不知介绍过多少次了，但马宽每次都说得激情饱满，活力四射。

那个女人笑笑的，落落大方，伸出手来，和舍且不轻不重地握了一下。每一次握手，舍且都感到了不同。这一次握手更甚，好像握的是心而不是手。

那天下午，马宽在裤脚坝子最好的酒店摆了三十多桌，菜品自然是酒店里最好的，烟酒自然是酒店里最好的，各种服务也是酒店里最好的。这种安排充分体现了马宽经商的品质和他的经济实力。马宽西装革履、气宇轩昂地站在宴会厅的正中，一只手拿着话筒，另一只手被满脸微笑的英姿挽着。马宽一边答谢所有来宾，一边讲述着生意的新理念。舍且对他所说的那些理念一点也听不懂，一点也不感兴趣。他倒是对马宽能如此成长而感到意外，对那个女人而感到意外。对于裤脚坝子的人来说，再也没有嫁给这样的人而感到耻辱的，但那女人居然嫁了，居然一脸的幸福，居然在这样一个时候，将自己穿得一团艳红，惹火夺目。也许这就是爱的魅力了吧！爱上一个人，即使那人在别人眼里是魔鬼，而在自己的心里却是天使。

这个舍且懂得的。

但舍且又想，也许这个女人并不知情，根本就不知道马宽的从前是何等的让人不堪，听信了他的甜言蜜语。这个时代缺的是傻瓜，但就不缺傻女人。萝卜白菜，各有所爱。人生嘛，鲜花插在牛粪上的事，多着呢！一个人要真傻透了，你还真拿他没办法，别说牛粪，就是虎口，他也会主动将头放进去。

人多是适合喝大酒的，更何况马宽携着那女人，至少来敬过两次酒。别的他舍且不知道，敬舍且的酒，马宽两次都是一口干了的，还要将杯子翻过来，让底朝天。马宽干了，舍且当然是要奉陪的。舍且多喝了几杯，看到的天空和大地根本就没有什么不同，听到的人声和动物的声音根本就没有区别，摸到的门枋和空气同样也是一回事。他知道自己醉了。他无声地笑了一下，体会着酒肉的力量，趔趔趄趄走到了街心。街道出奇的宽，天空出奇的近，金河里涛声出奇地响。英姿追了上来："舍且，我送你回去吧，看你这个样子……"舍且本想说什么，却说不出来，任她牵着，像团棉花一样飘落在轿车里。

迷迷糊糊中，英姿将他送回家。迷迷糊糊中，英姿将他放平在床上，喂他葛根水。离开前，好像还亲了他的额头。

舍且长这么大，可从没有被女人这样关心过。

马宽开业时，舍且给他送的礼是个大石头，上面的图案，模模糊糊像个动物，其身形如虎，其首尾似龙，有些凶猛，更多的是威武。这个石头是舍且在河滩里找到的，准确说，成本也就值一顿饭钱。可摆在店里就不一样了，有人出过三千块钱，舍且没有卖。这样的礼送给了马宽，也是他一时兴起。第二天酒醒过来，正在懊恼，电话响了。那头有个女声，说她是英姿，问舍且醒了没有，昨晚没有照顾好，真是对不起。说舍且送的东西，她估了个价，给他堆花了。

"堆花？啥堆花？"

"就是把你送的礼折成钱，存在我这里，每月给你利息。"英姿说。

舍且只知道物品上凸起的花纹叫堆花，金河两岸的人在用黄金白银制作的器皿上，经常做堆花。堆过花的器皿，比没有堆过花的，显然就要贵重得多。英姿说的是在钱上堆花，这话就艺术了。舍且想，这女人读过的书，不知比他舍且多了许多呢！舍且感觉不妥，送人的东西，不仅本还在，还有利息，这哪行！他哪是那种人！

"不要不要，坚决不能要。"舍且说，"不就是个石头嘛！"

但英姿说："昨天收到的礼，所有的都是这样处理的，包括那些图书、字画、民族服饰。告诉你呀，还有个大爷，送的是一件自己做的木雕，我也是这样处理的……"

"他们知道马宽是个文化人，喜欢这些，所以这类东西收到的多。"英姿又说。

"文化人？小学课本都整不清楚的人，什么时候成了文化人！"舍且嘀咕了一声。现在有钱人都附庸风雅，这是事实，但他不知道，马宽这样的人，居然也有了文化人的身份，唉！

英姿没有听清他说什么，要他重复一遍。

舍且说："马董事长是不是常常到学校讲课呀？"

"你都知道了！"英姿笑着说，"那哪里是他的强项？他读书还没你多呢！下个月是六一儿童节，他准备去捐几万块钱的学习用品，刚一说，校长就缠着他，让他无论如何要给学生讲讲他的奋斗历程，励志嘛！对孩子有用。"

舍且感觉胃里一阵翻江倒海，想吐。

英姿说："你怎么了？"

舍且说："酒还没醒，对不起，呃……呃……"

此后舍且的银行卡里，每个月都要收到几百块的利息。刚开始时还不适应，慢慢地也就觉得理所当然了。舍且在马宽的办公室，看到很多人都在给马宽送钱来，也在不断地将利息领走。那些数额，多得让人意外，让人想不通，让舍且差点流鼻血。

马宽的生意很忙，但他在做生意之余，常常向舍且请教关于石头的知识，偶尔也给他买上几个石头。马宽买石头不是收藏，不是观赏，不是做摆设，而是送人。石头品质好的不好的都有，价格高的低的都有。马宽买了去，据说倒也打通了不少关系。

马宽说："中央八项规定出台了，管得很严，现在送钱，哪个敢要？倒是这破东西，只要说值不了多少钱，他们都不会拒绝，也不会带来什么麻烦。事实上，值多少钱，明眼人一看，都知道的。"

马宽之所以是马宽，在这些方面，他比舍且强多了。

马宽信佛，偶尔邀请舍且去听和尚讲经、在庙宇里吃素饭，邀请舍且一起买鱼虾和乌龟。他买那些生灵不是下锅，而是去金河里放生，求得心灵的安稳。

马宽不吃肉，舍且也跟着不吃肉。马宽喝茶，舍且也跟着喝茶。马宽到寺庙烧香听经，舍且也跟着到寺庙烧香听经。这样的时光总是很美好。在煮水泡茶的时光中，在向佛许愿的时光中，马宽的朋友越来越多，这些朋友不断地送来很多的钱，也借走更多的钱。马宽做这些事，从来不回避舍且。舍且在马宽那里，见到了令人难以置信的交易，见证了马宽日渐富裕的生活。

"有钱，就要让它流动起来。人挪活，树挪死，钱要流通，才会生儿子。"马宽说，"我一个月有二十万元的收入，勉强够我生活了。"

每月有二十万元的收入，才勉强够生活。舍且脸都吓白了，也自卑到了极点，同时内心隐藏着若干的羡慕。事实上，舍且略一琢磨，就知道马宽的钱，每月哪里才二十万元，至少要乘以十以上。

此前，舍且的钱在银行里是存成死期的，只进不出，这也是舍且对自己的要求。在他眼里，钱不是用来生活的，而是用来生存的，用来保命的，钱要用在刀刃上，不要轻易把钱花掉。要是当年有足够的钱，爹就不至于死在医院。他给自己定下一个规矩，若一定要取用，一是结婚，二是母亲大病或者过世，三是孩子上大学。这三件事目前都没有发生，他的钱就应该像士兵一样，乖乖地守在银行里，排好队，等候他的命令。

四

就是舍且自己，也不知道自己有多少钱。每次卖石头的收入，舍且有多少就存多少，三千也好，八百也行，将存折分头放。他嫌数钱烦心，那些纸张，没有让他太开心。与其数钱，还不如去数石头。英姿更不知道舍且有多少钱。英姿说："你有闲钱，不管多少，就放在我这里，每个月就有些收入，哪里不好？"舍且说没有钱，他哪有钱。别人和舍且说起钱，他是警惕的，他的心会紧紧地拧一下，就像是有只手在心尖上扯了一下那样。这年头，不和你说活计，不和你说情感，而和你说钱，你就得注意了。要知道，比你有钱的人、比你有办法的人，是不屑和你说钱的，和你说钱没有意义。英姿和舍且说钱，舍且没有更多地怀疑。他知道，这女人手里周转的钱，至少在八位数以上。这样的女人和他说钱，是对他的关心和帮助，是看得起他舍且，但他不能马上就表现出自己真的有钱，他得低调才好，他得装穷才好。事实上，英姿并没有逼他，英姿的话说得像春天的傍晚一样风轻云淡，是无意的、随意的。有人来找英姿存款，英姿不回避他，当着舍且的面，给那些人写存款的条子，盖上红色的印章和手印，付每个月应该有的利息。说实话，看到那些人将钱存放在英姿这里，每个月就有了收入，他的心是在扑通扑通地跳的。他心想，不劳而获，比起他起早贪黑，汗流浃背，每天和那些粗糙、沉重的石头打交道，有时还会流血，显得轻松多了，显得档次高贵，显得幸福无比。

生意做得又大又好，马宽就必须得在外应酬，家里的事多交由英姿来打理。现在，刚离开的是医院的一个中年护士，姓曹。英姿说："每月的工资一来，曹护士除掉一点菜钱，全部第一时间转过来了，利息也存在这里，她的钱呀，雪团一样越滚越大了。"

舍且滚过雪团的，雪团越滚越大的感觉，让他无限兴奋，而钱滚到那样大，肯定是会让人窒息。

钱太多了不用，这也没有什么意思。听说，他们家男人不抽烟，不喝酒，不进茶馆，还三年没有买新衣了。镇上也有人这样说过。

没有钱的时候想钱，钱是救命的；有了钱的时候还想钱，那钱就是一种身份和品质。英姿说："人活着，就得想它，而且要不停地想。今年刚刚出来的中国富豪排名，王健林第一，紧追着的就是马云，还有马化腾……而全球的首富，比尔·盖茨，连续三年福布斯富豪榜上第一。阿曼西奥·奥特加，创建了世界上最大的服装零售集团……这些，你都应该知道。"

这个女人不简单，天天守在裤脚坝子这样的小地方，却胸有天下，怪不得人家就比自己有钱，转得开。

舍且一直在看这个女人的眼睛。他知道，一个人是否撒谎，是否美丽，看的就是她的眼睛。但他除了看到英姿的兴奋，看到她的激情外，并没有看到太多。他吃不准。

舍且想，这就对了，这才是真实的英姿。

不久，舍且卖了几个石头，也就一万元多一点。舍且左手拿钱过来，右手就递给了英姿。英姿抿嘴而笑，也不爽约，从打印机盒里抽出一张白纸，给他写了借条，注明利息的多少，注明每月的某天付给利息，借款人写的是马宽的名字，还让马宽在金额上面和名字下面分别摁了通红的手印，然后还给舍且办了银行卡，开通了手机信息。

舍且也有小小的疑问："英姿，你写的条子，为啥摁的是马宽的手印？"

英姿笑："我也想摁，可我是给马宽打工的，他才是公司的法人代表呢……如果他不诚信，可以告他。"

"收这些钱，都放在你那里，你哪有这么多钱付息？你的利息从哪里来？"

英姿又笑，英姿的笑再次让人着迷。舍且想，要是自己能和这样的女人天天待在一起，共度一生，人就幸福了。但他知道，这只是梦，像这样的女人，他舍且一生也就遇上这样一个，这样一个还只属于马宽个人的。舍且想，自己这么多年没有跨进婚姻的门槛，原来是没有遇上这样一个人呀！是的，此前有很多小姑娘主动找过他，镇里有很多人不断地给他介绍女孩子，也有很多不知真假虚实的网友，有一下无一下地约他，要见他面。舍且有过自己的个人生活，也曾经有过不能告诉他人的隐秘往事，但事后他总觉得，要让那样的人陪伴自己一辈子，好像还差了点什么。

这个英姿，怎么就成了他马宽的了？这个英姿，在前生前世，应该和他舍且有过什么纠葛。舍且在店里买卖石头的时候,在河滩里躺成"大"字看浮云的时候,在暗夜里听猫头鹰在檐后叫的时候,他忍不住了,就会想英姿。英姿多多少少给过他亲近,给过他暗示,但他舍且心头矛盾得很。一方面是觉得马宽太过分了,一个头上长疮脚下流脓的家伙,不仅拥有金钱,而且占有这么好的女人;另一个方面是朋友妻不可欺,他舍且活着,重要的是一种品质。实在忍不住,他就拿起电话,给英姿拨过去,刚要通又连忙摁掉。他打开微信,找到英姿,刚输进一句"在干吗呢",又赶忙删掉。想英姿想得多了,心里免不了暗生嫉妒,恨不得一脚将马宽踢下河去。马宽外出时,他恨不得接到马宽出现意外的电话。甚至他又想,这杂种和官场勾结太紧,总有一天会有纪委"收留"他……

见鬼了!

事实上,这样的消息一个也没有传来,也就是说舍且内心的阴谋诡计一个也没有得到实施和发生,他所有的诅咒和许愿都统统无效。见到马宽的时候,马宽依然红光满面,依然在和众多的客人谈收钱和放贷的问题;马宽有空的时候,依然在舒缓的佛教音乐里,给舍且来上一泡西双版纳的古树老茶;马宽依然会给他买上几个在官员面前拿得出手的石头;马宽依然会约他喝酒直到不省人事。舍且暗地里只好撕扯自己的头发,打自己的耳光,骂自己品性的卑鄙。

后面的来往中,舍且就知道了,马宽筹集的这些钱,都是给那些做大工程的老板留着的。那些搞房地产的,那些修桥梁隧道的,那些承包高速公路、铁路和矿山的,一个个都是身家上亿的老板,但一旦拿下某个工程,资金顾不过来时,融资公司就成了他们的首选。他曾亲眼看见在裤脚坝子建最大生活区的范总，汗流浃背地跑来，朝英姿把手一伸，说："把烟拿一包来，我包里没有钱啦！"一支烟吸完，再说钱，一借就上千万。英姿借给他的钱，利息是五分。舍且一下子踏实了下来，原来自己的钱，不仅给自己产生利息，还给马宽也产生了利息，他舍且得到的，不及马宽的一半，遂放心下来，自己得到这一点，也就理所当然了。

舍且回到家里，翻箱倒柜找存折。有的放在抽屉里，有的藏在墙柜里，有的塞在破旧的衣服里。好在舍且记忆力还行，弄了半晚上，全都给找出来，一加，就有三十来万元。舍且吃了一惊，几年下来，他居然有了这么多钱。如果用来买房，在县城可以买半套了；如果买车，应该有辆不算差的车；如果买一堆石头来存着，说不定过几年要赚好几倍呢！舍且抽出十万块钱的存折，取出现金送到融资公司。

英姿微笑着，依旧给他写了借条，盖了鲜红的手印。

从现在开始，每月舍且的账上都会存入更多的钱，这可是不劳而获的钱呢！也就是说，舍且每月不需要奔波、流汗甚至是计算，他都会有这么多的收入。这点钱对于不嫖不赌不抽烟也没有其他负担的舍且来说，已经是用不完的了。舍且很满足，每隔一段时间，就把存折里的钱再取出，送给英姿存了起来。后来，他干脆连利息都不取回了，他让英姿直接滚存进他的账户里。利滚利，钱来得更快的。

此后，在舍且不经意的每个月的某一天，手机呜地响了一声，舍且就知道利息钱存过来了。舍且知道母亲有一点钱存在储蓄所里，存折放在一个瓦罐里，瓦罐又放在屋梁旁的猫儿洞里，就做母亲的工作，说自己想在镇那头买小区房，有了小区房，找女朋友就更有条件了。母亲想儿媳妇心切，深信不疑，将存折都给了他。舍且取出钱的第一瞬间，就送到了英姿的手里。

"你知道为什么马宽生意会这样顺利吗？那是因为你，你送了他财运。"英姿说。

舍且吓了一跳："英姿，你没有发烧吧！"

"你知道马宽为什么对你这么好吗？那是因为你，你算是他一生中绕不开的贵人。"

舍且都不想听这种话了："你们有钱人，说话低调可以，可别不负责任。"

"以后你会知道的。"英姿说。

五

一件意外的事件发生，打乱了舍且的生活。

舍且的母亲生病了。

母亲生病，这对于任何一个人来说，都是再正常不过的了。机器老了，部件就坏；树木老了，内部空朽；河流老了，水流干枯。这都很正常。可舍且的母亲生病，这倒有点不正常。舍且的母亲也就六十挂零。在裤脚坝子，六十多一点的人，只能算是中年人，因为这里的空气、阳光很好，还因为这里有这么一条河，汹汹涌涌，吐故纳新。有人说，江水不仅给裤脚坝子带来财运，还冲走无数的垃圾和霉运。裤脚坝子的人欲望不高，想法不多，能挣到多少钱就用多少钱，孩子们读书能读到哪算哪，领国家工资的，能走到哪就算哪，少有拉票贿选、贪污腐化、行贿受贿的大案要案发生。最近扶贫工作队进村入户，进行精准扶贫的调查，也没有哪一家会弄虚作假、虚报数字，或者死皮赖脸乞求工作队将他们定成贫困户。欲望不高，幸福的感觉就很好。幸福的感觉好，人心情就愉快。人心情愉快，就活得健康，疾病就少。因此裤脚坝子的人大多长寿，眼下一百多岁的就有八个，八十岁以上的老人就多了。

可舍且的母亲偏就生病了。那天舍且正在自己的店铺里，和一个来买石头的人讨价还价，听到后面"咕咚"一声，有什么东西沉重地落在地上。回头一看，是母亲跌倒在地。早上起床，母亲就叫头昏，还呕吐了几下。年纪大的人头昏很正常啊，睡一觉、吃吃药就好了。舍且从木柜里找出些草药，加了红糖，煮进两个鸡蛋，给母亲喝了。这在裤脚坝子，很奏效的，早年母亲也没少这样对付过舍且的头晕。但这次母亲喝得很勉强，喝了两口又吐了出来。舍且让母亲躺下，说："睡一觉吧，要不请人来念个咒。"可不想母亲现在一起床，就跌在地上，脸色发青，牙齿紧咬，一看就不是一两个鸡蛋能够弄得好的。舍且吓了一跳，大喊："妈！妈！"母亲没有应答，估计她一点也没有听到，或者听到了，却没有能力答应儿子。舍且遇到这样的事，居然束手无策。此前，要是有人掉江里了，舍且肯定第一个跳进去救人，要是歹徒干坏事了，第一个跳出来的肯定是舍且。现在他舍且面对自己的事，居然一点办法也没有。

舍且现在想起来的第一个人不是医生，而是英姿。当然，英姿在这个时候也是第一个赶到的。这个女人优点太多，乐于助人是其中一项。英姿叫来救护车，及时将老人送进医院重症监护室，找了最好的医生，商量最佳的治疗方案。整个流程有条不紊，体现了英姿的把控能力和亲和力，也体现了英姿对这件事情的高度重视。仿佛那个时候，英姿才是亲生的，而舍且只是个旁人。那一瞬间，舍且想，要是父亲当年遇上了英姿，或许就有救了。

母亲是脑出血。人老了，血管老化，稍一激动，就出意外。母亲此前也激动过，比如舍且醉酒太甚，整夜不归；比如舍且遇上无赖，被人买走石头却又总是拖欠不给钱；比如舍且多次相亲，却多次无果。这些事对于母亲来说，都不是小事。这些事情都会让母亲激动。但这些事，顶多让母亲生生气，骂骂鸡狗，踢踢门槛，但都没有让母亲昏迷过。母亲眼下的激动，是在不经意地打扫房间卫生时，看到了马宽写给儿子的那些借条。那些借条大大小小的居然有十多张，加起来数额吓人，好几十万呢！她不知道舍且哪来这么多钱，不知道舍且为什么会把这么多钱以借的方式，转在了别人的名下，变成一张写着黑字的白纸。那么，自己的钱会不会也……她双手颤抖，两眼昏花，但她又不知道怎么和儿子说才好。就这样，母亲一激动，就出事儿了。

年龄这么大脑出血，可是件麻烦的事情。母亲躺在重症监护室，是死是活，唯有天知。舍且拉着医生的手不放，要医生无论如何都要救活母亲，要多少钱，他就给多少钱。舍且的婆婆妈妈让医生很烦，一见到他就想往回走。英姿拉过他，给他说作为一个医生，一年到头都要面对若干的生死，从死亡线上拖回过很多人，也从生命线上放走若干人。医生的职责是救死扶伤，这些医生都是她英姿的好朋友，他们会尽力的，如果母亲命里有寿，母亲会战胜一切的。

医生态度的不明确，让舍且内心无比恐慌。他想送母亲去省城最好的医院，因为听人说在省城，这样的疾病救活的也不少。但当他把这个想法告诉英姿的时候，英姿并没有赞成。英姿说："到了那里，需要的可不是几万块钱的事，会需要几十万块甚至上百万块。"舍且说："要几十万块我就拿几十万块，要上百万块我就拿上百万块，钱是人找的，可母亲只有一个。"

英姿摇摇头，生气地问舍且："母亲这个样子，能在几百里山路上折腾吗？"英姿领着舍且去占卜。英姿说："你读过些书，不大信这些，可你知道吗，马宽每有大的生意，都要找师傅问过凶吉，才能行事的，这几年来，他可从没有失手过。"舍且当然信了。裤脚坝子不算大，但算命的人不少，佛教的、道教的，更多的是彝人的。这金河口岸，多少年来，往来客商很多，烧杀掠抢不少，自然灾害也常常不期而至。种种突发的意外让人们大多信命。道士让他抽签算命，和尚给他拆字化灾，祭司和苏尼摇着法铃、敲着羊皮鼓预期未来。在观音面前磕头看纸钱焚后的焰色，看鸡蛋打开的颜色，看羊骨纹理的纵横，依据生辰年月来进行推理……他们越说得多，舍且越是迷糊，是死是活，莫衷一是。

舍且每天有机会探视一次母亲。母亲面色寡白，形容呆滞,不言不语,不吃不喝。医生说老人要醒过来,也不是不可能,但除非有奇迹出现,奇迹只有亲人才能完成。

舍且就喊妈,舍且唯一能做到的就是在床前喊妈,和妈回忆自己童年的往事,忏悔某次没有听妈的话让妈生气。母亲一直在熟睡,仿佛她来到这个世界上的目的就是为了睡。小时候的舍且常常饿,吃不饱,肚子常常抽搐。母亲给他的能吃的东西非常有限。父亲常年在江上漂来漂去,一两个月回来一次,要么带回一块野猪肉,要么留下几张钱,对于舍且的冷暖饱饿,他大约是没有当回事的。在舍且的生命里,母亲给他的太多了,他这条小命,如果没有母亲,不知道要丢多少次。但是现在母亲命在旦夕,他居然没有能力让母亲说说话,让母亲坐起来,喝一碗儿子炖的鸡汤。没有声音、没有表情的母亲,让舍且内心难受,舍且非常害怕母亲会离开自己。舍且回忆小时候母亲对自己的关照,什么时候自己掉进金河里,母亲连命都不要了,硬是将他从漩涡里拖了出来;什么时候狼将他拖出院门,母亲硬是用木榔头将狼头打扁,将他从血污的狼口里救出来;和母亲讲自己的某块石头,上月刚卖了两万块钱;和母亲讲自己找媳妇的标准,说只要母亲一醒,他保准给母亲看儿媳妇,又勤劳又孝顺又漂亮又健康,要生个儿子也行……英姿在出监护室的时候,提醒舍且:"在老人面前,可要说话算数呀!"

母亲病得如此严重,舍且无心下河捡石头,也无心做生意,他干脆就去找女孩子。平时见到女的,他不敢从正面看,有好看的,也只是从侧面看看,或者等人家都走过去了,才追着看背影。在女人面前的怯懦,曾经让他不断地失败。现在不一样了，现在每有一个女孩子走过来，他都要盯上两眼。一是看年龄，二是看容貌，三是看身材，四是看品质。前边三看都能用肉眼来完成，第四看则是在三看的基础上，进行的综合评价。舍且的四看完成了，觉得满意的，就走过去搭讪。当然这样的做法，很多都是无效的，甚至有的女孩子一见他这色狼一样的眼光、怪异的表情，吓得头都不敢回，专往人多的地方走。英姿说："你比当兵的人还急。"舍且当然知道英姿说的意思，那话说的是，一个正常男人，对女人都会十分渴望，越是得不到，就越是渴望，要是当上三年兵，看到老母猪都认为是貂蝉。可是，他舍且不急不行呀！他是在妈妈面前表的态，村里人说，妈是菩萨，菩萨是不能随便糊弄的。舍且说："你是坐着说话认不得腿酸。"

舍且出现在镇里最繁华的百货商城门口，这里的女孩子最多。他不仅大胆地看女孩子，还到处请人做媒："大嫂呀，你给我介绍个女朋友嘛！"当大嫂的就说："行呀，你懂规矩不？成不成，酒三瓶呢！"舍且说："你让我成了，别说三瓶，三十瓶也没得问题。"那一段时间，舍且见到太多的女孩，有胖的瘦的高的矮的俊的丑的，有年纪大的，更多的是年轻的，甚至还有几个是离了婚带着娃娃的。舍且参加了无数的有关咖啡的、小吃的、电影的、服装的、风景的女人博览会，短时间里感受了人生少有的风景。但最后下来，他的相亲还是有始无终。他有些沮丧。

英姿笑，说该来的会来，何必强求。

英姿一直在他身边。

这段时间以来，英姿为自己做的太多了，他心里异样的感觉再次涌上了心头，这个英姿要是自己的媳妇多好呀！

啪！他打了自己一耳光："有病！"

舍且坐在河边哭，哭够了，便坐溜索去河对岸请来祭司念咒。祭司给山水献祭，给鬼神献祭，给河怪献祭，给媒神献祭。当年，父亲是凶死，老人们传说凶死的人处理不好，会给家人带来麻烦的。舍且往上数了三代人，好像整个家族里有过套索上吊、投井投河、跌岩摔死、服毒亡命的人。这样的凶性事件，处理不好，鬼魂会一而再，再而三地影响着后人。于是祭司们念了除邪咒鬼经和取魂换魄经。念经书的过程中，母亲好像动了一下，好像母亲的呼吸重了两下，好像母亲的腿蹬了三下。舍且觉得，反正有祭司敲锣打鼓的日子，母亲多多少少就有点希望。舍且满心欢喜，又让祭司重复念了招魂经。

母亲的病是重过头了，一个六十来岁的老人得了这样的病，要奇迹产生的可能性的确是太小了，经咒好像仅起到安慰旁人的作用。就那么熬了三个多月，任凭舍且是如何地呼喊，如何地讲故事，如何地表白自己的诺言，老人家呼吸还是停止了。那天，舍且在母亲身边睡着了，一觉醒来，发觉母亲没有了呼吸，身体在慢慢变硬。树靠皮，皮脱便朽；竹靠叶，叶落即枯。没有了呼吸，人肯定就没有了生命。舍且喊妈的声音，估计她是听到的，因为在她身体冷硬之前，眼角滴落两大颗泪珠。舍且全身都垮掉了，他头晕目眩，耳朵里全是轰鸣声，腿则软得像是煮过的挂面。

发了半天呆，舍且的大脑醒了过来。舍且最困难、最痛苦的时候，总是第一个想起英姿。可是现在，英姿根本就不接他的电话,任他将电话拨上无数遍,英姿都没有接他一个电话。他才想起,这段时间以来,英姿和他见面少了,神色多有不对,说话总是顾左右而言他,吞吞吐吐。他给英姿发了短信:英姿妹妹,我母亲去世了,我要用钱,请你还我一点……不一会儿,英姿打过电话来了,铃声一响,舍且的眼泪都差点掉了下来。

"舍且,你要节哀。"

见她不说钱的事情,舍且就说:"我妈妈去世了,我手里没有钱,你还我一点吧!"

英姿说:"对不起了,舍且,有钱我会还你的!"

舍且说:"我母亲去世,你还我一点……"

英姿说:"我还真的没有,实在对不起。"

舍且说:"英姿,你把我的钱都弄到哪里去了?做生意打折了吗?"

英姿说:"对不起了。嘿,我能把你的钱弄到哪里?你知道的,儿子在英国留学呢,在这个节骨眼上,你我都不容易……事实上,我早就告诉过你,融资是有风险的!"

舍且突然糊涂了,谁告诉过自己,融资是有风险的?他还真想不起来。英姿吗?马宽吗?他真想不起来。

舍且把电话打给马宽,马宽说他在老挝,要舍且晚上再打,现在他正在和老挝的农林部部长谈合作的事。舍且实在忍不住了,他说:"我母亲去世了,没有钱安葬,你把我的钱给我吧!"马宽愣了一下,说:"你先借点,那么多朋友啊,总不能让老人死后无处安葬啊!"

"我回国就来看看你!"马宽在那头说。

"我等不了你回国,马宽,你想办法给我点,我……"

马宽不大理会他,那头的远处响起了异域的音乐,佛教的,让人向善的、宁静的那种。

舍且说:"马总,马哥,马老板,马教授,马董事长,我给你跪下,我给你磕个头……"

舍且说得再多,还是一点用都没有。他的卡里没有因为他的哀求给存进一分钱。不过舍且人缘好,镇上的乡亲们都来帮忙,送钱的送钱,干活的干活,丧葬的事没有因为钱少而费更多的周折。

舍且按照金河边的风俗,给母亲穿了七层崭新的衣服,架在七层干柴中间,让母亲御火而飞。在祭司的经颂中,一个大男人哭得泪流满面。母亲把自己养大,自己却没有让母亲过上好日子,没有让她看到儿媳甚至孙子。这让他内疚不已。

六

也许是母亲在另一个世界的保佑,舍且终于谈了上恋爱。女孩子是英姿介绍的。女孩子家住金河对岸高高的寨子里。每有空闲,舍且就挂上溜索,闭上眼睛,逆着风呼呼的去了江对岸。那边寨子更古老,民风更传统,民族风情更浓,人更纯朴。女孩子叫芬芳,和舍且认识后,芬芳就给他绣了马褂和腰带,这都是金河边男女青年最初认识的礼物。那以红、黄、黑三色为主的礼物，着实让舍且爱不释手。而舍且则给芬芳买了时尚的衣服、不是太贵的项链、手镯和小挎包。芬芳的老爹形容粗犷，心直口快，每次见到舍且，都要让他啃羊腿，和他醉酒。舍且半夜酒醒，常常不知道他是在河的东岸，还是西岸，自己住的是河滩边的帐篷，还是裤脚坝子的自家的瓦屋。

要是芬芳高兴，她也会挂在溜索上，扬着一头秀发，溜过江来，和舍且耍上几天。舍且领着芬芳去河滩里找石头，去奇石街卖石头，去芬芳最不愿意喝却又最想去的咖啡馆听音乐。"这咖啡老贵，却又不醉人。"芬芳说。他们在少有人的地方拉手、拥抱，看对方幽深而清澈的眼睛，或者做更进一步的事。他们去夜市里买小东西，吃烧烤，看夜里的冷月，或者做不能让别人看见的事。舍且感觉到，有了爱就有了幸福，幸福原来就是这样，其实幸福也很简单。他觉得，世间优秀的女人，芬芳也算是一个，优秀的女人不一定都得像英姿那样。

当然，他们也和英姿见面，和马宽一起喝茶。两人从外地回来后，专程到坟地里给舍且的母亲磕了头，送了花圈，烧了纸钱，奠了酒水，还将利息钱全部算给了他。看他们一脸虔诚、一丝不苟的样子，舍且的怒火熄灭了，舍且内心的成见没有了。人嘛，走一辈子的路，谁没有个鞋歪脚错，谁都会有命运不济的时候。

舍且觉得，原谅，是最好的处事方法。

来了女士，马宽的微笑更加灿烂，说话更加温柔，动作更加有范。马宽泡颜色好看、香味更浓的茶，还加上了一些好东西，有时是茉莉，有时是桂花，有时是玫瑰。看着芬芳一脸的惊讶，马宽开始侃侃而谈，让她体验鲜叶嫩度在一芽一叶以上、白毫显露的毫香，叶片清嫩柔软、一芽二叶初展的嫩香、花香，此外还有果香、清香、甜香、陈香、烟香……这不仅让芬芳吃惊，就是舍且张开的嘴，也一时合拢不了。

马宽的茶室，是个宝藏，估计世间有的茶，他这里都有。这对于芬芳来说，是非常具有诱惑力的。据说，他们已经把生意做到了省城，甚至省外，好几笔生意，都已经顺利地落脚在长江中下游的几个大开发项目上，这些，都和喝茶有关。马宽不仅做这些大事，还拿出了一些钱，扶持了一些小微文化企业，将本地的手工艺品送到了省上参加文化博览会；他还在几家大学兼职做了客座教授，不定期给大家演讲当前的经济形势和文化产业走向；他让本土的作家、艺术家结合当前形势，召开了不同层次的研讨会和作品展览会。舍且内心更加踏实，觉得自己的投资是对的，愈发地感激马宽和英姿。人生嘛，多个朋友多条路。同时也要换个眼光看人，要是自己老是用少年时的眼光看马宽，这不就错了吗？古今中外的好多伟人，不少在少年时代不都是又淘气又遭人讨厌吗？

马宽和舍且继续喝茶，他让英姿领芬芳去最好的商场，给她买最好的衣服、首饰和香水。马宽给舍且倒了一杯茶，要他尽快将这个女孩子拿下，她要什么就满足她什么，她要去哪就带她去哪。

"带她到最好的地方，宾馆钱我付。"马宽十分老到地说。

"菜凉了，你还不动手，那你就等着后悔吧！"看舍且无动于衷、满不在乎的样子,马宽又说。

舍且相信马宽的话,这个在学生时代就乱干的家伙,在这方面肯定有他的过人之处。但他为了保持比马宽更高的品格,他只是笑笑,不肯定,也没有否定。

马宽给他讲英姿的事。英姿当年还是个学生,是一个外国语大学的女生。有一次,马宽到学校谈一笔学院服装生意,无意听到这个学校有几个家庭十分贫困但学习成绩十分优异的学生。当下便告诉校长,他要帮扶前五名。这对于校长来说,当然是求之不得的好事情。很快,成绩排名前五名的贫困生就整整齐齐地站在了他的面前。成绩最好的、站在第一个位置上的就是英姿。英姿并不是十分漂亮,但农村出生的女孩子的那种健康和开朗让马宽暗自点头。几年时间里,马宽前后资助过英姿和其他几个学生每人大约有两三万块钱,让他们度过了最艰难的时期。其中他和英姿见面更多,原因是他很喜欢这个自立自强、吃苦耐劳、朝气蓬勃的女孩子,也因为这个女孩子非常主动。每隔十天半月,英姿就会给他打个电话,要是他没有接,英姿就给他发短信,要是他还不回,英姿就给他写信。内容当然是报告学习情况,谈谈人生的感悟,表达对他的感激与敬仰。那个时候,是马宽婚姻世界最为污乱的时候,他对美好的事物充满着从不衰退的欲望,他的欲望从来就没有受到任何的遏制。马宽手里有钱,身边就不缺少女人,他哪里愿意在一个涉世未深的小孩子身上花更多的精力。说实在话,对于商人而言,拿出一点钱的目的,是为了捞取更多的钱。

而现在,他第一次遇上了如此纯真的女孩子。有几个月吧，马宽有意识地忽略她。不想他再次出现在这里的时候，这个女孩子递给了他一个厚厚的信封，便转身离开，看那背影，好像还不断抹着眼睛。马宽打开一看，好几十封信，马宽怔住了。马宽不忍心害她，马宽觉得英姿毕业后，可以自己去开疆拓土，可英姿却硬要撞入他的世界。老实说，他马宽阅历不浅，所遇的女人，各色人等皆有，怀有各样的目的。可像英姿这样的女人，还是头一个。英姿在他的怀里百般妩媚。英姿居然还是个处女。当他满脸惊讶地问英姿，为什么思想如此成熟而身体却这样青涩时，英姿哭了。英姿说她是为了感恩，她虽然一直保持着自己作为一个少女的纯洁，但她又无数次地想象着与恩人的苟合。她看过很多书，甚至一些不雅的视频，目的就是了解相关的知识，以便给予恩人自己力所能及的东西。马宽感动了，马宽为此和自己的第二任妻子在三个月后离了婚。而马宽所做的这一切，英姿之前并不知道，她为自己的作孽，痛哭了整整三天。

　　舍且也需要这样的女人，但这个女人是芬芳不是英姿，他舍且也不是马宽。他只是小心地和芬芳交往，尽量尊重她，满足她。他知道，女人比男人更不容易。

　　马宽完全是个有钱人的派头，每天的安排是这样的：早上八点起床，在自家小区里打太极，再徒步十分钟，然后吃早餐。九点出门，到融资公司上班。下午午休后，在裤脚坝子不同的茶室喝茶。偶尔打打麻将，聊聊生意，侃侃字画和文化产业，往往这时候的生意才是最大的生意。晚上就是吃饭，大多数时间是他请客，在场子中，少有比他更有钱的人了，他不买单，谁来买单？

马宽除了有钱外，他还是个儒商。马宽的家里，除了满屋子的金碧辉煌的陈设外，还有满屋子的古玩，还有一些字画。世间稀缺之物，在这里都有。马宽没有将舍且当作外人，也没有当成穷人。舍且进入马宽家的时候，受到了十分热情的接待。舍且在这里喝到据说价值两万多元一斤的冰岛古树茶。对于马宽来说，最解渴的是罐罐茶，就是将老树茶叶往烧得发烫的陶罐里放，不停地颠，烤出香味，再"吱儿"一声将开水倒入，那茶又香又解渴。那种茶的做法，金河一带传承了多年，舍且的老爹就是那样喝的。的确是，马宽这茶也没见得有多好，但舍且在马宽面前，只能附庸风雅，装模作样地嗅茶的香味，小口地喝茶，用舌头的各个部位来细心感受。马宽说："舍且呀，人的物质生活解决了，最重要的是生活品质。我这样的人，在裤脚坝子贡献不算小吧！多少年过去，人们翻开金河史，在重要位置看到的，应该就是我马宽的更多的资料……"

雁过留声，人过留名，这个舍且知道。但他不知道眼前这个暴发户会如此看重自己的名气。他隐隐约约听说马宽让镇里地名办，将一条他投资修建的路命名为马宽路，他投资过的一个学校命名为马宽小学，他承接修建的河滨公园的题词，用的是马宽的手迹。据说马宽为了写好这几个字，在网上查了历代名家的帖，临了好几天，又请裤脚坝子最有名的书画家王国鲁手把手教过。他还请人看过前辈的坟地，在寺庙里捐过功德，每月观音菩萨生日那天，在金河里放了九百九十九条鱼、九百九十九只龟、九百九十九只虾……是非功过，他舍且无法下结论。

正说着，英姿领进来两个人——一个鹤发童颜，一脸斯文；一个矮胖忠厚，气宇轩昂。马宽忙站起来握手，让座，并郑重地向舍且介绍："这位是裤脚坝子的画家王国鲁先生，老人家在中国当代著名画家中排列前十，可与李可染、徐悲鸿等媲美。"说这些的时候，王画家递过一本画册来，在他的示意下，马宽沐了手，小心打开。果然，他个人的照片、简历和所画的富贵牡丹图，被印在了十名画家中的第七位。另一位则是本地的作家协会主席邵宝，据说出版过一本写裤脚坝子环境保护的长篇小说，还有一本反映本地旅游的图文并茂的画册，一本歌咏半个世纪以来裤脚坝子风云变幻的诗词集。这个舍且知道，舍且虽然很少看书，但他听收音机。他下河滩搬石头，或者在店里倒腾那些宝贝的时候，常常随身携带一个巴掌大的小收音机。地方台的文艺节目里，近几年来一直在播这些重要的作品的片段和艺术家们发表、展览、获奖的信息。还有就是微信群里推出的本地的一些重要新闻，也常常在拿这些说事。邵宝说，他的作品就在上个月，已通过海外关系，送了三百本给瑞典诺贝尔文学奖评委会，年底即有回音。舍且热血沸腾，能见到这样的重要人物，这对于他来说，真是意外，也是光荣。可舍且主动握邵主席的手时，邵主席并没有伸出手来的意思，弄得舍且有些不自在。

那些小细节一点都不影响眼下的气氛。在马宽的引领下，大家一起看他的所有陈列品。不看不知道，一看吓一跳，马宽书房里挂着的一幅《八骏图》，王国鲁老先生说是徐悲鸿的作品，价值在百万元以上。王国鲁说："马董事长呀，你知道，我的作品，六尺的，也从没有掉下十万元来的。"马宽点头称是:"先生的名气随年龄上升,五年后作品必然升至数十万元……"

马宽老板桌的右边,放着一块石头,上面的图案是龙的头、马的身、麟的脚,形似狮子,体色灰白,还有两只若有若无的翅膀。王国鲁先生吓了一跳,脱口而出:"是貔貅!"

"没有屁眼,只吃不屙!的确是貔貅!"邵宝主席大声附和。

舍且一看就知道,这是马宽开业时自己送他的,这马宽居然珍爱有加,加了金丝楠木的座子,摆放在他大班桌的正中。舍且心里竟然平添了些温暖。

马宽指着它说:"你们看看,这个值多少钱?"

舍且紧张地看着眼前这两位文化界的名人。

邵宝主席说:"应该是好几千块吧!"

马宽不吭气,望着王画家。

王画家拂了拂长须,来回踱了几步,说:"据我看来,至少十万元。"

马宽看了一眼舍且,满脸自信地说:"这可是以四面八方之财为食,吞万物而不泻,招财聚宝,神通特异的瑞兽啊!你们看,这是发财眼,这是吸财嘴,这是招财角,这是守财腿,这是堆财背……昨天香港的一位朋友来过,照了相,用微信传给他朋友。晚上他朋友回复说八十万元,如果愿意,马上打款发货。"

这下几个人都不说话了。马宽这牛吹得如此离谱,舍且感觉到自己的身体在抖,他担心失态,问了一下卫生间的位置,连忙躲进去,打开水龙头。他喘气,擦汗。哗哗的水声盖过了他心跳的声音。

他舍且真是太没有文化了，连中国文化中财富的象征——貔貅都不知道。他打了自己一巴掌。

舍且并不是后悔，他知道，一块石头，放在山里，就是用来支砌地埂，放在村里，就是供人徒步行走。要值钱，只能放在有钱的地方。如果这块石头眼下还放在他店里，顶多也就值几千块钱。在舍且看来，决定一个东西的价值，一是环境，二是背景，三是和它在一起的人。

两位艺术家有些不自在，但他们的不自在很快就消失了。现在他们坐回马宽的茶桌前，一起品尝马宽昂贵的茶，一起说艺术与人生。马宽现在不喝冰岛了，喝的是老班章，据说这是西双版纳寨子里最古老的一棵茶树上的叶片，这种茶有历史、有故事、有文化、有品位，有很多的欲说还休。这个两位艺术家都懂，说起来便滔滔不绝，神采飞扬，与马宽很是对路。末了，舍且才知道，王国鲁是来卖画的，而邵主席则是预备给马宽写传记的。作为马宽这样杰出的企业家，家里不存些名人字画是不应该的。作为这样一个对地方经济有着重大贡献的名人，地方史甚至中国史上，不留下他的痕迹，则是我们的悲哀。马宽没有传记，作家是有责任的。

邵宝主席说："我要努力的是，让你的儒商形象，为你的经济发展起到实质性的助推作用，争取传记发行量在十万册以上。"

王画家说："我要努力的是，让你进入明年十大南疆经济年度人物排行榜，颁奖会上得到省长的亲自接见。"

他们谈了很久。有的舍且懂，有的舍且不懂。对于舍且来说，这都不重要。重要的是，这个时候，艺术家们的高调，使得他自惭形秽，他内心一阵空虚，一片茫然。人不学习，怎么立足？怎么进步啊？

舍且走出屋子，站在马宽家阳台的长廊上呆立，这里是全城最高处，楼层也是最高的，站在这里可以看到整个裤脚坝子的全貌：高高矮矮的楼房、远远近近的街道、实实虚虚的车辆和人流、黄金一般色彩的金河……

他回头时，身后一个人站着，看着他，见他回头，笑着，给他递过一杯水来。

这人是英姿。英姿满脸含春："记得我和你说过的话吗？"

舍且摇摇头。

英姿说："放心，马宽会报答你的。"

两位艺术家离开后，马宽立即起身。他开着车，拉着舍且到了金河边。他们沿江而上，脚下是汹涌的河水，两岸是高耸的苍山，山与水间，全被巨大的岩石所承载。云与雾间，半是虚幻，半是真切。马宽突然在山谷间停下车来，他站在悬崖边上，脸色凛然，目光炯炯，像是一只孤独的豹子，像是一个哲学家。舍且生怕他就此跳下，那样会尸骨全无，那样他纵有千张嘴，纵有万条理由也说不清，那样可爱的英姿怎么办？那样万贯的家产怎么办？他站在马宽的旁边，在马宽的背后伸出一只手，时刻准备着，要将往下跳跃或者跌落的人抓回。

马宽说："我的耳朵听到远古的声音在回响，我的皮肤感受到原始的劲风在吹，我的眼睛看到了，这里烈火在烧，岩石在熔化，江河在呻吟，财富在汇聚……"舍且感觉他像是个诗人，一个当代最伟大的浪漫主义诗人。舍且听说过，一个诗人进入状态、开始创作的时候，连命都不要的。对于舍且来说，写不写诗不重要，重要的是不要出什么意外。当马宽再一次在他的诗歌里说到石头的时候，舍且说："石头就是石头，它会有什么了不起……"马宽回过头来，睁大眼睛，像看一个陌生人一样看着舍且。

"我以为与你有共同语言呢！"马宽摇摇头，忽然没趣："想不到我们的差距会是这样的大。"马宽走回车上，将车发动起来，说："和那个小姑娘怎么样了？"

"就是那个样。"舍且说。

和英姿在一起时，马宽说："舍且估计有病吧，他年龄这样大了，对女人好像还不急……"

"你才有病呢！这么说舍且——你小时候的恩人，你也不缺德！"英姿并不认可，也不正面回答他。

过不了多久，马宽在裤脚坝子最大的演艺厅，举行了一个新闻发布会，舍且同样受到了邀请。会上，马宽充满深情地朗读了他的论文《关于金河水的音乐细胞》，他认为金河里的水分子是全球乃至于整个宇宙最独特的水分子，因为它含有黄金、白银、青铜等至少五十种以上的矿物质，懂得喜怒哀乐，它会唱歌，会跳舞，他曾经不止一次地听到水分子在深夜唱歌，那旋律之优美，那音色之华丽，是他今生从未听过的。他甚至停止演讲，用粗犷的声音将那不成曲调的旋律哼唱了出来。在座的朋友们举起红酒杯，一遍又一遍地高呼和赞美，预言当代最杰出的科学家就要诞生。甚至本地一个三本学院的物理系教授，也将秃得没有一根头发的脑袋不停地点着，认可马宽的奇思异想，并在限时的五分钟发言里，列举了世界上最为著名的科学家如牛顿、爱因斯坦、麦克斯韦、玻尔、海森堡、伽利略、居里夫人等，以充分的理由说明马宽在当下出现的可能性、重要性和必要性。

再后来呢，马宽还进一步与省城的一个中医专家联合研制了治疗前列腺炎、高血压、肝炎甚至心脑血管疾病的新药，据说服用三个月后，这些疾病就会在人体逃亡、断根，永不复发。有一次舍且去他们家时，看到马宽正与作协邵主席一道，商量着将药送往国家申请发明专利。

遇上英姿的时候，舍且问："马宽估计有病吧，对这个世界好像有些糊涂……"

"你才有病呢！这么说马宽——你儿时的好朋友，说明你境界太低了！"英姿并不认可，也不正面回答他。

七

舍且的恋爱继续。芬芳在裤脚坝子落脚下来了，她在镇上的凉山米线店帮助老板卖米线。端端盘子，洗洗碗，拖拖地，这样的活比在老家放羊、种地轻松多了，她觉得很开心。芬芳中专毕业，找不到更好的工作，又不愿意老是和舍且搬那些石头，就来店里了。

舍且觉得自己越来越喜欢芬芳了。那天芬芳给他端来一碗酸菜猪脚米线，往回走的时候，舍且就看到她的屁股，在夏天的短裙包裹下，饱满圆润，动静相宜，蠢蠢欲出。乡下小姑娘没少参加劳动，没少受到过高强度的锻炼，身体自然健康。舍且小时候就常常听到裤脚坝子的人说："豆花要烫，女人要胖。"母亲在世的时候也说过，女人要屁股大生娃才行。还有就是，舍且感觉到，芬芳的屁股和他捡到的一个石头一样饱满。

此前怎么就没有发现芬芳的这个优点呢？

芬芳很忙。很清闲的舍且就坐在米线店对面的小茶馆一角发呆，一遍又一遍地看她跑来跑去的背影。这天，快到米线店打烊的时候，舍且正思忖是要请芬芳去喝咖啡呢还是去看电影，就见芬芳接了一个电话，满脸兴奋地冲出小店。店外早就停了一辆车，舍且冲出去时，那辆车已经红着屁股消失在街子的另一头。

舍且突然就有了危机感，一个开小车的人和他舍且拼，还真是有点麻烦。在浅薄的女人面前，金钱和财富往往比感情更重要。这一点舍且太清楚了。此前他只知道马宽给芬芳打过电话、发过微信，但他不知道，马宽和芬芳的话会说到什么程度，不知道此外是否还会有人和芬芳交往在一起。当他把这个情况告诉给英姿时，英姿说："我知道了。"

借酒消愁吧！金河边的人，很少有忧愁的，即使有了，也有解愁的药，那药方就是曹孟德说的"何以解忧，唯有杜康"。舍且忧愁了，也免不了俗，几口酒入喉，做个梦，百事远去。

舍且正百无聊赖地盘点他的石头时，芬芳跑了进来。芬芳一见面就对他说："舍且，我对不起你。"

芬芳的后面，站着另一个女人，这个女人是英姿。

"遇上这种事，早点告诉我。"英姿冷着脸说，转身走了。

舍且的脸白一阵，青一阵，没有芬芳的时候，他的心急得像伸进了只猫爪，疼得不知所措；有了芬芳的时候，他的心又像被扔进了佐料铺，五味杂陈。他不知道说什么好。

芬芳先开口："你怎么了？看你这样不自在，我借了你的白米，还的是粗糠吗？借了你绸缎，还了你粗布吗？"

"倒不是。"舍且口笨，他说不过芬芳的。

"我知道你心里的小九九，男子汉大丈夫，却小肚鸡肠……"芬芳用手摁了摁他的鼻子，然后回头看看，英姿的背影已经在巷口消失。她小声说："你这些石头，每一个都滴有你的汗水。你包里的钱，还有你给他们的钱，更是血汗换回来的……"

"你说啥钱？你说啥钱？"舍且有些吃惊。

芬芳说："我告诉你，和你认识了，我知道耿直是什么；和马宽认识了，我知道人性是什么；和英姿认识了，我知道江湖是什么……这些天来，我和他们夫妇交往很多，我知道了很多的内幕。"

"他们能有啥内幕？"舍且有点糊涂。

芬芳笑，芬芳的笑让舍且很不好意思。

芬芳说："你投给他们很多钱，是不是？是多少我没有权利问你，但我告诉你，你的钱，要还回来，怕有点麻烦。"

舍且不高兴了："为啥？"

芬芳说："我和英姿交往不是贪图她给我的小恩惠，我这几天坐马宽的车，不是被他骗了，更没有上他的床。"

"那你是去干什么?"舍且放下心来,他踏实了,也好奇了。

芬芳说:"实话告诉你,他们在放高利贷……"

"这我知道。"舍且说。

"可是现在,他们的钱被外地商人套进去了,你,只不过是他们塞墙脚的一个小石头而已。"

舍且想,他不能让一个女人随意地怀疑自己的好朋友,他不能让一个女人的一句话而影响自己和好朋友之间的关系,一定程度上,女人是祸水。

舍且生气了,他丧下脸来:"芬芳!我可告诉你,马宽是我小时候就在一起的好朋友。那一点钱,对于他们来说,根本算不上什么……"

芬芳说:"我担心他们进牢房,我担心还会涉及一大帮人……"

眼前这个小姑娘,简单到连银行卡都不会申请,居然说出这些来。

"你滚!有你这样破坏我们友谊的吗?"舍且眼珠鼓了出来,"你给我滚……"

"滚就滚!"芬芳马上离开。不过她离开的时候,还是回过头来说了一句:"你别后悔啊!"

当时说的是气话,过了两天,舍且的确后悔了。

舍且后悔得眉毛都愁下了虱子。先前醉了,可以迷糊,可以入睡。可后来醉了,倒更清醒,睡不着,躺不下。只要一闭眼睛,芬芳的一颦一笑就变得十分清晰。看来,喝酒还是解决不了问题。舍且来到小茶馆,要了一杯茶,边喝边看对面的米线店。可是，看来看去，芬芳根本就没有露面。

舍且忍不住了，放下茶碗，大步走到米线店。

"来一碗米线，要加肉！"

"好嘞！"店主亲自将热气腾腾的米线送来。舍且将筷子放下，说："那个叫芬芳的姑娘呢？你不让她亲自给我端吗？"

店主笑，说："早不在啦，她说失恋了。"

放下筷子，舍且站起来就走，一边走，一边打自己的耳光。

举起手来嗅嗅，手上仿佛还有着芬芳的气息；回头看看，背后仿佛还有芬芳的影子。舍且走过裤脚坝子小镇的咖啡厅、酒吧、弯弯拐拐的青石板，甚至是每个角落；舍且走过金河边一片又一片沙滩，甚至将一个个巨石的背面也看了一回。舍且唯一没有去的就是马宽家里和他的融资公司。他拿起手机，拨了号却又摁掉。他走到他们家门口，看各色人等从那道门出出进进，就是没有看到芬芳的影子。

"芬芳……"

舍且跌坐在石头中间，仿佛自己就是一个石头。现在他连喝酒的心思也没有了。呆坐着看云起云落的他，眼眸里突然掉进一个人来，这个人是那样的熟悉，又是那样的陌生。他揉揉眼睛，清醒了，那人还在。他掐掐手背，疼痛了，那人还在。舍且想，现在是怎么了，连做梦都这样的真实……

不是做梦真实，而是生活本身就真实。现在芬芳来到了舍且的面前，芬芳伸出手来，就将舍且的手牵住："舍且哥，带我去喝咖啡……"

"你，你不恨我了？"舍且有些好奇。

芬芳说："不恨了，你让我滚我也不滚了，我老爹说，你这个人有点傻,但心肠好……"

他们的恋爱如火如荼,很快谈婚论嫁了。当舍且兴冲冲地渡过河,向芬芳的老爹提出这一要求时,老爹放下手里的酒碗,说:"如果你们真的互相喜欢,就给十万元的彩礼吧!"舍且知道,在金河边,拿十万元作彩礼,已经是最低的了。他说:"老爹,不。"老爹很是诧异:"不?你什么意思?不愿意拿钱吗?"舍且说:"不是,老爹,十万元太少了,我要拿二十万元!二十万元就和自己心爱的人在一起,是件多么幸福的事!"

舍且兴冲冲地打电话问英姿要钱,英姿却犹豫了。英姿在电话那头,显得并不爽快,她说:"这几天有点紧,拿不出这么多钱呢!"

"那就过几天吧!"舍且说,"我等着。"

做生意的人,有点紧是正常的,这没有什么大不了的。但舍且心里终于是咯噔了一下。此前母亲去世,他要钱,没有得到。这次他要结婚,他要钱,还是没有得到。不过他想,马宽这样大的家产,不会连他的几十万元都给不起。他甚至相信,马宽可以不给天下人还债,也会还他舍且的。

可过了几天,钱还是没有到账,舍且就跑到马宽的融资公司。马宽没有在,英姿也没有在。只有一个保安提着警棍,十分警惕地看着他。舍且又把电话拨了过去,马宽没有接。再打给英姿,英姿说:"这边钱还没有到账呢!"舍且一听,头都炸了:"你是在等谁的钱到账呀?"英姿说:"银行里调头,调不过来呢!得好久,再过几天吧!"舍且说:"好,那就再等几天。"

可十多天过去，舍且的钱还是没有得到。

舍且的彩礼没有在规定时间送到芬芳家里，芬芳的老爹自然忍不住了："我看这个舍且，怕不是个正经货，话说得大，心肝见小。满口答应，却不栽根。芬芳，想起这杂种我就心烦！算了算了，重新找一个！"

芬芳说："爹，他不是你说的这样……"

爹说："你别被他蒙了眼，现在的年轻人，你要多个心眼才是。从今天开始，不准你再过河半步，否则打断你的腿！""过几天扎铁从深圳回来，你们见个面。听说他在外面挣了不少钱，人也踏实的。他家托媒都来说过三次了……要不是这小杂种打岔，我都抱孙子了！"爹火气很重。

扎铁是芬芳寨子里的小伙子，人勤手快，挣钱也不少的。眼看心上人很快就要飞走，美梦将破灭，舍且急得像热锅上的蚂蚁。他到马宽家，马宽家里无人。他到马宽公司，马宽公司紧闭。敲了半天门，保安的警棍先伸了出来："干什么，干什么！"舍且说："我找马宽，他欠我钱！"保安说："他不在！"便"哐啷"一声将门关上。舍且还砸门，保安出来，用警棍一指："私闯民宅，我送你到派出所！"

钱财多的回家少，但马宽不可能不回家。舍且白天坐在公司门口等，夜晚坐在马宽的家门口等。在他等的时候，也有各种各样的人陆陆续续来找马宽。找不到马宽，有人就开骂啦！先骂马宽的人品差，再骂马宽的婆娘坏，接着骂他的妈脸歪眼斜，骂他的爹祖坟埋错，骂他刀上死、水上亡，骂他被火烧、被电触、被雷劈、被车辗，骂他鳏寡孤独、断子绝孙，骂他死在阿鼻地狱……裤脚坝子所有骂人最难听的话都用上了。仿佛这样骂了马宽会害怕，会突然现身，会突然跑出来，给他们道歉，给他们还钱。

和他一样陷入这样境地的，居然不止他一个呢！

舍且喝了酒，从小酒馆里趔趔趄趄走出，和往常一样，他在马宽家门口坐上一会。突然斜刺里窜出两个人来，一前一后堵住他。前边的是个老头，在黄昏的昏暗里，居然还能看清他的苍苍白发，像是头上堆了雪。

那老人说："舍且，终于找到你了。"

舍且一惊，想是不是自己借了别人的钱没还？是不是自己不小心撞了别人不知道？是不是自己惹了谁的女朋友？多事之秋，还是三十六计，走为上计。他转身要逃，不想后面的胖墩将他拦住，胖墩说："舍且兄，借步说个话嘛！"

走不了只能面对。仔细看去，才发现那白首的是画家王国鲁老师，胖墩的是邵宝主席。舍且心里踏实了下来。

"两位大师，我不买画，也不读书的，对不起。"舍且说着，转身又要走。白发苍苍的王画家再次拦住他说："等等，兄弟，我想问一下，你见到过马宽夫妇没有？"

"怎么了？"

邵宝主席说："我们，我们有两笔钱，放在马宽那里，可现在一直找不到他，会不会……"

舍且暗地里轻松了，原来真不止他舍且一个呢！便装糊涂说："有多少钱呢？是卖画的吗？是写书的吗？"

王画家说："哪里是！我卖画的不算，他写书的分文没给……相反，我们在他那里共存五百多万元呢！"

舍且张大嘴巴，一时合不拢来。舍且问："除了你们，还有其他人吗？"

邵宝主席说："多得很，多得很，我们都数不清了。"

舍且抬头看了看，马宽的窗户黑乎乎的，像是那个石貔貅模糊的嘴巴。他茫然地摇了摇头说："我也不知道他去哪了……"

王画家说："唉，还以为你和他走得近，知道的更多些。马宽也许入狱了吧，也许出国了吧，也许喝酒醉了出了点什么小小的意外……但愿他不要死，也不要生病，明早就会出现……"

邵宝主席说："这样，我们多方打探，找到了，互相通个气……"

白头的王画家擦了擦眼泪，说："我都是满七十岁的人了，希望在我活着的时候，能要回自己的钱，利息嘛，我一分也不要了……"

两个人摇摇晃晃离开。突然，邵宝主席又折回来："兄弟，你那个石头貔貅，还在他桌上吗？要不，让马宽给我吧！"

舍且说："如果有办法，你什么都可以拿的。"

"我不是只吃不屙的料呀！"邵宝主席叹了口气，慢慢融进暗黑的夜里。

八

半个月后,马宽打电话过来。马宽说:"舍且,你在哪里?我找你。"舍且一听,心跳加速,血脉偾张,眼泪都要流下来了。这一段时间以来,舍且和裤脚坝子很多人,都对马宽进行了种种猜测:马宽去老挝的磨丁赌场赌钱,把钱全都赌光了;马宽经商与贪官有关,暗箱操作拿走政府的巨款,被纪委抓走了;马宽研究天体学说,钱给骗子卷走了;马宽被大老板吃了,大鱼吃小鱼,小鱼吃虾子,他受不了,跳金河了;马宽早就将钱汇到国外,现已离境,任何人都找不到他了……

现在,马宽的电话打来,说话一如此前的和蔼,声音富有磁性,节奏如此沉稳,说明马宽还在,说明马宽并没有逃离,说明马宽还把他的事情当成事。很快,马宽的车就在舍且面前停了下来。舍且上了他的车,马宽一边从容地开着车,一边说:"兄弟,对不起啦!让你受委屈了。这段时间以来,我遇上了前所未有的麻烦,一言难尽……你看,这样吧,我还有些房产,有车子,有古玩,有字画,你想要什么就拿什么。"

"貔貅除外……"马宽说。

马宽话说到这一步,也够狠的。但舍且是什么人哪!舍且会在这个时候落井下石，做如此不仁不义的事吗？肯定是不会的。舍且听到了他这一席话，为他的坦诚所感动，舍且知道眼下的马宽，一定是面临着前所未有的困难。他断然摇头，说："不，我不会这样做的！"

马宽肯定地说："这是我的事，我必须承担。"

舍且问："英姿呢？英姿在哪里？"

马宽不回答，突然加速，车子像箭一样射向黑乎乎的山路。

"你疯了！停车！"舍且大叫。

惩治腐败的风声越来越紧，据说巡视组又开始第三轮"回头看"，裤脚坝子是眼下的一个重点。整个裤脚坝子的饭馆生意冷清了，烟酒门市也冷清了下来，歌舞厅也关了好几家。大家都清楚了，此前消费的人，要么是使用公款消费的领导们，要么是企业老板掏钱请领导们，反正都是和官员有关的吧！反正都和国家的钱有关吧！现在这些人都烟消云散了，或者躲在更为阴暗的角落生闷气。这些都和舍且没有关系，无非是增添一些笑话。重要的是，他以前每天都会小有进账，但现在好多天没有开张了。

回想这段时间以来发生的事，舍且觉得有些不可思议。舍且一个人坐看金河的浊浪翻滚，看两岸青山的枯瘦。舍且内心有一股气流在身体里慢慢地变化，先是细，若无若有，再是粗，由小变大。想着这些年的辛劳，怎么一下子就不在了。想着这么多的钱，堆起来至少也有一箩筐，怎么一下子就变得不具体了。想着此前多好的朋友，怎么突然就让人不可相信。舍且抬起手，狠狠打了自己一耳光：都是自己贪财，才会走上这样一步；都是自己太相信人，才会走到这样一步；都是自己瞎了眼，才会走到这样一步。那么，他又想，在人生的这条河里，他又该相信谁呢？

有人走过来，悄悄凑在舍且的耳朵边说："你的钱给那个女人卷走啦！"

"哪个女人？"舍且的脸色大变。

那人说："嘿，你这个憨包，还看不出，那么年轻漂亮的女人，不图钱，会看上这个从头到脚都流脓的马宽……"

那人说："整个裤脚坝子，都给这个坏人耍啦！你只算那人手里的一只猴……"

那人话还没有说完，舍且突然跳起，一拳猛击过去。舍且天天搬石头，吃的是洋芋坨坨，力气大得正没撮处。那人大叫一声，倒在地上，血流满地，鼻梁给打塌了。

那人住进了医院。而舍且则住进了派出所的禁闭室。

九

几天后，派出所警官打开铁门，让舍且签字回家。舍且倒有些不情愿："我家里没有人了，回去没人做饭。"警官有些不耐烦，说："还想吃白食呀？还想让政府养着你呀？那你就再犯一次！"

黑暗里突然见到强光，他差点跌倒。他半眯着眼回到家门口，见门大开着，他嗅到烟囱里冒出的烟火的气息。是妈妈吗？这一生里，他每每回家，只有妈妈给过他这样的气息。妈妈没有死，妈妈原来还活着！他不知道自己现在是不是在梦里，还是过去才是梦境。他抓抓头，头会痒。他掐掐手，手会疼。他疑惑着，伸手推门，"吱嘎"一声，门的转轴发出沉闷的响声，屋里走出一个女人来。

"芬芳！"

芬芳的圆盘子脸洋溢着笑："吓着你了吧！我知道你不要我，我偏要赖住你！"

"给派出所交保证金的，是你吧？"

芬芳说："不可以吗？"

"你哪来的钱？"

"爹给的。"芬芳说。

"爹就坐在堂屋中间。"芬芳说，"我爹找你谈谈我们的事。"

舍且点点头。

老爹说："你想要我的女儿，就得出钱，这是我们金河的规矩。养大一个女儿，付出的才值十万块钱吗？你又不是不知道的，这是我们金河边人的规矩。"

舍且说："老爹，之前我也是有钱的……如果你喜欢我，请再给一段时间……"

老爹挥挥手："我才懒得听你撒谎！芬芳，去吧，和舍且在一起。冷的时候，给他的火塘里加把柴。饿的时候，给他煮碗洋芋酸菜汤！"

舍且"扑通"一声跪下："爹，我做牛马也要报答您！"

家的温暖的气息让舍且的心平静了下来，他往死里喝了一回。醉到深处，他还不忘记对芬芳说："从今往后，没有我的允许，不许你离开我！"

裤脚坝子满街的店铺，堆满了石头，石头上覆满了灰尘或者青苔，看那样子，时光大约想将这些宝贝们埋进记忆的更深处。以前，那些石头是活的，会笑，会装深沉，会用某个部位体现它们的艺术价值和品位。现在的石头灰头土脸，像沦落江湖的妇人。这人间，比江河还深，比泥淖还浑。舍且从它们身边走过，停下来，看一看，摸一摸，偶尔低语，和它们说上一两句。

"你们，睡上几天是可以的，别一辈子睡去啊！"舍且对着石头说。

一阵黄尘涌起，舍且背后突然刹住一辆车。一个戴墨镜的男人从车上下来，他拍了拍舍且的肩膀。舍且回过头，就看到马宽。还没有等舍且说话，马宽摘下墨镜，紧握着他的手，目光专注地看着他，说："兄弟，对不起啦！我来是向你道歉的。今天晚上你就别安排了，我请你吃素饭，听佛经，喝普洱茶……"

舍且眼眶一热，突然想流泪。他说："你说这些有什么用？我需要钱，我自己的钱！"

马宽说："兄弟，你要相信我，我在老挝做跨国生意。明年，明年我就可以给你钱了。你把你那一堆石头给我，我人缘广，你卖一百的石头我可以卖一千，你卖一千的石头，我能卖一万……"

舍且想吐。

"呸！你做梦吧！"舍且说，"老祖先说过，暗中做一切坏事，天可以保三天，地可以保三天，人间可以保三天。三三九天后，必定暴露……"

马宽说："都是自家兄弟，何必发这样的咒。"

"兄弟？这个人是兄弟吗？世间还有兄弟吗？"舍且说，"你把那个石头还我吧！"

"石头？啥石头？"马宽问。

"装样子是吧？"舍且的眼睛鼓得汤团一样大。

"是那个像貔貅的石头吗？"马宽拍拍脑袋，也不掩饰，"生意上失败，我不后悔。女人离开我，也没什么。我后悔的是，那石头跟着她跑了。"

舍且定定地看着马宽，试图从那深不见底的瞳仁里掏出个真相来："姓马的，我需要钱，我求你，我给你跪下吧！"

舍且咬咬牙，退了两步，闭上眼，就要弯腰叩首。突然背后一个女声喝道："舍且，男儿膝下有黄金！你是头熊，是英雄，而不是狗熊！"

"你多什么事呀？芬芳！"舍且说。

芬芳噼噼扑扑赶过来，将他抓住："彝家汉子，为了这点事，在这样的人面前弯腰，值吗？"

事实上，别说舍且现在跪下，就是舍且因此而投河、跳崖、服毒、上吊、自焚，他马宽也拿不出钱来。马宽的钱，掉入了他背后一个更大的黑洞。那样的黑洞，不仅吸他马宽的钱，还吸了更多人的钱；不仅吸钱，还吸家具、车辆、房产，甚至人，甚至人的种种。

马宽回头，惊讶地看着这个倔女孩："咦，芬芳，又见到你了！上次我就给你说过，公司招聘时，你过来报个名。你负责茶室里的工作,当个部门经理吧!不吹风,不淋雨,工资比其他的女孩子还要高一级……"

芬芳端起一杯剩茶,正准备泼出去,背后的舍且拉住了她。

舍且说:"姓马的,别做梦了!"

舍且肯定地说:"芬芳永远都是我的,她不会属于你。"

穿水靴的马

一

睡着的时候,卢启贵想醒来。醒来的时候,卢启贵又想入梦。在重要的决断前,任何人的心都会慌乱。卢启贵也不例外。

野草坪的山,高,高得鸟雀大多都只在山腰飞。坡呢,陡得落个毡帽,沟底才捡得到。说是坪子,其实也就巴掌大,像颗黑瘤,深深地长在崇山峻岭之间。这野草坪,眼下还真是名副其实,山山岭岭、沟沟壑壑都是草木的天下。高处的枝杈拉拉扯扯,低处的藤蔓也是裹缠不休。草木多,人却少。人少,女人就更少。毫无疑问,对于卢启贵这样一个中年男人来说,梦里有的,肯定就是女人了。事实也是,多年以来,在马背上突然回头一笑的、在火塘边一飘而过的、梦醒来时还有她脆脆的笑声的,当然就是如花了。如花的眼睛会发光,像晨光下的露珠;如花行动敏捷,像被惊吓的麋鹿;如花的声音,像山茅草在耳边轻轻晃过,让卢启贵情难自禁。可是,眼下在他的梦境窜出窜进的,却是一匹马,一匹他唤作"幺哥"的马。这匹马把他的梦境当作一片草原,兴奋时摇头耍耳,四蹄腾空。累了就闲庭散步,饿了就肆意啃嚼满地的草皮。那些被秋雨捂出来的草芽,嫩,幺哥的长嘴一碰,就滴出汁液,又甜又香。幺哥把沾有绿色草屑、湿漉漉的长嘴伸来,亲卢启贵的腮帮,卢启贵的脸就一半黑,一半绿……

这样的情景,折磨得卢启贵心如针戳。

卢启贵从梦里醒来,天并未见亮。拍拍脑袋,眨眨眼睛,感觉到了黎明前的真实。他起床,摸索到幺哥的身边,用掌心抚摸它饱满的额头,用五指梳理它又厚又硬的鬃毛,拣除它身上长长短短的蒺藜,品味它身上咸腥的气息,然后往马槽里添谷草、添豆秸。谷草是从山外买来的,豆秸是自家地里种的。这对于幺哥来说,都好。但卢启贵认为,带着豆粒的秸秆,对这个胃口好得出奇的家伙来说,更能上膘。

幺哥正值壮年,浑身有使不完的劲。牙口呢,像切草机,干燥的秸秆也嚼得香气扑鼻。这家伙,只有嘴是难以满足的。卢启贵给马槽里倒了半碗燕麦炒面。幺哥潮湿的嘴唇立即白了,它一边咀嚼,一边抬起头来看卢启贵。卢启贵明白它的意思,这种过于殷勤的爱护,连这毛脸畜生都感觉到了。"咋回事?这么腻!"如果卢启贵懂得马语,他应该听到幺哥这样的直言。

卢启贵将了将它脖颈上纷乱的鬃毛："很快你就会晓得的。"

檐下有鸟雀出窝来了，在渐次落叶的柿树上，噼噼扑扑地扇打翅膀，啄食半红的柿子，叽叽喳喳地讲着只有它们自己才懂的鸟语。幺哥安排好，他得给自己考虑考虑了。卢启贵抱来干柴，扔到火塘里，拨开上半夜捂好的火灰，拾起荆竹做的吹火筒，对准火灰里残留的火星，腮帮一鼓足，吹了两口，火焰噼噼扑扑地蹿了起来。卢启贵烧熟几个土豆，剥皮，撒些辣椒面，吃得肚皮发胀。

卢启贵从木柜子里找出一双黑色的长筒水靴，将脚洗了又洗，换上。靴底的温度和里层绒毛的柔软，让卢启贵明显感觉到舒服。他脸烧了一下。水靴的长筒衬得他比以往更威武些。这是上次如花从东莞带来的。"虽是厂里批量生产的，但说不定这双就从我手里经过。"这不是说不定，卢启贵绝对相信这就是如花亲手做的。卢启贵往帆布背包里塞进口缸、电筒、打火机、零用的钞票，还有半袋燕麦炒面。卢启贵上路了。出门时，卢启贵感觉到幺哥朝他笑了一下。这家伙，一定是明白他和水靴的关系了。卢启贵背着手，一顿一挫走在后边。踢踏，踢踏。幺哥甩着头，走在前面。幺哥的蹄子打过铁掌，泥巴路不禁踩，一脚一个印，路面就落下了无数的省略号。卢启贵有时也会用水靴去蹉上几下，这样倒欲盖弥彰，烂泥铺展得更宽。幺哥长脸一举，打了个响鼻，咴咴叫了两声。卢启贵暗地里咬咬牙。他咬牙的时候，没有让幺哥晓得。幺哥虽然只是一匹马，但它知懂的事理，还不算少。

二

两个黑物，一高一矮，一长一短，在山路上不紧不慢地移动。两边是深秋熟透的草木，路上没遇上一个人，这样，么哥就可以走路的正中了。要是前两年，那可不行，逼仄的山路上，常常会有另外的马帮和人，他们要么是去山里挖土豆，收瓜菜，要么是到镇上赶集，或者送货出山。眼下，村里人渐渐走光。有的外出打工，有的将房子修到水、电、路都方便的公路边。还有一部分人，下步将搬到县城附近的幸福家园。卢启贵属于后一种，他在幸福家园有了自己的房子，他将变成城里人了。

穿过弯弯拐拐的山谷，他们来到了镇上。镇子不大，房屋也不高，街面都是用水泥平整过的，雨水淋过，显得更干净了。街两旁有新植的树，不掉叶那种，枝杈很少，挺直着腰，仿佛要超过旁边的山岭。走近街口，卢启贵抓下护耳帽，拍打上面潮湿的灰尘。再搓脸，将脸上的板硬搓得柔软，红润便从黑里沁出些来。如花回东莞前，给过他一瓶男用护肤霜，他不大喜欢用。那东西抹在脸上，逗灰。

卢启贵上前，么哥在后。卢启贵走，么哥就走。卢启贵停，么哥就停下来。卢启贵两只脚，么哥四只脚，加起来有六只脚。六只脚走在路上，有起有落，有落有起，颇有节奏。

卢启贵停下了，不走了。路两边全是门面，没有草叶，幺哥就伸出长嘴，去拱卢启贵背在后面的手。卢启贵有些恨它，反手在它的长嘴上捏了一把：

"幺哥，只晓得吃！"

卢启贵在水泥坎上蹉脚。蹉了左脚，再蹉右脚，靴帮上红色的黏泥掉了下来。不远处的空地上，有几个男人，呼着热气，正在往一辆大车上搡几头胖猪。其中那个叉着腰指挥的胖子，昨天刚从野草坪下来呢！他是猪贩子，这些年里，野草坪的猪牛羊鸡、白菜萝卜，他拉走的不少。他的胖里，明显就有着野草坪的各种成分。野草坪的东西，原生态，无污染，外地人喜欢得很，胖子也喜欢得很。卢启贵没少帮助过他，有时帮他琢磨一下猪臊的大小，有时帮助他协调一下牛羊的价格，有时给他烤几个土豆、煨一壶罐罐茶什么的。卢启贵喜欢帮人，他相信帮助别人的人都会有好报。胖子看见他，远远朝他挥了一下手。眼下，那些"二师兄"不大愿意坐冷冰冰的车，哼哼叽叽，扭扭捏捏地对抗。但畜生始终是斗不过这几个壮汉，在他们粗大的手臂的推搡下，它们越是挣扎，离车厢就越近。

这个空当，幺哥已经走进街心，在多嘴小吃店门口停了下来。幺哥抖抖鬃毛，摇了摇尾巴，回头来看卢启贵。

多嘴小吃店的店主骆二，一大早就坐在吧台里的火炉边看手机。微信里，是儿子发来的视频。儿子在上海虹桥国际机场做外墙清洗，蜘蛛一样在非常高的地方爬上爬下。比他高的地方，有飞机飞往四面八方，差不多就是一两分钟一架。那些飞机像无数小蜜蜂，嗡嗡嗡地叫着，不紧不慢地消失于宽阔的天空。听到幺哥的蹄声，骆二放下手机，走出来理它的鬃毛，摸它的长嘴："杂种！这么帅气，得生一群小马驹才行啊！"也不知幺哥是不是听懂了，用脸蹭他，不停地甩尾巴，蹄子将水泥路面叩得闷响。

卢启贵大步进店，水靴着地，嘭嘭作响。

"这么好的靴，从没有见穿过。"骆二说，"老表，想吃啥？"

"大碗羊肉米线，加肉，花椒放重些。"前边的路还远，卢启贵得再充实一下自己。出门前那一肚子土豆，虽然香，但缺油少荤，不经饿，多走几步，就不在了。

"是如花要回来了吗？"骆二洗洗手，往滚烫的锅里丢米线。

"花椒用金河边的。"卢启贵说。江边气候热，花椒味重。

骆二开始切羊肉，他选的是腿部肉多的那个地方，刀一进去，刃口陷入一半。骆二还算厚道，卢启贵点点头。

"你的牧场，弄得怎么样了？"卢启贵努力让自己显得漫不经心。

"项目报上去了，估计年前下来，开春就可以进场了。"骆二一脸喜色。

"乌蒙马不比外地马差，来路正得很。你别弄那些杂七杂八的假马儿来糊弄人了。"灶台上的香味扑过来，卢启贵咽了咽口水。骆二路子宽，想法多，但他常常几天一个主意。几十年里，那些想法算得上是堆积如山，但基本都泡汤。只有这个小吃店，生意马马虎虎，但一开就十多年。

"不想养马了，养猪。"米线烫软，骆二将浇了骨头汤、撒了葱花和芫荽的大碗端了过来。

卢启贵吓了一跳。

典型性肺炎疫情之后，猪肉价一路飙升。骆二改变主意是对的。骆二早年在西部混过，穿越过大沙漠，侍候过各种各样的马，没少和卢启贵讲述万马奔腾的场景，没少说起骑马周游世界的梦想。骆二是个有梦想的人，他一直在努力，想建一个马场，这也是对的。这乌蒙大山深处，与外边的交往，物资的进出，全得人背马驮。骆二的老家在三岔口另一方的村落里。他养有一匹小骒马，前些天发情，马槽都被啃坏了。骆二最看中的是幺哥，他曾把小骒马拉来，在店门口等幺哥。幺哥年龄也不小了，醒事，见到了小骒马，骚风发作，跃跃欲试。小骒马也很缠绵，在幺哥身边转去转来，很配合的样子。可卢启贵不肯，硬生生拽开。

配种伤身哪，是骨髓都被抽掉的感觉，这个卢启贵懂。伤了元气，幺哥就不是幺哥了。骆二为此给过卢启贵好几种许诺，比如吃米线不要钱啦，开春给他提供两袋最新的土豆种子啦，事后弄些肉苁蓉、淫羊藿、菟丝子给幺哥壮阳。看卢启贵不为所动，骆二说："我还有几片鹿茸，要不你先拿去？"

卢启贵不吭气。

"搬家的期辰，择了吗？"

"还早。"

卢启贵埋头开吃，骆二靠在门框上，看了看卢启贵，看了看幺哥，又低头去弄手机。

"附近哪里还有畜牧场？好一点那种。"卢启贵问。

骆二没有回答，不知他在手机里看到了啥，突然咕咕笑出声来。

卢启贵捞完米线，再喝汤，咕噜咕噜，麻辣鲜香，都有。吃完，将钱拍在矮小的松木吧台上，大步出门，跳上马背，双腿一夹，幺哥狂奔起来。

出了小镇，有两条路，树枝一样杈向两个方向，就像是两种无限。一条路是土路，人背马驮踩出来那种，无非比先前走过的路略宽些。这条路时弯时曲，时高时低，从这条路到幸福家园，跑快点，也得两三个小时。另一条是新修的、笔直的高速公路，遇山钻洞，遇河搭桥，汽车只需要半小时就能到幸福家园。如果在上面走，最少可省一个小时。卢启贵决定走高速，但刚到收费站，就给拦住了。

"要过路费？"卢启贵往衣袋里层抠。

"牲口能上高速路？老表，你真逗！"收费员说。

卢启贵眉毛一横，将钱递了过去："双倍，二十块，不用给票。"

收费员伸出手来，并不是接他的钱，而是叩了叩玻璃窗边贴着的通告："老表，你喝早酒了？这不是钱能解决的。有规定，人和牲口不能在高速路上走的。出了事，你我都担待不起。"

据说，这条路再往前，是连着北京、上海，甚至更远的地方的。往回的一段，穿过野草坪，穿过了卢启贵的最好的土地的一部分，深入到乌蒙山的更深处。征地时，村主任站在高高的路坎上，说得激情飞扬，说得白沫子飞，大伙就是不吭气。卢启贵一步跳到村主任身边，在协议书上重重地按上手印，当场就拔了一大片正开花的土豆苗。这口子一开，其他村民就汎了，一个个只好配合。现在，连过趟路都不行，卢启贵觉得委屈。他皱了皱眉，回头去看幺哥：

"怎么办？不走高速路，我们今天要到新家，怕要天黑呢！"

"只能绕一绕啦！老表。"收费员挥挥手。

"附近哪里有畜牧场？好一点那种。"卢启贵问。

"麻烦让一下，后面有车来了。"收费员朝他的后面看。一辆中巴车开始摁喇叭了。

"不能让收费员为难，这路又不是他家的。"卢启贵摸了摸幺哥的额头，挤挤眼，"我们走。"

幺哥踢了踢腿，摆了两下尾巴，表示同意。

往回走了一段路程，绕开收费站的视野，卢启贵领着幺哥，悄悄往山坡后面走。这条路此前他走过，不知谁在那里弄有一个入口，轻易就可以翻过栏杆，进入高速路的。

心情好嘛，卢启贵老着嗓子哼：

"出银子的地方，
"有一个银姑娘。
"骑一匹大白马，
"爬到了云朵上……"

幺哥看了看他，打了两声响鼻，表示好听。卢启贵也觉得好听。卢启贵摸了摸幺哥笔立的耳朵，觉得它能懂自己，能听懂自己说话和唱歌，还真是自己的福分。再往前走，他却愣住了。高高的一堵水泥坎，将原来的豁口堵住了，要上去，得有飞檐走壁的功夫。自己没有问题，野草坪再高的山崖，他都爬上去摘过火草、打过蕨苔、挖过白及。他看了看幺哥，这多长了两只脚的家伙，倒还上不去，他为上天这样的安排而好笑。卢启贵搂了搂袖子，比试了两下，还是放弃了。要将这家伙举上去，做梦！

卢启贵抠抠脑袋，叹口气，撵着幺哥，往回走。一直走，走回了镇上。

多嘴小吃店里，骆二还盯着手机。那是抖音，抖音里的视频是一个八九岁的男孩，参加青少年武术协会的比赛。男孩虎头虎脑，一招一式，刚劲有力，闪展腾挪，很是内行。这是骆二的孙子，打工的儿子的儿子。孩子长了这么大，骆二经常看他的照片，看他的视频，但还从未见过真人。要不是科技这么发达，他现在也不知道孙子是啥模样。穷山沟里的娃儿，能在那大地方读书，能学得这般武艺，骆二还算满意。

"这么快就回来了？同意了？"骆二的眼里有火苗闪烁。

"不是。"

骆二脸上的笑变得僵硬。这个野草坪人，越来越难琢磨了。

卢启贵径自朝街头的空地走去。这段时间，那些黑黑白白的"二师兄"最终还是被推上了车，它们在车厢里哼哼叽叽，为新环境的陌生而不安地拱动。帮忙的几个汉子渐次离开。胖子丢掉手里的烟头，关上车厢门，爬进驾驶室，抹汗，点火，发动机轰隆隆响。卢启贵抓着车把手，将头举了上去，也不知道说了些什么，胖子脸上一笑，下车，打开车厢门，拾起一根木杆，将那些"二师兄"往里戳，腾出一个空来，把幺哥弄了进去。幺哥是云南山地马，个子不算太大，但比起这些"二师兄"，却高大了许多。幺哥先是不肯，扭扭捏捏的，但站在里面一比，它显得最高最大，毛脸上居然有些得意。

"看你那熊样！"卢启贵舒了口气，想笑。

货车开到了收费站。猪群在上车前就做过检疫，胖子挥了挥手里的单据，收费员便把拦车杆升起。很快，他们过了绿色通道。卢启贵摘下护耳帽，从窗口伸出头来，朝先前那个收费员招了招手，笑。

收费员无可奈何的脸一晃而过。

三

唰！货车急吼吼的，挟着一股风，豹子般窜出。喝汽油的家伙，显然比吃草的幺哥爆发力强。卢启贵很少坐车，坐上车就犯晕，路会翻到天空，云彩会歇到脚边。看胖子开这么快，卢启贵双手就往心口上摁。群山在往后退，身子在往前奔。胖子笑："跟不上社会了，老兄！"胖子给他讲外边的火车、高铁、飞机，讲自己扫码就可使用的各种工具。卢启贵嗯嗯地应着。这些卢启贵都知道，卢启贵没少上网，大千世界里的种种，他都看过，但生活在野草坪的他，也就只把它们看成传奇。一顿饭的工夫，货车就到了幸福家园的附近。卢启贵下了车，趔趔趄趄就走。胖子叫："嘿，老兄，你的马！你的马不要啦！"卢启贵还是往前走。胖子叫："你不要了？那我送屠宰场！"卢启贵吓了一跳，站住。幺哥一蹦一跳朝他走来。幺哥显然有些不高兴，不停地甩头，抖动身子，跺着还在发麻的四蹄。"让你坐车你还不高兴？真是毛脸畜生！"卢启贵说这话时，脸热了一下。回头看，胖子已经坐回驾驶室，货车画了个弧线，又往高速路奔去。

这幸福家园，名为家园，其实是个城，大得很呢！据说，过不久，邻近的马腹村、背筷村、牛栏坪都有好多人要搬来，总人数会有好几万。要进到幸福家园里面，还需穿过一条长长的街道。那空旷而宽阔的街道，也是新修的，秋雨刚过没几天，地面依然干干净净。行人很少，那些将要搬来的人，估计还在老家收拾庄稼，处置家产。两个黑物就显得十分突出。突然，前边无声地开来一辆电瓶车，车上扑通跳下两个穿制服的人来，卢启贵一看他们的着装，就知道是小区管理员。两人个子差不多，只是其中一个眼睛大，灯笼一样鼓起，另一个眼睛长条，谷花鱼一样细长。两人的脸上像打了霜。

大眼睛眼珠一鼓，说："老表，这是新城，现代化管理，不能让动物进来的。"

"回去！回去！"小眼睛说。

卢启贵说："不准动物进来？你不是动物呀？"

大眼睛眨了一下眼，发觉自己是说错了，拍拍脑瓜说："我说的是畜生。"

"畜生？畜生怎么了？有的人，比畜生还不如！"卢启贵忍不住，气大了起来。

这话冲呢，冲得有些过。小眼睛看卢启贵有些变形的脸，还有捶草榔头一样的手腕子，暗地里一把拽住大眼睛的衣襟，指指前边的牌子说："老表，你看哈，上面清清楚楚地写着牲口不能进小区的。小区的环境，需要大家一起来维护。"

卢启贵明白了，原来他们是嫌幺哥脏。回头看看幺哥，在野草坪，幺哥算是干净的了，黑黑的皮毛，绸缎一样光滑，偶尔粘上两根蒺藜，腿上粘上些泥土，那可和脏没有关系的。但小眼睛脸上带着笑，卢启贵就不能老是一根筋。

"我保证……"卢启贵手一抹，将脸上的霜揩掉。但话还没有说完，见幺哥两只后腿一分，就有拉粪的意思。卢启贵迅速往幺哥屁股墩子上重重地拍了两巴掌："你以为这是野草坪呀？以后出门，先洗澡，不然讨人嫌！"

幺哥被这一吓，要出来的粪便缩了回去。卢启贵拉紧缰绳就走。大眼睛眯成一条缝，小眼睛鼓成大汤圆。他们意外的是，这个野草坪的老表，不算是难缠，一说就通。那说走就走的动作，和这匹马一样，蛮潇洒的。

卢启贵边走边回头，他不是看幺哥，而是看开电瓶车的那两个人。待电瓶车在幺哥屁股后面慢慢远去时，他牵着幺哥，绕开了那条进城的主街，穿过背后尚待建设的荒地，小心翼翼地钻进幸福家园。以前卢启贵来过几次，当时正在施工，钢筋、水泥、石块、挖掘机高高矮矮，横七竖八。坑塘到处都是，到处都乱，他没少往这些地方绕。"你蹄子轻些呀！轻轻抬，轻轻放，对，再轻点。"卢启贵告诫它。幸福家园是专为没有居住条件的偏远山区群众修建的生活区，一幢一幢的高楼，竹笋一样长起来了。正好，有阳光从云层里透了出来，整片新区明晃晃、金灿灿的。卢启贵将眼睛揉了又揉，以为是仙境呢！上次他来摇号分房时，楼房刚修完大半。当时，负责人举着个大喇叭，高声介绍这里面种种的好。那时想看，看不了，只能沙盘，看那些缩小的楼房在明亮的灯光下闪闪烁烁。当时他怀疑呀，这会不会是用来哄人的？眼下，外墙涂了漆，门窗安了，水电通了，场地平整好了，绿化树也栽了，公园里的健身器材也安装了，池塘里也有水哗哗流淌了。走到靠东边的第一栋第一单元，卢启贵抬起头，从一层开始数。数到十九层时，他的目光停住了。么哥也抬起头，将目光停留在卢启贵目光的高度。

那是卢启贵分到的新房。要知道，那野草坪，不通水，不通电，不通公路，人们住的是茅草房，烤的是木柴火，出门一抬头，漫山遍野全是疯长的野草和荆棘。卢启贵的茅草房，是父亲在世时就修了的。几十年的风吹雨蚀后，现在土墙开裂，草顶腐朽，晴天挡不住阳光，冷天遮不住风雪。卢启贵成人了，婚事成了头等大事。可每次去提亲，女方问的第一句话就是房子。卢启贵几次想修，可要将那些水泥、钢筋等建材搬上山来，马背都得脱几层皮，运费是材料价格的两倍以上。摸摸空空的钱袋，卢启贵只能摇头。卢启贵做梦都想不到会有今天，突然有了这房，一下子就要成了城里人，卢启贵高兴得直哆嗦。是不是穷鬼苏沙尼次已缴械投降？是不是有神仙在暗中帮他？他左看右看，上看下看，里看外看，看不出什么迹象。他双手捧住么哥的长脸，看着它的黑眼睛：

"是不是真的哦?"

幺哥甩甩鬃毛,踢踢腿,表示肯定。酒盅大的眼睛里,晃动着卢启贵有些夸张的五官。卢启贵又用力拧了拧自己的腮帮,很疼,看来不是梦,他跳起来,迎着天空喊:"我有房喽!我有新房子喽!"

其实,卢启贵不只是有房子,他还有媳妇了。

卢启贵初中毕业后,就没再跨进校门半步。原因很多,但主要还是家里穷。穷鬼苏沙尼次扼制了他向上向外的想象力和一意孤行的勇气。其实,野草坪贫穷的不止他一家,如花家里呢,更够呛。如花笑着拿回高中的录取通知书,却坐在后山的野草丛里哭。如花妈妈悄悄将农闲时做的几双千层布鞋背到镇上去卖,试图将得到的钱作为学费。但那些平日里没舍得穿的布鞋,并不值几个钱。钱到手了,只是杯水车薪。更意外的是,屋漏偏遭连夜雨,妈妈的赤脚在路上被荆棘戳穿,肿起老高。如花妈妈抬着浮肿的脚掌挑刺,人老眼花,挑刺的钢针没有将刺挑出,相反将脚刺得血肉模糊。卢启贵试图帮她,接过钢针,却手抖得不行。

山外有人来买土豆,卢启贵那时还没有马,就用竹背篼帮助背出山,每天可赚二十块的劳务费。看如花无助的样子,他放下背篼来劝,要她一起去。"我们一起挣学费,你背不了那么多,但我可以帮你。"卢启贵说这话时,满脸的恳切。如花的泪水再次漫出眼眶,她哭得鸟雀都歇不下来,哭得野蜂都惊惶逃窜。哭够了,如花抹抹眼泪,擤了鼻涕,红着眼看他渐次宽阔的脊梁,看他健壮结实但却没有鞋穿的脚板,又回头看那比人还高的深底背篼,摇摇头,将嘴唇咬得发紫。

卢启贵割来竹子，削成篾片，花了一夜工夫，编了一个更小些的背篼，在背篼贴靠人身体的一面垫了些棕片，试图不让背篼硌如花的背。如花的腰，细得像马蜂的腰呢。当他提着背篼，兴冲冲地走到如花院子里时，如花并不赏脸。

"我用不上它。"如花转身回屋，将漏风的木门"哐啷"一声关上。

送了几背篼土豆出山，卢启贵心慌意乱，犹犹豫豫来到如花家门前，见如花的妈妈扶着门框，用野草坪最恶毒的语言诅咒穷鬼苏沙尼次。那些语言卢启贵没少听过，从小到大，他最记得的，就是这样的场景。他的祖母、他的母亲，也经常这样诅咒。但穷鬼苏沙尼次就从没有因为诅咒，而逃离这个连电灯都用不上的野草坪。

如花没在。如花像树梢上的鸟雀，没吱上一声，就消失了。

冬雪时大时小，时飞时融。草枯叶萎，野草坪那些毫无规则的山峰，像是无数裸露的脚指头。它们在温暖的时候，从大地的深处伸了出来，在寒冷的时候，却怎么也缩不回去。

第二年年底，如花回家过年，卢启贵带着幺哥到镇上去接她。如花穿得像电视里的演员一样光鲜，眉毛黑得像涂了锅灰，嘴唇红得像刚喝过鸡血，脸却血色失尽的白。卢启贵倒退半步，仿佛眼前是个陌生人。如花坐在马背上，不停地说话。说大街上的车水马龙，说演艺圈的俊男靓女，说商业街的吃喝玩乐，说多彩的夜生活，说对各种酒的品鉴，以及说品牌衣服如何选择。如花变了，如花变得青春了，时尚了，成熟了，也复杂了。如花说的那些，卢启贵都听不懂，也就不爱听。不爱听的话，给山风一吹，就刮走了。卢启贵原本要告诉如花，她走后，他是如何买到马的，他现在存了多少钱，他准备什么时候修房，水泥怎么保存不易受潮，哪里的砌砖的师傅踏踏实些。可他插不进嘴，只是一边走，一边用木棍敲打两边刺丛上的碎雪。

如花跷跷脚，让他卖掉马，买一辆摩托来跑运输。"我从县城到镇上，不到两小时，就付给摩托驾驶员五十块。你算算，摩托驾驶员一天随便就挣一两百块。你呢？你能挣多少？"卢启贵往外送土豆，连人带马，累得腰酸背疼，一整天才五十块。他没有说话，他哪好意思说。再就是，卢启贵无法把么哥和摩托联系起来想。那摩托是好，速度快，只吃油，不需要更多的管护。可它冷冰冰的，不会和人交流，使用不当，还会带来麻烦。镇上的钱二狗，前不久用摩托车驮一头活猪进城，跑得是快。不想半路上猪一挣扎，无法控制，就全都栽进沟里。摩托成了废铁。人呢，断了一条腿，还躺在医院里，等大伙筹钱给他交医药费呢。眼下这么哥，会呼吸，会踢腿，会用眼睛看人，摸上去，毛皮上还有温度，就是下雪天，只要和它在一起，迷了路，也冷不死。它懂卢启贵，卢启贵也懂得它。如花再说那些，卢启贵笑得暧昧，不置可否。如花说话像倒豆，倒了半天，见卢启贵没接到一粒，便垮下脸，指桑骂槐，说天气的冷凉，说路两边的冻荆花没有往年开得好，说泥土的麻木，太阳光再是如何晒，季节也老是比山外晚三二十天。如花断断续续地透露，她在东莞最大的皮鞋厂当工人，流水线作业。那些鞋供到全国各地，好卖得很，根本就做不过来。她的收入嘛，在野草坪背土豆，肯定是无法比及的。

如花下马时，差点跌跤，卢启贵伸出双臂，迅速将她搂住。如花站稳，卢启贵低头看去，吓了一跳。如花脚上穿了一双高跟皮鞋。那鞋跟高高的，足足一拃多长。那跟尖尖的，踩在泥地里，陷深了，拔不出，差点崴了脚。那颜色呢，红艳艳的，和如花的唇色差不多吧。

如花走起路来，像春天的河风摆柳一样，老走不动。"我背你吧！"卢启贵将宽阔的背矮下，给她。汗渍像幅山水画，在卢启贵的背上时隐时现。如花的手轻轻扇了扇鼻子，退回半步："算了，还是骑马更好些。"

如花给妈带回的最大的礼物是一双鞋。牛皮的，黑色，好像是什么名牌。如花妈妈很快就穿上，在村子里打荞麦的场院里，转了好几天。

大年初三，如花要走，现在她的脚上，是一双雪白的旅游鞋。卢启贵在寨子门口堵住她："那马，我找到买家了。你带上我。"

如花看了看又黑又壮的卢启贵，还有在雪地里不安地拱食草根的么哥，又低头看了看卢启贵解放牌鞋上沾着的厚厚的红泥，摇摇头："你不行。"

"重的脏的我都不怕。"

如花摇摇头："那里没有你说的这种。"

"白班夜班我都可以上。"

如花还是摇头。

"那需要干啥的？"

"你的马跑了!"如花指着远处说。卢启贵顺着她的手指看去。果然,那匹不安的黑色马驹,正腾起蹄子,在山地上撒野呢!未化完的雪,和着泥浆,被它踢得四处飞扬。卢启贵吓了一跳,扔下正要送给如花的冻荆花,不要命地追去。追得大汗淋漓,追得腿肚子发胀,追得眼前发黑、发晕,卢启贵总算将沾满泥土的缰绳拽住。这家伙,还没经过调教,脾气冲。回过头来,如花早已消失在茫茫苍苍的群山之中。白雪掩饰了一切。

"你赔我个媳妇吧!你这个毛脸畜生!"卢启贵说着,用汗水蒸腾的脸,去撞毛脸的幺哥。幺哥根本就不买账,嘿儿嘿儿地叫了两声,头一甩,又要跑开。卢启贵将缰绳往树干上绾紧,举起拳头,照准它的背狠狠地打去。卢启贵的拳头虽硬,但和幺哥的身体相比,差得远呢!这不算回事,幺哥正长身子,皮痒,正好,它又嘿儿嘿儿地叫起来。卢启贵鬼火绿,跳起来,朝它屁股上踢去。幺哥一让,卢启贵踢空,跌倒在地,腿骨错位,疼得他龇牙咧嘴,冷汗直冒。卢启贵找来一根木棒,照准它的背、肩、腿、屁股打去,直到木棒折断。一场好打,幺哥从此顺服。三天后,它走路还趔趔趄趄。

卢启贵有了这马,便没再读书。在野草坪人的眼里,有这样的牲口,比养个大儿子还管用。这小马驹长相好,腿脚粗,力气大,跑得咚咚快,不偷懒。有了它,卢启贵把自家的活干完,还能帮助别家。不仅能混到吃,偶尔还能赚点钱回来。春天,卢启贵领着幺哥,往山地里驮运种子、化肥和小苗急需的水。秋天往回驮苞谷、土豆、荞麦和瓜豆。事实上，真要让他把马卖掉，肯定难。此后的日子里，卢启贵更没有了离开这小马驹的意思，他们感情日益深厚，他没有把它当牲口，也没有当儿子，是当兄弟。么哥，是野草坪人对比自己小的男性的昵称，亲热，够意思了吧！

此后卢启贵就很少见到如花。如花甚至连过年也没见回家。前几年，她不断地给家里寄包裹。春种时汇，秋收时汇，过年汇，亲人的婚丧嫁娶、老人的生日也要汇。包裹一到，邮递员就会汗流浃背地来到野草坪，放下背上那个墨绿色的背包，站在村口大声叫喊，仿佛是要让全世界的人都听到："如花她妈，包裹到了！鞋子一双！"有时也会喊："汇票一张，金额两千块！"最近几年，包裹和汇票慢慢少了下来。据如花她妈说，东莞那边也在打"大老虎"，在拍"小苍蝇"，好多企业倒闭了，经济下滑了，鞋厂收入不太好，如花就改行啦！如花后来去过服装厂、化妆品厂、电子厂，再后来是在手机制造厂。外面的生意不好做了，找到点钱，得先让自己过好。那边房价高得很，买不起，就是租一抱那么大的房间，每月也得好几千块。

眼一眨，时光就过去了。野草坪的草木丰茂，草窝里的野兔、狐狸、麋鹿、蛇蝎越来越密集，天空中的鸟雀、鹰隼越来越多，而这山地上的人，却越来越少。突然有一天，扶贫队员跨进卢启贵的屋子，和他挤一根板凳，坐在火塘边，掰着手指头算他的收入账。算来算去，他卢启贵连温饱线也没过，怎么也就是个贫困户，要给他办农村信用社的银行卡，每月要给他最低生活保障。他卢启贵怎么就是贫困户了？他不是好吃懒做的那种人，也不是没有收入的人，划定他为贫困户，卢启贵羞愧，脸上有鸡虱子在爬。自己年纪轻轻，气饱力足啊！"我有幺哥，单就它，至少也值几千块钱吧！能算是贫困户吗？"卢启贵这态度，着实让扶贫队员意外。野草坪能有这样诚恳的人，他们始料不及。其他地方，为争当贫困户，采取种种不阳光的手段的，不少呢。扶贫队员和村干部反复商量，再次评估，他们认为卢启贵收入还是不达标，特别是住房太破旧了，再住下去，迟早要出问题。按照脱贫的标准，他必须搬出去，住新建的集中安置点。当然那安置点也不是给他一个人修，也不仅是给野草坪的人修，而是给乌蒙山区里所有符合易地扶贫搬迁条件的老百姓修的。

一个人过，还得背井离乡，卢启贵脑壳里的弯还没有转过来。

也就在这个时候，如花突然回家，找上门来了。如花送了卢启贵一双长筒水靴。黑黝黝的皮面，伸手一摸，里面居然有绒。那绒毛软和得不忍心伸进脚去。高贵呢！卢启贵不知所措。

"卢启贵，这些年找到钱，就把我给忘了。"如花背靠门枋，不进不出。脸上还是当年的浓艳，衣服更加光鲜。只是一眼看去，多年的光阴已经不在。苗条的腰身不在了，一笑，眼角就有了些隐约的细纹。

卢启贵有点糊涂，怎么是自己将她忘了呢？此前的时光里，卢启贵是想起过如花，想她的盘子脸，想她的黑豆眼睛，还有，想她那像揣了个活兔的软鼓鼓、一蹦一跳的胸。但想也白想，除了梦里，他就再也没有见到过如花。后来，他努力忘记她。只要她的眉眼出现，坐在火塘边时，他就出门去劈柴；骑着马时，他就跳下来走路。

眼下她还是这样，一走动，山峦一样鼓胀的胸脯，夸张地晃动。看，不好。不看，也不好。

"进来坐吧。"他说。如花挡住了门外的阳光。

如花一步跨了进来。如花不像以前那样擦板凳上的灰尘了，屁股一蹾，挤着他，就坐了下来。时近黄昏，外边微凉，火塘边却很热。当然，卢启贵的心就更燥热了。如花身上的气息，有些香，有些甜，有些涩，像是苹果、柚子、石榴、杏仁、山桃，又像是野桂、山茶、蜡梅、茉莉、苜蓿……什么都像，又什么都不是。卢启贵的心头，像被野猫抓了一样，受不了。如花不停地和他说话，说外面科技发展得太快，让人措手不及，躲在任何一个角落，都可以被找到；说做衣服、做鞋、做手机配件，都用机器人了；说扫地、炒菜、安保工作、餐饮服务，也用机器人了。甚至，有的做夫做妻，都用机器人代替了……卢启贵听来听去，觉得科技不是好东西，好像是人的死对头，专抢人的饭碗，再发展，人恐怕就得饿死。卢启贵心生怜悯，觉得如花在外面这些年，还真不容易。

三天后，卢启贵牵着缰绳，如花骑在幺哥的背上，摇摇晃晃来到镇上。

经过多嘴小吃店，卢启贵给如花买羊肉米线。案板空空，羊肉已经卖完。卢启贵便给如花买冰激凌。骆二收了钱，又低下头去看手机："要啥味的，自己拿。"

卢启贵和如花是去镇上民政所领结婚证的。这样，卢启贵得到的屋子，就不是一个人的二十二平方米，而是两人的四十四平方米。如果能在上面规定的时限内生个娃，面积还可再增加二十二平方米。当然，那是后话。

领证的第二天，如花就让卢启贵送她到车站，她要回东莞。

"这房哪，如果在那边买，得一百万元以上！"如花还算满意。

一百万元以上？自己怎么就从一贫如洗，瞬间就变成拥有价值一百万元房子的富翁了？卢启贵直了直腰，觉得比以前挺多了。如果是这样，如花和自己结婚，也不算亏。

"年底用工合同到期，和公司了结完手续，我就立即回来。"如花说，"我想好了，在楼下开个鞋店，养活一家没问题。如果资金允许的话，我们就卖监控器、取暖器、手机、健身设备什么的，那些更赚钱。"

卢启贵高兴，如花的鞋子情结，让他想起了当年的苦楚。如花走得再远，走得再久，还是没有忘记根本。

"最好卖土豆。"卢启贵说。

"只要能挣钱，都成。"愣了一下，如花又笑，"把野草坪的农产品卖到南方的城市，这倒是个致富的好办法。"

四

卢启贵的眼睛一直在看眼前这高高的楼，看它的高度，看它的颜色，看那些火柴盒大小的窗格子。眼睛看酸了，揉揉，再从一层数上去，数到十九，又继续看。么哥有些不耐烦，踢腿，吹响鼻，甩长得过分的尾巴。卢启贵从马鞍上取下马料袋，给它套上。豆秸的香味，暂时平息了幺哥内心的烦躁。

卢启贵看够了。他牵着马往单元门里走。小眼睛气喘吁吁地赶来："老表，你干吗？你干吗？"

卢启贵说："我来看房。政府说，春节前得搬进来呢！"小眼睛明白了，问了他住的楼层，说："欢迎欢迎，老表，先前就告诉过你啦！这是人居住的地方，不能让牲口进来。"

"房子是政府给的，马是我自己养的，你管得了我？"卢启贵生气了，在野草坪，他就这德性。

"不行的，这是规矩，希望你能理解。"

卢启贵不再说话。他将幺哥牵回，把缰绳拴到房角的一块尚未搬走的石头上，再一个人走回来。小眼睛还在单元门边，看卢启贵要顺着楼梯往上走，便拦他："你别走步梯了。十九层，又高又远，半个钟头怕都走不到。"卢启贵说："那我怎么办？""有电梯呀！"电梯？卢启贵以前坐过几次，但不是太相信它，老是担心坠落，或者打不开门。卢启贵曾看到过骆二煮饭，好几次突然不来电，饭夹生了，无法吃呢。这电梯要是停了电，让他待在半空中，那不就麻烦了。"谢谢啦，老表，走动一下舒服些。"说着，他便自个儿往上走。小眼睛摇摇头。这野草坪来的老表，是个犟拐拐，真拿他没办法。

卢启贵一层一层往上走，不知道走了多久，也不知走了多少级台阶，千篇一律的楼梯，让他非常的不适，汗水挂满了头、脸，背心里全湿透了。在野草坪，他就是背上百多斤的土豆，也没有这样累。他坐在台阶上喘气时，大眼睛突然从电梯口出来,看到他:"听喘息,还以为是头牛。你怎么会在这里?""我就是想看看。"这些天来看房的贫困户不少,各种各样的人都有。大眼睛笑了:"算你厉害,走到了十二层。昨天有个老表,才走八层,就喊头晕。"他吓了一跳,走了这么久,居然才走十二层,还这鬼样子,自己是不是生病了?大眼睛笑:"好多老表都不习惯这高楼层。可是,你想想,这高楼,在高高的野草坪面前,小蚂蚁都不如!"还真是,这样一想,他头就不晕了。大眼睛领他进电梯,看他不会,便一一教他,怎么开门,怎么关门,怎么摁自己需要的楼层,一旦出了意外怎么办。末了,还让他自己演习了一遍。大眼睛说:"如果你弄不懂,或者中途有啥意外,就对着摄像头招手,摁铃,大声求救,就会有人来帮助你。"大眼睛再给他摁了个"1"。电梯一点都不晃动,平平稳稳,很快他就回到了一层。

出门,幺哥还在安闲地嚼食豆秸。卢启贵回到电梯里,摁了"19"。

卢启贵总算进到自己的房间了。不错,客厅不是很宽,但要砌个火塘,靠墙放一条木条凳,屋角堆几捆木柴,准够。卧室呢,他伸开两臂量了量,摆张床,躺两个人,没问题。不,现在必须考虑的,是幺哥。只要幺哥能住,其他都是小问题。看看,旁边有一间,大大的窗口,对着不远的崇山峻岭。卢启贵伸开两臂,横量竖量,大小正好。

"今年光照好,
"荞麦长到肩膀高;

> "木甑子蒸满了，
> 肚皮儿翘得高……"

这是卢启贵喜欢的歌谣。他轻轻哼着，回到电梯间。嗯，幺哥！如果它真的能……卢启贵摁了开门键，电梯无声地打开。看来，自己并不笨，很快就学会了。他摁了个"1"，再摁关门键。很快，电梯到了一层，停住，门自动打开。他大步出门。幺哥吃饱，没事干了，摇头耍耳，正烦躁着，看他来，闷声闷气地哼了一声。"有你好的。"卢启贵回头看了看单元门，那里的几个工人，刚刚搬了一堆东西进去。他在心里数数，从一数到十。加上他走过去的时间，工人们已经可以把东西搬进电梯，而且电梯往上升了。他迅速解开缰绳，拉着幺哥就走。到了单元门边，幺哥停步，犹豫不决，眼前陌生的景象，让它多多少少有些胆怯。卢启贵回头："幺哥，看看你的新家！"幺哥看到卢启贵鼓励的目光，便碎步跟了过来。在电梯门前，卢启贵伸出手，却又停住。想了想，他拉着幺哥，转身朝旁边的步梯走去。

步梯的台阶间距并不是很大，卢启贵走起来很合适，但幺哥就很吃力。对于它来说，一级台阶不够，两级台阶却又多了点。步梯的台面上贴了瓷砖，幺哥的铁蹄踩上去，就像踩到野草坪冬天的冰凌，滑呢。而且蹄声很大，很难听。上到第三层时，幺哥居然踩滑，跪倒了。膝盖磕破，暗红的血从皮毛里沁了出来。卢启贵倒吸了一口凉气。在他的帮助下，幺哥站了起来。卢启贵将幺哥前后的脚依次抬起，掰了掰，叩了叩。幸好，皮毛虽有些破损，但没有伤到骨头。卢启贵脱下棉布裉子，找到破口，顺势撕成四块，将幺哥的四只蹄子包了起来。

"走走，我看看。"卢启贵说。

幺哥蹄子动了动，卢启贵还算满意。他拍了拍马背："走吧，幺哥。这下不会滑倒了。"

再往上走，也就两三层，突然听到有人说话。卢启贵紧了紧缰绳，让幺哥停下。声音越来越近，他将幺哥推到步梯通往电梯间的过道门的背后。那里正好将他们俩藏住。"别出声。"卢启贵嘘嘘嘴，低声叮嘱。噼里啪啦的脚步声越来越近，甚至有人将过道门推开一半，伸进了一只脚来。卢启贵的心高高地悬了起来，他紧张极了。

"咦，刚才看得清清楚楚的，这人和马，是往上走的。追了这么久，影子也没有一个。"那是小眼睛的声音。

"楼层太多，看一眼就行，我们快往上找。它就是会飞，会遁土，也谅它跑不掉！"一听，卢启贵就知道，大眼睛也来了。

小眼睛缩回了脚，一帮人回到电梯门口。

"看来，我们暴露了。"卢启贵屏住气，小声说。幺哥晃动了一下耳朵，大黑眼睛看着他，盼他出主意。很显然，这个时候，牲口的智力是不可能和人相比的。卢启贵听到电梯关闭上行的声音，果断地拉着幺哥，走到电梯边，摁开另一道电梯门。他们迅速进去。这电梯间好像专门为幺哥设计的，长宽正好合适。卢启贵满意地笑了笑。电梯上行，还算平稳。

不料，意外发生了！幺哥两只后腿一张，马粪如无数的圆球，冒着热气，噼噼扑扑滚落出来。瞬间，整个电梯里弥漫着屎尿的腥臭。卢启贵脸色大变："幺哥！你忍一忍不行吗？"幺哥可顾不了这些，它屙得欢快，屙得舒畅，屙得忘乎所以。先前被货车颠来簸去，它就一直憋着。刚才吃了那么多草料，又折腾了半天，更受不了啦！再不解决，怕要爆炸了。现在，它才有机会得以释放，它再也不想控制自己了。幺哥屙得肆无忌惮，屙得神采飞扬，屙得浑身通泰。幺哥屙完了，长长吹了口气，甩了甩脑袋，有些不好意思地看着卢启贵。痛快呢！卢启贵举起手想打它，却又轻轻落下，笑着说："发了！发了！不只是我们家。整个幸福家园，都发福了，发财了！"

有灵性的牲口拉屎屙尿，可不是乱来的，野草坪有这种说法。

到了十九层，电梯门打开。卢启贵拉着幺哥走出来。他们很顺利就进了屋。卢启贵不忘把门掩上。墙体刷过白色的涂料，白净得晃眼睛。顶灯已经安装，看上去造型还不赖。地面的瓷砖也贴了，平整而且干净。幺哥抬起蹄子，却不敢走，那光洁的地面，刚才就让它吃亏不小。

"别怕别怕，你脚上不是还有布包着的吗？"卢启贵用力拉它。

"这是客厅，前不久我去参观过已经住人的安置区。"进了屋，卢启贵给幺哥介绍，"正面挂个电视，靠墙摆一组沙发。沙发呢，用城里人那种，用布缝的，软和。"幺哥小心地喘着粗气，神情有些张皇。"门边得放个蹭脚垫，放几双拖鞋。这是城里人的做派，进门时蹭掉鞋底的泥巴，屋里就不脏了……你呢？你能穿拖鞋吗？"想到幺哥穿上拖鞋的样子，卢启贵忍不住想笑。走到大卧室，卢启贵说："在这里我俩得分开住。这是我的房间……不，还有如花……"卢启贵将幺哥拉到另一间，让它在里面打了个转："这就是你的了，窄了点，不过，你能转身就行。我们都从野草坪来的，哪里能有更多的讲究。马槽呢，就给你放在窗户边上，矮一点。你想野草坪了，抬起头来，就可以看那远远的山脉。嗯，山腰上有一团白云那里，翻过去就是老家了。当然，我也想。有空了，我们就回去。晚上呢，还可以看到星光……"幺哥似乎听懂他在说啥，抬起头，咴咴地大叫了几声。

"再有，我警告你！现在不比以前了啊！以后你要拉粪，尽量在回家之前拉，这屋子里弄得太脏，恐怕如花不会答应的。"卢启贵跪起一根手指，轻轻叩它的额头，"要记住，我可没和你开玩笑！"

"哐啷！"门被重重地推开。"着了！"随着一声吆喝，大眼睛和小眼睛冲了进来。他们先是看到了幺哥，再是看到了卢启贵。小眼睛将马缰绳夺走，大眼睛封住卢启贵的领口，就往外拖。"怎么了？怎么了？"卢启贵问。"怎么了？你干了好事！"要想将卢启贵拖走，一般的力气还够呛。卢启贵只往回退了两步，大眼睛就一个趔趄往这边倒。而幺哥呢？头昂起来，尾巴一甩，咴咴地大叫了一声，前腿微曲，后腿猛地弹起，那迅急的双踢，差点踢到了人。

"抓住它！"有人往这边挤。

"不用抓了，我先打断它的腿！"有人举起了又粗又结实的木棒。

卢启贵挣扎着蹿过去,将幺哥与他们隔开:"你们别犯傻啊!"

大眼睛和小眼睛背后,走出一个高个子。看那样子,估计是人领导。高个子说:"别犯傻,下楼再说吧!"

卢启贵牵着马,随着他们进了电梯。马屎马尿还在,污污浊浊淌了一地。看上去,的确是太不舒服了。不用多说,卢启贵懂的。下到一层,出门,他找来铁铲、扫帚、拖把和抹布,弄了半天,将电梯打理得干干净净。来到物业管理办公室,几个人脸色好了些。当听到他是那房子的主人时,高个子哭笑不得:

"老表,这里是不能养马的。不仅马,牛、羊、猪、狗、鸡、鸽子、麻雀、八哥,都不能进来。"

"我自己的屋,我有我的权利!"

"是你自己的屋,但到了这里,你的生活方式就得改变。我们是城里人了,不要再把那些陋习带来。要讲究卫生,要文明,要有生活品质……再说了,我们也得给自己点面子。别让人吐我们口水,别让别人说我们脏!"

"我们是人,是幸福家园的主人,不能和牲口在一起……"

"附近哪里有畜牧场?好一点那种。"卢启贵问。

高个子说:"有啊,前几天我看到,领导们在会议里专门讨论这事儿呢!村民们不能养又舍不得处理的,都可以交给畜牧场。"

"是呢是呢,"大眼睛指指不远处说,"那里还要建扶贫博物馆,你们家的犁耙、锄头、砍刀之类的工具,都可以往那里放。"

小眼睛说:"住进来后,这环境,好多东西都用不上了。比如你的水靴……"

卢启贵看了看自己的脚,又看了看幺哥。幺哥摇着尾巴,在原地踩着碎步,心神不宁。

"畜牧场还有多久能用?"

"最快,也怕要半把年……"

卢启贵很快就要搬家了。半年,那么长,想都没法想。卢启贵的脸抻得比马的还长:"幺哥,我们回去!"

他的火气这样冲,让几个人不知所措。

踢踢踏踏走出幸福家园的大门,他们多少有些狼狈。看来,幺哥真难以交代了。手机响,铃声是如花给他设置的:"妹妹要是来看我,不要从那小路来。小路上的毒蛇多,我怕咬了妹妹的脚……"声音炸耳,卢启贵捂了捂衣服口袋,那声音并没有小下去。他有些不高兴,掏出来,接通。

电话那头的声音意外的温柔。如花说:"老公,你在哪里呀?"如花把他叫成老公,这是第一次,他有些不习惯。尽管他们已经办了结婚证,已经做过夫妻间的事,他觉得这称呼还需要过程。卢启贵说:"我下山啦!"如花说:"你穿了水靴没有?""穿了穿了。""有啥感觉?""感觉?呃,就像……""就像啥?"如花突然说,"你是不是瞒着我,和哪个女人在一起了?"卢启贵急了,说:"我在幸福家园门口呢!"如花说:"真的吗?用啥来证明?"用啥来证明?卢启贵看了看四下,一个人也没有。他的手机是老人机,不能视频呢!灵机一动,他把手机凑到幺哥嘴边:"幺哥,叫一声。"幺哥抬起头,闷声闷气地吹了一下鼻子。这只能说明卢启贵和幺哥在一起,并不能说明他在啥地方。不过如花还是相信了他："那，你去看看，客厅能不能放下组合式沙发，卧室能不能放下两米的大床……"卢启贵说："估计够呛。"如花说："你问问领导们，可不可以给我们换一套更大的?"卢启贵说："政府规定的，按人头给的，想换就可以换?"如花说："我们要添人了呢。"卢启贵问："是你妈要来住吗?"如花说："不是。"卢启贵又问："是你妹妹要来读书吗?"如花说："再猜。"卢启贵不愿意再动脑筋了："绕啥弯？直说嘛!"

"这几天一直不舒服，早上我去医院了。"

"嗯，有病就不能拖，你一个人……"

如花声音低了下去："笨蛋，你要当爹了!"

"啊？我要当爹了?"卢启贵抠了抠脑袋，想不出个所以然来。在他的脑子里，当爹是个很遥远的事情，是个非常不容易的事情，是和他卢启贵几乎没有啥关系的事。如花的小九九，厉害。

"我，我怎么就当爹了?"

"医生说，我怀上了。"

"怀上了?"

"怀上了啊!"

"哈！真的?"卢启贵脱口而出，"是带把的？还是锅边转?"

如花有些不高兴："咦，啥时代了，还重男轻女呀，讨打!"

卢启贵连忙认错："不就是高兴一下吗？野草坪的人不是都说，姑娘比儿子更孝顺?"

"这就对了，"如花笑了，"你和扶贫工作队说说，再给我们增加一个人的面积。娃儿出生了，是符合政策的。"

如花说的有道理。但要增加房子的面积，怕没这么容易。

"你快回来啊！如花，你又不是不晓得，疫情还有，好多在国外的人都回国了。你那里，怕不见得安全。"

如花高兴呢，她说："你想我，我就回来……和你商量一下啊，那个马，不，那个么哥，怎么办呢？它能做的事，换辆摩托，不，换微型车吧，轻轻松松就代替它了。上次回来，你都变成马了。你那身上啊，全是马尿的骚味呢，过后我洗了好几次……"

"你老说……"卢启贵回头再看么哥，看天空。今天发生这些，他觉得还是不说为好。

"你不高兴了？男人嘛，大器点。你喜欢的，就是我喜欢的。"如花的声音低了下去，"我就喜欢你那力气，野马样的……"

如花说得前言不搭后语，但那意思，卢启贵一听就明白。几年前，卢启贵一脚踩空，从高高的土埂上摔下，头破腿折，当即昏死过去。么哥奔到他身边，用蹄子轻轻刨他，用呼着热气的长嘴顶他。他醒来，么哥屈下腿，将他弄上背，驮到镇上的医院，救了他的命。那摩托，那微型车，那些冷冰冰的机器，遇上这事儿，行吗？用么哥来换钱，他卢启贵打死也不会。这些话，他不会给如花讲，讲了她也不爱听，听了她也不会懂。

但是，如花把什么都给了自己，还给自己怀了娃。她的想法，不当回事儿，也不行。

五

往回走了一段路程，幺哥前脚一屈，矮下身来。卢启贵摆摆手，没骑它。路宽的地方，他就和幺哥并肩走。路窄的地方，就让幺哥走在前边。远处的山山岭岭或红或黄，色彩丰富，像是乡场上早早就开卖的年货。前几天曾有一帮学生来这里画过画，卢启贵看了半天，老觉得他们色彩没有弄准，一眼看去，要么像过期的布料，要么像如花手机里开了美颜的照片。路边坎上的山茅草，水分渐失，但估计是储积了一年的营养，最香，幺哥每走几步，就会停下来撩上两嘴。喜欢吃就好，喜欢吃的牲口，身体不会差到哪里去的。卢启贵不管它，自顾自地走。其实也走不了多远，落后的幺哥就会奔过来，用长嘴在他的后背上蹭一下。幺哥的嘴唇潮湿而温暖。这样的感觉，在卢启贵的记忆里，除了幺哥，恐怕就只有如花才会给他。

幺哥会不会知道它的未来？卢启贵又想，自己是人，连晚上是吃烧土豆，还是荞疙瘩饭，都无法预测，何况这毛脸畜生。

卢启贵跳上马背，感受着幺哥特有的气息。来到镇上，天色渐晚。到多嘴小吃店门口，卢启贵缰绳一松，幺哥站住了。卢启贵跳下马来。餐馆里没有一个客人。骆二还在看微信,小视频里,一匹小骒马,在山地上,低头啃一口枯黄的草叶,又抬头四下张望。秋风吹过,长长的马尾巴恣肆散开。

"房子看了吗?质量怎么样?"

"还行。"卢启贵说得很小声,侧头去看了看幺哥。

"土豆焖饭,配一碗酸菜土豆丝汤?"这是卢启贵一直的标配。但骆二在做饭之前,还是征求了一下他的意见。

卢启贵晃了晃背包:"不用了,有炒面。打斤酒来。"

"再苦再累,别亏了身子骨。"骆二看他脸色憔悴,"听说如花要回来了?"

"你耳朵灵得很。"卢启贵也不否认。骆二刚揭开酒瓮,卢启贵抢着把酒提子塞进去,往平静的酒面上荡了荡。骆二睨了他一眼:"那酒花不是?"有酒花,是酒品质好的表现。卢启贵咽了咽口水:"一斤。"骆二拿来一个空的矿泉水瓶,把酒潎进去,递给他,又用土碗,给他另盛了半碗:"这是送喝的。"卢启贵也不推辞,接过,端着出门来喝。幺哥看着他,甩尾巴,刨蹄子,吹响鼻。卢启贵提了提马嚼口,让幺哥的嘴高起来些,往里倒酒。马嘴不是人嘴,没法把碗包容,卢启贵倒一口,幺哥嘴就漏掉一口。卢启贵努力将幺哥的头举起来,小心往里倒,酒液还是嘀嘀嗒嗒往外流。幺哥伸出舌头,舔了舔嘴唇,又舔了舔卢启贵的手。

骆二说:"这家伙,也贪酒呢。"

"它是投错胎。"卢启贵说。下句他没有说出,他怕骆二不高兴。

"过些天你就要离开野草坪,幺哥怎么办?"骆二问。

"正想呢!"卢启贵也不瞒他。

骆二说:"卖给我算了。"

卢启贵吃惊地看着骆二。什么时候,骆二都钻进他的心里去了?

"你不是办养猪场了吗?"

"是呀!"

"那你买马干吗?"

"我做生意呀!那匹花骒马,都有人给价了。"

骆二是个厨师,也做生意,想法怪异。马到了他的手,怎么处理,肯定就由不得卢启贵。卢启贵呆住了,脸绿了。他跺了一脚,扔下酒碗就走。幺哥不知所以,呲着嘴,突突突地跟了上来。

夜色隐晦,卢启贵的脚步慢了下来。前边是个岔路,往山上走,就是野草坪,往山下走,是另一个村庄。穿过那村庄,过一座石桥,就是另外一个省了。岔路口有块石头,又大又平,给往来歇脚的人磋磨得干干净净。卢启贵坐下来,石头凉凉的,正好给燥热的屁股降温。折腾了一整天,靴子湿漉漉的,脚非常不舒服。卢启贵脱下,另一种爽,从脚底升了起来。卢启贵反过手去捶了背,掏出矿泉水瓶,拧开盖,喝了一口,又喝了一口。幺哥抬起前腿,挠了挠他的脚,又挠了挠那靴。卢启贵说:"幺哥,穿靴的感觉……"幺哥脚上包的布,早不在了。卢启贵拾起水靴,套在幺哥的两只前蹄上。看它的滑稽样,卢启贵忍不住笑。

"舒服不?有没有那种……"卢启贵突然想起,幺哥活了这十多年,还没有和异性相处过,它哪会有那种感觉!他有些歉意,觉得对不起它。

幺哥长脸凑过来，潮湿的嘴巴将他的脸弄得痒痒的。

卢启贵嗔怨它："幺哥，你有酒瘾了。"

卢启贵翻了翻背包，掏出口缸和炒面。他将炒面倒进瓷缸，倒了些酒进去。伸进手指，不停地搅捏。炒面成坨，卢启贵撅起手指，捏了一团，尝尝。"嗯，不错。"卢启贵捏了一大团，塞进幺哥的嘴里。幺哥大口一张，三两下就咽下去了，舌头转了转，长嘴又蹙过来。卢启贵喝一口酒，就给马嘴里塞一团炒面。自己还没有咽完，马嘴里又空了。

"你吃慢点行不？"卢启贵又给幺哥嘴里塞去一团，"好东西要慢慢品啊！听不进去？真是毛脸畜生！"幺哥懒得听他，只顾吃。幺哥一直都贪吃。有一回，卢启贵和幺哥驮土豆出山，累了，在半路上，卢启贵将缰绳的另一头，拴住自己的腰，在路埂上坐着喝酒。卢启贵做了个梦，自己躺在云朵上，在飘动，浪漫呢！睁开眼睛一看，哈，这家伙，居然将他一步步朝菜地里拖。

脑壳热，杂乱的声音此起彼伏。卢启贵将脸背开，努力不看幺哥。他一边喝酒，一边揉眼睛。一边揉眼睛，一边喝。喝着喝着，他受不了。回过头来，幺哥却不再看他。幺哥看的不是回野草坪的路，是另一条路。"我可是要当爹的人了。要美好的感觉，你自己去找吧！"卢启贵说。卢启贵举手，手软得像是煮熟的挂面。伸脚，脚也不像是自己的。他吼出几句，声音糙，锯湿木头样的：

"酒瓶高高，酒杯低，
"这辈子咋就记得你？

"一次次盼你,你不回,
"眼珠子掉在酒杯里。

"酒瓶跌倒了,酒杯碎,
"前半夜喝酒,我后半夜醉。
"前心扯着后背疼,
"酒瓶空空,我好累……"

也不知过了多久,卢启贵觉得有谁在舔自己的脸,凉凉的,湿湿的。卢启贵醒了过来。睁眼看去,他没有看到幺哥的脸,也没有看到野狼龇白的牙。他看到的是,寂静的天空中,一轮圆圆的月亮。月亮从天幕的高处,将手伸了下来。那手很长,很干净,很冰凉,抚在他的脸上。卢启贵摸了一把脸,是夜露。他揉揉眼,四下里看去。岔路口空空荡荡,伸向不同方向的路,每个尽头,近处都是白茫茫的,远处都是黑乎乎的。

尽管如他所料,但卢启贵还是被伤心击中。他一跃而起,声嘶力竭:"幺哥……"

六

"蠢货!"卢启贵拍拍脑袋,骂了一句。他弓成虾米,贴着地面,找幺哥的蹄痕。地面十分潮湿,有些痕迹,可没跟踪几步，就模糊难辨了。他嗅着气味找，那气味已随风消散。跨过沟，没有。爬上山，也没有。迎着风，卢启贵焦急地喊："幺哥，回家喽！莫在阴山背后躲。阴山背后野狗多，咬伤脚杆没得药……"喊了半夜，嗓子燥得像塞了粗糠，嘴唇喊起了硬壳，还是没有找到幺哥。

此前，各种复杂的事搅在一起，卢启贵无法理清，头疼。现在，所有的负担都不在了，突然轻松了下来。轻松之后的他，却又大脑空空，连走路都是轻飘飘的。他走走停停，停停走走。坐下来的时候，他又将长筒水靴取下来，伸手进去感觉里面的温暖。借着天上的点点星光，卢启贵失魂落魄地回到野草坪。四周还是一片模糊，这是黎明前最模糊的时候。这样的夜里，不知道穷鬼苏沙尼次是否还会窥视他，是否还会嘲笑他，是否还会朝他使坏。不管了，反正他卢启贵很快就要离开这个地方。在幸福家园，可没有它穷鬼的藏身之地，还想挖空心思折磨人，没门。卢启贵试图想找几句诅咒的歌谣，来向这可恶的穷鬼告别，第一瞬间跳进脑海里的，却是今年光照好、荞麦长到肩膀高那样的句子。

眼睛迷糊，两个影子在老屋的檐下晃来动去。他紧张，心被提了起来。是盗贼吗？不大像，盗贼哪会光临他这穷窝子。是狼吗？这几年尽管山上草长了，树多了，但也就多了几头野猪呀！是鬼怪吗？"呸呸呸！"卢启贵连吐三口唾沫，念了几句野草坪驱鬼的咒语，拣起一块石头，"扑"地扔过去。那两个影子受到惊吓，回过头来。它们没有逃跑，相反，一前一后朝他扑来。卢启贵毛发倒立，咬紧牙巴骨，马步蹲开，攥起捶草榔头一样的拳头，准备一搏。他卢启贵可不想随便把命扔掉。

那两个黑乎乎的东西,越来越大,脚步踩得踢踢踏踏。近了!近了!领头的那黑影甩甩头,摆摆尾,朝他打起了响鼻。

天哪!是么哥!卢启贵用手背揉了揉眼睛。他看清了,是么哥。么哥身边,是一匹泛着银光的小骒马。

石头江湖

一

夜黑如井。院门突然"吱嘎"一声响起。院门是木板做的,夜里潮气上涌,门轴变糙,摩擦力增加了,也就响得厉害。正在梦里给丈夫觉布搭手淘金的阿枝给惊醒了。她有些不情愿地醒来,她可是好不容易睡着的。而且,要知道刚才她的收获可大了,满箩金色的沙粒让她开心得不得了,可那竹编的筐怎么也盛不住,她往里装多少,那金沙就往底子里漏出多少。她装得越快,那金沙就漏得越快。她急了,褪下身上的披毡用力去捂。不想,这时院门就响了。

这些日子以来,阿枝给自己的肺病折磨得够呛。她欠起身,抑制着突然的想咳嗽,将枕头底下的那把朴刀紧紧攥在手里。对于长久生活在金河岸上裤脚坝子的阿枝来说，一般的窃贼，三两个不一定能胜得了她。

接着就是门动，外边的人推了两下，还蛮用力的。门再次动的时候，阿枝感觉到这人野牛一样生猛，似乎要把门扇硬崩成两块才行。阿枝想，与其让他破开，不如先下手为强。她忍着胸口上的痛，努力跳下床，几步窜到门侧，一手拉开门闩，另一只手里的刀对准即将进来的人就要砍去。

彝人的婆娘可不是好惹的，寒光一闪，阿枝手里的刀一瞬间直逼那人的头颅。

那人却抢先跌倒在地上。

那人嘟哝了一声，阿枝听到好像是在喊她的名字，阿枝手里再次伸出的刀便犹豫了一下。

犹豫的瞬间，阿枝手里的刀给那人一把夺去，扔在地上。那人道："阿枝，是我，你疯掉了！"

那人的话很粗糙，像是口里含着还没有嚼碎的洋芋坨，阿枝知道是丈夫觉布。觉布外出打工才三个月，怎么就半夜三更赶回来，也不事先告知一声？

彝家女人用刀，对一家之主来说，是件并不光彩的事。觉布心里一阵难受，粗糙地说："你怎么了？用刀迎接我咯？"

"我是给自己准备的。"阿枝甩了甩被觉布夺刀弄疼的手，摸索着将油灯点燃。觉布摸到火塘边靠墙坐下。觉布的头发都湿透了，紧紧地贴在不太饱满的脑袋上。觉布的脸虚白得像磨旧的银饰。阿枝问他："你，你怎么了？刚才你为什么不喊门？"

觉布没有回答她。觉布指了指火塘，嘟哝说："给我茶。"

觉布在家的日子，没有哪一天离得了茶的。火塘边煮得浓稠的老树茶既是镇静剂，又是兴奋剂，能让一个内心燥火的人慢慢平静，也会让一个神情萎靡的人精神焕发。茶伴着觉布由少年变成青年，再由青年变成中年。如果命里还有寿诞的话，茶还会伴他须发皆白，直至寿终。

可是，阿枝不一样，茶解决不了她的问题，比茶更有作用的中草药同样也解决不了她的问题。觉布给阿枝用了父亲传承下来的独门子草药，阿枝的病还是一步步往未知的地方前进。觉布在心里叹了一口气，点亮的油灯并没有让他的心情增加些亮色。

只要家里有人，彝人的火塘是不会熄灭的。阿枝的烧火棍一拨，火塘里就火光闪烁。一把松毛下去，烟雾冒了一下，接着便是熊熊烈火。

觉布没有说，阿枝也没有问。一个外出务工者，半夜里如丧家狗一样奔回来，一看就不是找到钱的那种，搞不好连命都差点搭上。这在裤脚坝子不是没有过先例。

土茶罐烤得烫烫的，茶叶扔进去，一大股香味就涌出来了。开了的水往里一冲，噗！这可是久违的声音。

觉布一边吹一边喝，几大口烫茶下去，喉咙清爽了，精神好些，觉布才想起来问阿枝："你的咳嗽还是没有见好？"

阿枝的脸色突然变得潮红，蹲在火塘边猛咳。曾有几下，似乎心脏都涌到了口腔里了，呕了几口，又落了回去。阿枝一直在努力呕，她试图将多年来一直在肚子里不安分、让她不幸福的心肝肺脏全吐出来看看，它们是红的还是黑的？是圆的还是扁的？是好的还是坏的？为啥护佑它们多年，它们却一直在和自己闹别扭，让自己生活得这样麻烦？

觉布漱口净手，焚香点烛，说："我给你念念咒吧！也许念念就要好些。手持五雷金刚，五行八卦阴阳，化解病毒，百病消除……"然后又说："赫赫阳阳，日出东方，手持五雷掌，一掌分阴阳，百病消得光……"

咒的作用不是很大，阿枝还是撑不住，阿枝说："我要死了，觉布，如果我还是你妻子，你就快点让我回到地狱……"

阿枝是老毛病了。阿枝当年还是姑娘的时候，就常常大一声小一声地咳，阿枝不论悲喜，一激动就咳，咳得山摇地动，咳得不知所以，咳得整个寨子里的小伙子都对她敬而远之。也正因为这样，觉布才有机会接近阿枝。觉布家里穷，觉布家穷到连院门都没有一个，穷到连支砌火塘的石头都没有别人家的整齐，看门狗也比其他家的小得多。觉布小时候遭人看不起，一直在伙伴歧视的眼光里长大。当阿枝长到二十五岁，在彝寨里已经算是年龄非常大的老姑娘了，才放低标准，将目光对准觉布这个孤独的小伙子。

那天，觉布从山崖上回来，肩上扛着一个石头，一步一趔趄地从阿枝家门前走过。不料阿枝家门口的青石板小路给几枝荆棘挡住了。

觉布不以为然，裤脚坝子的路上突然塌了泥方，或者金河水突然倒流，再或者一只巨蟒横空出世，都是正常的。山与水亿万年交融在一起，有时候也会互不买账。区区几枝荆棘，拖开就是。

那荆棘是拉不开的。不是他觉布力气小，不是那荆棘沉重,而是他刚一伸手,就有人的脚踏住:"要从此路过,先交买路钱!"

声音柔软得不行,末了拖了一下,还伴随着一声浅浅的咳。不用看,觉布就知道是阿枝了。

阿枝虽然身体不好,但一遇上事,总是风风火火,辣子脾气。她这样做就有些见怪不怪了。

觉布笑。觉布一举肩上的袋子说:"要钱没有,要石头有一个。"

这些日子以来,总有外来的人会在金河里找好看的石头,引起了裤脚坝子的人的注意,他们偶尔也会下到河滩,拾上一两块回家。

"别哄人啦!"阿枝说,"你昨天拾了一堆鸡枞菌的,你以为我不知道?"

"卖了,都打酒喝光了!"觉布咂咂嘴,仿佛酒味还在。

"在之前你不是淘到好几克金吗?整个裤脚坝子的人都在说那事呢!"

觉布的脸上黯了下来:"都给人骗啦!"

"你倒还是直爽的。"阿枝说,"不像那些死要面子的人,失了钱财还充硬汉。"

觉布被骗的事,在寨子里传得家喻户晓。听到他淘到了金,河对岸的生意人说给他买个媳妇。他一高兴,就把整袋金子送给了那个人。说好五天内就有媳妇儿上门,可一个月后还没有一个影子,就连电话也没有一个。觉布按照那人名片上的电话号码打过去,密密麻麻的职务后面的好几个电话,全都是空号。当时,觉布站在空荡荡的裤脚坝子乡街上,眼里全是闪光的金子，伸手一握，却满手空空。

阿枝说："我收了些裹手蜜，你帮我榨成汁。"

觉布乐于做这事儿。裹手蜜是金河岸边悬崖上的野生甘蔗，长得干硬瘦紧，汁液的含糖量却很高。觉布用了一下午就把活儿做了。阿枝用一碗裹手蜜感谢他，最后还搭上了自己。觉布非常诚恳地对阿枝说："你嫁给我，我保证医好你，给你当一辈子医生。"觉布的老爹有个独门子药，治的就是肺病。老爹在金河边淘金落江而死的半年前，仿佛有预感一样将这味药方给了儿子。事实上，觉布这些日子一直都在给阿枝提供草药，希望她的病在自己的手里断根。

嫁给觉布后，两人相依为命。阿枝是觉布生命中除了母亲之外，照顾自己最多的女人。觉布不怕病，甚至暗里地感谢阿枝身体里的严重疾病，因为这样，阿枝才属于他，他也才有机会不停地为一个女人，尽自己作为一个男人应该尽的责任。因为阿枝的原因，两人娃也没能生下一个。阿枝吃过的草药渣在檐下都堆成了一堵墙，还老不见好。街上专门给丧家刻碑的唐三娃劝他们到县里的医院去看看，还帮助他们办了医保的手续。唐三娃说拿着这医保的本本儿，费用可以免除一大半。这当然好，觉布为了感谢唐三娃，还送了他一背篓在悬崖上采来的野生淫羊藿。

觉布陪阿枝进了县里的医院，抽血、CT、B超、大小便化验、造影、心电图……全都查个遍。三天后，结果出来，医生就不收留了，医生建议他们去市里的医院，最好去省里的。治个病要去市里，这病情的严重就可想而知了。觉布咬咬牙，干脆直接去省里的医院。不想结果让他大出意外，在一次的全面检查后,医生要他先交五万块钱。眼下的觉布五百块钱也没有了,别说五万块钱,而且五万块钱还是先交!不交钱,医生肯定不会给她治。觉布和医生谈判:"五万就五万,但要保证阿枝身上的病能治得干干净净。"医生可从来没有给过任何人这样的许诺,就是感冒、发烧、流鼻涕,也没有哪个医生敢保证就能治好。觉布一气之下就领着妻子回家。觉布一个人背一个小竹篓,挎一把铁锄,爬遍了金河两岸的悬崖陡坎,继续挖草药给阿枝煮来喝,他不相信祖传下来的药方连个咳喘都治不好。阿枝的用药由原来的一天三次到一天五次,哪点疼就洗哪点,哪点不舒服就敷哪点。甚至,觉布用一个大木缸,装上中药汤,让阿枝脱光衣服,蹲在里面浸泡。而这些草药,都是金河两岸最稀缺的。比如养血补虚的褶叶萱草、治痈疖肿痛的夜蒿花、活血化瘀的金荞麦、解毒镇痉的脱骨参、清肝消积的惊风草……别人不知道的,觉布知道,别人无法得到的,觉布有本事得到。觉布找到这些草药,得益于他早年在金河岸边放羊、收野蜂蜜时积累的能力和父亲在他童年时就开始的教育。

这些都无须赘述。因为从实践结果来看,它并没有彻底解决阿枝身上的问题。缓解时间不长,阿枝又难受得不得了,她哀求觉布说:"觉布,你把我处死吧,我求你了,安乐死那种。"

这话阿枝是第三次对觉布说的。觉布知道阿枝并非戏言。阿枝本是一个强人,八岁的时候从崖上跌下,摔断一根肋骨,她没有哭。十三岁的时候,手臂上的肉被饿狼咬掉一块,命都差点丢掉,她没有哭。可现在她实在受不了,估计她身体里面的痛苦，是甚于那些灾害百倍之上了。阿枝自从嫁给他之后，便一直在往死的方向走，一直在和他讨论人活不下去后的种种死法。跳崖，太怕人了。上吊，估计脖子上的绳还没有拉紧，就喘得心都蹦出来，舌头会伸得长长的，吓死村里的孩子。火葬倒是很高贵，可人还有口气，谁也不敢烧。阿枝受不了，一天，她在悬崖上采摘了几片雷公藤的嫩叶芽回来，预备自己来解决。据说这雷公藤厉害得很，一片茶叶片大小的嫩芽就可致人死亡，一旦发作可使肠胃血管全部爆裂，使人五脏流血而死。听说当年药王孙思邈就是因尝百草服雷公藤嫩芽后，无法解救而死的。她采回来后，放在门槛边，喘了几口气，还没吃，却被两只鸡争吃了。瞬间，鸡扑腾倒地，流血而死，她当即吓得目瞪口呆。水葬，对了，水葬最好，面对着这一条大河，这条闪耀着金色光芒的河流，不死给它简直是枉活在裤脚坝子了。事实上不管怎么葬，觉布都不会同意的，常常是她话还没有说完，觉布就将她的嘴堵上，要么就一转身离开火塘。觉布离开火塘不是不理她，而是给她配药，或者从沙罐里舀出一勺裹手蜜来，兑上温水给她喝。

现在阿枝在火塘边扭成一团，连说话的力气都没有了。觉布站起来，从墙洞里掏出些草药来，洗洗切切，在砂锅里掺了水，准备熬煮些汤。阿枝摇摇头，说："别弄了，吃了这么多年，也没有啥效果。"觉布说："吃比不吃好，要是不吃，说不定早就不是这个样子了。"

阿枝说："不要再给我药了，我需要安乐死，我再活下去，真是遭罪。"

阿枝说："我留下遗嘱，是我自己的要求，他们不会让你坐牢的。"

阿枝说："现在就去吧，觉布，你是我这一辈子唯一爱过的人，你总不能看着我痛苦一辈子……"

觉布倒没有觉得自己对阿枝有多爱，他只是觉得自己娶了阿枝，两人就捆在一起了，她就是自己身体的一部分了，就要对她负责。给她该给的，做他该做的，规矩一点，踏实一点。当然，对于阿枝这样的女人来说，这已经足够了。几个月前，觉布决定去很远的煤矿打工挣钱给阿枝治病，阿枝就哭得稀里糊涂。现在阿枝提出这样的要求，已经是无可奈何的了，如果换上自己，也会这样想的。活着，就是让自己快乐，如果连正常生活都不能，真的是不如早点死了好。

觉布站了起来，开始整理上船需要的工具。阿枝看他是答应自己的了，便走进里屋，梳梳头，擦擦脸，将当年结婚时的衣服找出来穿上。

阿枝走出来，变了一个人，少女时的神韵又显现出来了。觉布张开双臂，将这个与自己同床共枕多年，与病魔争来争去多年的女人紧紧搂在怀里。

阿枝怕他动了真情，不再帮她，便一把将他推开："走吧！趁天还没有亮，待会别人看见多不好。"

月亮已是半弦，再过几天，月光就会明亮得可以坐在院子里绩麻织布，或者打磨石头了。阿枝想，自己离开后，估计要不了多久，觉布院子里会新来一个女人，和他一起养鸡放羊，一起纺线织布，一起烤火喝茶，一起睡觉……想着，便有些难过，阿枝便干脆不想，只是小心脚下陡滑得连颗石子都留不住的路面。

金江的波涛在深夜的响声很大，呼呼嘿嘿的，甚过若干粗鲁汉子的齐声喘息。尽管小心，阿枝还是摔了一跤。阿枝对着那块绊她的东西说："孤魂野鬼，你们放饶我吧！"觉布说："不是孤魂野鬼，是块石头。"觉布弯下腰想搬掉，让路变得平顺些，又怕松手后阿枝摔倒，想着干脆回来再搬算了。觉布扶阿枝上船，将拴小船的缆绳解开。觉布轻轻将橹片划了几下，船就顺着流水进了江心。还不是汛期，水位低，流速不快，但要往下游走，还是不费力的。

往下不远，就是一个水湾，一边山势高耸，像只男人的手，将江水随便就掬在了怀里。江水在这里安静了下来，像是半面镜子。此前，觉布没少领着阿枝在这里洗澡，没有人的夜里，他们尽情尽性，互相搓揉，把对方清洗得干干净净。

"就这里吧！"阿枝说。看来阿枝是喜欢这里的。

阿枝整理了一下衣服，转身时忍不住紧紧搂住觉布。觉布感觉到了阿枝全身的抖动，感觉到小船左右摇摆得厉害，觉布也不管它。觉布想，翻就翻吧，如果船翻了，两个就一起葬身在这里，活着也是一种痛苦，死了便解脱了。

船还是慢慢稳了下来。觉布以为阿枝要说两句什么话，可她一句也没有说，转过身就往江里跳。船身晃动，"扑通"一声，阿枝落进了江里，觉布下意识伸出手去抓，却什么也没有抓到。

突然波涛滚滚，水流声震荡峡谷，原来上游涨洪水了，船在汹涌复杂的水流中,像无头的苍蝇,旋来转去。觉布一边控制船的方向,一边寻找阿枝。可茫茫江面,哪里还有阿枝的影子。觉布大叫:"阿枝!阿枝!"觉布原本粗犷的声音,在江河的怒吼中,瞬间就被吞噬。

二

天亮了,曙光从峡谷的缺口处落下来。觉布的船疲惫地搁浅在下游三十里的地方。阿枝落水后,他于心不忍,沿江找了半夜,还是无影无踪。金河陡峭的山崖上,偶尔会稀稀朗朗地长出几根叫作裹手蜜的野甘蔗,稀稀朗朗有几只猴子在跳来跳去,不怕人,偶尔还往觉布这边扔上一块石头,或者半截野甘蔗。那野甘蔗不像种植的甘蔗,高、粗,用牙齿一撕,皮就开了,嚼一下,满口的水汁。野甘蔗又生又硬,水汁少,但含糖量高,一根野甘蔗里榨出的糖,家种那种五根也抵不上的。觉布每年都要弄上一些,榨成汁,装在土罐里,阿枝难受时,喝上一点,疼痛感就会减轻的。现在,阿枝不能喝药了,也喝不上裹手蜜了。觉布揉了一下通红的眼睛,哭了。

觉布哭了半天,收回捂住眼睛的手。奇怪了,他看到面前有一幅奇怪的画,不同层次的高山为背景,一个佛头笑眯眯地看着他。觉布又哭:"佛啊,你笑啥?你只会笑,却不理解人间的悲苦。"觉布将石头翻过来,这边却是一个黑脸包公，怒目肃脸，不近情理的样子。觉布摇摇头，站起来，举起橹片，趔趔趄趄地将船划到岸边。觉布打算弃船上岸。到哪里他还没个准，没有了阿枝，觉布满脑子是空的，满眼是空的，满心也是空的，衣袖和裤管里也是空的。他感觉到自己的皮肉都不在了，只有几根骨头，支撑着一件又旧又脏的衣服。他走到岸上，回过头来看有没有什么东西落在船上时，再一次看到那块石头。石头上的泪水不在了，干了，石头露出了本来的颜色。那本质的颜色也很好看，青青的、光腻腻的，在早晨的阳光下，佛像的图案有些淡，但熠熠生辉。他走回去，从江里掬了一捧水洒在石头上，佛像又出来了。

觉布将石头抱在怀里，舍船上岸，找到沿江的公路，搭了一辆拖拉机回到裤脚坝子街上。近几年的街子热闹了，超市、饭馆、酒店、银店、山货店应有尽有。每一家小小的店，牌子上的名字前都会加上一个"大"字，以示其财力、物力、人力和服务质量，比如金河大酒店、裤脚坝子大超市、乌蒙山国际大银器店等。其中最多的就是卖石头的商铺，一个接一个，从街头延伸到街尾，甚至顺公路就开了好几十家。好多外地人来这里，吃、喝、拉、撒，一住就是多日，都是冲着这里的石头来的。滚滚金河将上游数千公里外的石头冲刷下来，一路惊涛骇浪，将石头上的尘土洗净，将外表的棱角磨光，将蒙蔽的外物一层层褪去，石头的核心出来了，石头的本质就出来了。各种图案奇奇怪怪的，有的像人物，有的像鸟兽，有的像文字，有的像山水，有的什么都像，却又什么都不像。有一部分便与人们的内心相接近，有生活气息，有文化含量，有故事，有显隐，那便是珍宝了。前年刚涨过洪水，村头的王老五拾到一块，那图案太像一名大作家，撇着嘴，握一支笔，冷冷地看着石头之外。那石头一出手就卖了五万元。买石头的人抱着去了北京，据说价值翻了二十倍以上。

觉布无心看那热闹，到了家里，觉布把石头随便搁放在桌上，倒头便睡。这次日夜兼程，从遥远的矿山奔波而回，好像就是为了让阿枝跳下河里。他悲从中来，缩在火塘边大哭了一回。疲惫之至，他睡着了。哭哭睡睡，睡睡哭哭，天黑过几次、太阳出来几次，他也不清楚。

阿枝离开了，可他还得活下去。只是不知道自己下步该怎么个活法，觉布在屋子里转来转去，理不出个头绪。他看到那个石头还静静地躺在桌上，便从水缸里捧了一捧水，将石头弄得湿湿的，那图案又出来了。觉布一阵兴奋，便将石佛放置在供桌的高处。石佛望着觉布，笑得一脸慈祥，笑得和先前一样。觉布给石佛鞠了一个躬，给它燃香点烛，祈求妻子阿枝一路好走，下世身体健康，别再遭罪。

觉布掏出手机，给石佛照了相，看看手机无线网络的信号是有的，便将图片发给了远在千里外的煤老板赵业。

"你是我的小呀小苹果……"只一分钟，觉布的手机铃声便响了起来，是煤老板赵业打来的电话。赵业一接通电话就骂："觉布，你到底是人还是鬼？"觉布说："我当然是人啦，谁说我是鬼？"赵业说："谁能证明你是人？"觉布说："这就奇怪了，我是人是鬼还要人证明？那你是人是鬼谁来证明？"煤老板说："你吓死我了，我真的以为你死球掉了……你在哪里？如实报来。"觉布说："我在老家，捡到一个石头了。"煤老板说："你走时也不告诉一下，悄悄跑掉，我还以为被煤埋住了，找不到了，就天天做噩梦。""怕鬼找你呀？你就多做点善事。"觉布说，"是不是德黑又说我的坏话了？我有佛来保佑的，你认真看看。"

过了一会，赵业又将电话打来："你这就算走上正路了，我问你，石头哪里来的？多少钱？"觉布说："从河滩上捡来的。"赵业说："你好福气……多少钱？"觉布说："你是老板，见的世面多，一说话就钱呀钱的，都钻到钱眼里去了，你说多少？"赵业说："六百六十六元吧！大清早的，让你有禄有福。""我有禄有福？"觉布想起自己的遭遇，想起老婆阿枝这时候不知已魂归哪里，搞不好尸骨都怕早喂了鱼虾，不觉眼泪就下来了。觉布举起袖子擦了擦眼泪说："赵老板你福大量大，大清早的，又顺又发，你给八百八十八元吧，我还给你邮递呢！"赵老板说："你还会讲价，就八百八十八元吧，我打款了……你给我快递吧！""我先等你的钱。"觉布说着，就将自己的银行卡号发了过去。

觉布将那石佛的图像在微信圈里转发了一遍。一根烟还没有抽完，短信来了，赵老板已将钱打在了觉布的卡上。觉布对着石佛再次鞠躬，说："对不起佛爷了，觉布我人穷命烂，望佛爷原谅。"觉布用块红绒布将石佛包住，扛着就上了街。他在街头找到快递公司，正在填单，旁边一个人伸过头来，说："啊呀，好东西，卖了多少钱？"觉布抬头一看，是麻俊。麻俊是县文产办的副主任，这个人觉布熟悉。麻俊没少往裤脚坝子跑，每年从这里拉走了大批的阴沉木、金沙、中草药和石头，为当地经营户争取了不少的收入，大家都喜欢他。唐三娃那个石材加工厂就是在他的引导下搞好的。觉布说:"昨夜随手捡到的,八百八十八元。"麻俊笑了,麻俊伸手将那石头搬开,说:"这个给我了,我出一千元。"觉布说:"我都答应人家了,失言了怕不好。"麻俊说:"重新给他一个,我那里有的。"觉布还犹豫着,麻俊打了一个电话。几分钟后,唐三娃就抱了一个石头过来。麻俊让唐三娃用湿布一擦,图案就出来了,上面有个人物,和觉布那个是有些差距。觉布说:"这……"唐三娃说:"觉布老表,就按麻副主任说的办吧,没事的,如果对方有意见,让他退回来便是。"

觉布将唐三娃送来的石头包装好,办了快递,将快递号单照了相,发了过去。得到这点钱,觉布又想起了阿枝,要是阿枝在,他就领她到乡卫生院里输点液,这点钱,可以输三天了。能将阿枝的命挽留三天,对于觉布来说,是件多么快乐的事,斯人已去,这些都只是假想了。觉布走到街中间的一家小饭馆里,要了一盘火烧牛肉、一碟花生、一斤苦荞酒,缩在长长的板凳上,一个人闷喝。

也不知喝了多少时候,觉布反正是醉了。他趔趔趄趄地走到纸火店里,买了一捆冥纸、两支白蜡、三炷拇指粗的大香,来到金河岸边,一边磕头,一边烧香,一边哭泣。纸烧尽、灯灭后,酒意上来,觉布醉得不省人事,倒在沙滩上就睡。

次日觉布醒来,发现自己还四仰八叉地在河滩上躺着。躺着就躺着吧,这广阔的河滩才是人最好的归属之地。他懒得起来,摸出手机来看微信。不想不看不知道,一看吓一跳,圈子里好多人都称奇,说这是不可多得的宝贝,肯定要值大价钱云云。觉布有了悔意，他在心里把那个麻俊恨了一遍又一遍，也把赵业老板恨了一遍又一遍，他黑了工人不说，还黑了他这个远走千里的金河汉子。觉布感觉到处都是陷阱，到处都有不可预知的未来。

觉布捏着那个手机，每到一家奇石店，就让店主看他手机里的石头，再看他们的石头。店里每天都集中了一些石痴，有的从河里找来石头，有的从别人手里买来石头，有的将自己的石头卖出去，而有的则干脆不买也不卖，抱一个茶罐，看别人买卖。他们为一个石头的图案而争执，为一个石头的名字而讨论。石头成了他们生活中的重要组成部分。现在，他们看了觉布手机里这石头，一个个兴奋得很，都说这是他们从事石头生意以来从未见到过的。从未见到过的，那就是无价之宝了。

觉布是半年前离开金河去煤矿打工的。煤矿风险大，但出的工钱高，村里的德黑先去了一年，过年时回来，包没有放下就找街上的青壮年聊天，说煤矿种种的好。觉布一听就知道德黑是得到煤矿老板许诺的那种，不想去。可回家一看到老婆阿枝那一脸的黄皮，听到她抽风箱似的喘息，内心就难受得要命。他不是讨厌她，他是同情她，可怜她，同时又在内心谴责自己，作为丈夫，他没有尽到自己的责任。说到底，要让阿枝病好，是需要钱的。他认为，现在的医学这么发达，除了癌症，除了艾滋病，天底下没有治不好的，就是心脏长大了、脑子里血管破了、四肢丢失了这样的大病，只要到大医院，十有八九都是躺着进去，走着出来的，都是哭着进去，笑着回来的。可他觉布没有钱，一文钱难倒英雄汉，要进大医院可不是一文钱的事情。觉布尝到了没有钱的痛苦。和阿枝商量了一晚上，他就小跑着去找那个老表，报了名，将身份证交给了他。年一过，他们一行六个人就在老表的带领下，抓住溜索，渡过金河，一趟奔出了乌蒙山。又是坐汽车，又是坐火车，一路上几个好不兴奋。赶了两天两夜，到了煤矿。煤矿老板请他们吃饭，给他们准备衣服、头盔、顶灯，还有床上的被褥。做了一个小时的培训，他们就下矿了。进矿洞挖煤，对于他们来说，简直是轻车熟路，因为他们在老家，没有少钻矿洞。不过他们不是挖煤，而是挖金矿、炼铜、烧铁、熬金、煮银的那种。

矿山的活也没有什么苦的，那些活，再重也没有超出觉布在金河边干活的极限。那些活再脏，也没有觉布老家种地时掏大粪那样恶心。他们每天下井前要吃早点，晚上收工后有小酒喝，中午饭菜用大盆盛了，任你吃，那大肥肉，吃得一伙人嘴角流油。睡觉前还有一个很大的温水池泡澡，应该是够幸福的事情了。这里干活的弱点无非就是白天看不到日头，夜里看不到星星。看不到就看不到，只要能看到钱就行。

觉布在干到第三个月的时候，一件意外的事情发生了。这天，觉布下矿后，突然肚子疼。这段时间以来，矿山的生活让他醉生梦死，有机会就大吃大喝，昨天喝了太多的烈酒，吃了太多的肥肉，肚子就突然不舒服。他放下铁镐，往洞口方向跑了几十米，蹲下就拉肚子。那种舒服，和昨天海吃海喝一样的令人快活。可当他提起裤子，半起身的时候，被眼前的景象吓呆了。他看到德黑举起手里的铁镐，狠狠打在一个叫模勒的小伙子的头上。模勒惨叫着倒下。觉布感觉到那铁镐是打在自己头上，疼得他全身发抖，两眼发黑，失魂落魄。

　　觉布紧缩在煤堆的后面，不再看也不再动。不一会儿，德黑哭天抢地冲了出去，他一边哭，一边喊："出事了！出事了！"很快，救援队赶来，将模勒从一大堆煤块里刨了出来。谈判是当天晚上的事，德黑在无法联系上模勒家人的时候，就代表模勒家属，与老板赵业进行了针锋相对的谈判。半夜后，双方达成协议，矿方拿出五十八万元，德黑对模勒的后事进行全部处理，矿方只有一个要求，就是后事处理越快越好。当模勒被传送带推进火化炉的那一瞬间，觉布大哭起来。他是真哭，哭得感天动地，哭得死去活来。德黑看到他这样哭，也忍不住哭了起来，不过德黑哭了几声就没有再哭。他说："你接着哭吧，我们都是老乡，我们的感情深厚着呢，只是我不能再哭了，我还有很多事情要办。"觉布点点头继续伤心地哭，不过他后来不是为了模勒哭，而是为自己哭，为阿枝哭。他想，自己如果能死在这里，该多好啊！那样，阿枝就会有至少五十八万元的钱。五十八万元的钱，他最大的那个羊毛披毡都包不下，如果一张一张地数，估计一天也数不完，要治她那咳喘，不是很简单的事吗？就算是给她重新换一个肺，也应该要不了这么多钱啊！事后，德黑和他单独在一起的时候，曾问他事发当时他在哪里，给看见什么，比如塌方时矿洞里有没有什么预兆。觉布就说他肚子疼，在拉屎，当时只图痛快，就闭上眼，使暗劲，眼前嘛，一片黑，和睁开眼睛是一样的。觉布说要是早知道会出现塌方事故，他就硬憋着那泡屎,死掉算球了。德黑看他说话怪怪的,摸摸他的头,说:"你没有问题吧!"觉布说:"我脑壳疼,感觉好像有铁镐打过来一样。"德黑的脸一下子黑了,目光刀子样朝他逼了过来:"老表,你真的是脑壳有问题了。"觉布说:"这黑洞里什么情况都会发生,如果我真的有啥不测,请你把我的抚恤金打在阿枝的卡上啊。"

觉布既然朝那头想,就什么也不在乎了,哪里危险,他就往哪里走,哪里看不清,他就往哪里钻,铁镐专往高处挖,煤块专拣大的搬。德黑发现了这个问题,倒被他吓得脸色失常:"觉布,你怕是要整死我呀!"觉布笑:"既然进来了,就要有个心理准备,阎王老爷看上谁了,又不会事先通知的!"德黑就跑去给赵老板把情况一一说了。这还了得!第二天吃了早饭,穿戴完毕,正要下井,赵老板将觉布叫到办公室。赵老板说:"兄弟,你最近身体是不是不舒服啊?"觉布没有哪点不舒服,只是说:"想老婆了。"赵老板大笑:"你个憨娃子,门外头那么多小店,可全都是为你们准备的啊!"觉布说:"我想的是病老婆。"赵老板了解了情况后,有些感慨:"像你这样有情有义的兄弟,我还真少见。不过,我不希望你因为想你老婆而出啥事,那样会成千古恨的。"觉布当然不会把他的真正意图告诉赵老板的,他只是说:"山里头的人嘛,想法简单些,希望赵老板能谅解。"他们聊了一会金河边的事情,聊到山上的裹手蜜和猿猴,聊到滩涂下的阴沉木和石头,聊到河里的金沙和细鳞鱼。赵老板对石头更感兴趣一些,他委婉地劝觉布回去,不要再在矿山上了。他说那里有更好的东西,更多找钱的机会,并说只要觉布发现有价值的东西，就赶紧和他联系。赵老板还拿出手机，找出微信二维码，让觉布也用手机扫一扫他，加成好友。觉布来矿山的时候，就学会用智能手机和微信，有空就和发廊里的那些女人插科打诨。现在他明白了，微信不仅能交流感情，还可以做生意。"你有什么好东西，第一时间往我这里发，不会让你吃亏的。"赵老板在他临别的时候说。

德黑的脸上像下了霜，看他的眼光里有着刀光剑影的寒气。那天夜里，觉布睡得迷迷糊糊。也就半夜里，矿洞里一样黑的黑夜，一个人喘着粗气，凑到了他的面前。黑熊吗？不是。魔鬼吗？也不是。是一个人，那人又粗又重的喘息将他吓得要跳床。那人粗糙的手将他的脖子紧紧摁住："从明天开始，对矿山上的事，你一件也记不得了，或者你根本就没有到过矿山，也没有见到过我。互相留条活路吧！"那人一说话，他就知道是德黑。再不走，觉布担心不被煤矿砸死，也会被德黑整死。觉布赶快买了当天的火车票，逃犯一样急匆匆地离开了矿区。后来他想，德黑还是给他留了条活路，要不那个时候将他再摁两分钟，他就见阎王了。

觉布走遍了所有的奇石店后，他也就成了半个奇石专家了，对石材的色泽、纹理、声音、意蕴、名字、质地、几座、形态等都有了个大致的认识。几天后，他的八百块钱已经用完。正在绝望的时候，微信里一个叫作"爱深恨浅"的女人发来了信息。"爱深恨浅"问他："在不在？"他说："在，是不是要买衣服没有钱了？""爱深恨浅"说："跟你说正经话。"觉布说："我从来都是正经的啊！""爱深恨浅"说："你上次发的那个石头，还在吗？"觉布打了一个埋伏，说："还在。""爱深恨浅"说:"那要多少钱? 你开个价。"觉布说:"贵得很,怕你买不起。""爱深恨浅"说:"多少钱嘛? 别驮马放屁,吞吞吐吐的,是个男人吗?""包你一个月的钱。"觉布说。"爱深恨浅"说:"你没有诚意,算了。"觉布连忙说:"哪会没有诚意,是好久不见你,想你了嘛,说两句乐乐不可以吗?""爱深恨浅"说:"巷子里拉牛,直来直去啊!"觉布说:"一万元。""爱深恨浅"停了两分钟,说:"八千八百八十八元,发来吧!"觉布大吃一惊:"你说的是真的吗? 要先打款的啊!""爱深恨浅"要了卡号,五分钟就将款打了过来。觉布说:"你真打款呀?""爱深恨浅"说:"金河边的人,我信。你发不发货,看着办吧!"觉布倒吸了一口凉气,那石头已给了麻主任,现在怎么办呢? 觉布看了看小街上空变幻莫测的天,对眼下的一切产生了怀疑。过了一会,赵老板打电话过来,他说:"觉布,我有点急事处理,刚完,所以这会儿才打电话给你。"觉布说:"上次给你那个石头,还在不?"赵老板说:"早送人了,我正想找你买上几个呢!"觉布说:"我吃亏了,上次那个……"赵老板说:"哎呀,觉布! 不就是个石头嘛,你我谁吃亏谁占便宜无所谓的,你再给我找几个,我一并给你钱就是……只是啊,一定是要有佛的那种。"

  觉布对整条街上石头的情况都有所掌握,很快就把几个图案、大小、材质都差不多的石头全买了下来。他将最好的一个发给了"爱深恨浅",其余几个给了赵老板。也就半天的功夫,他卡里就有了三万多块钱。几天后,赵老板没有说什么,只有"爱深恨浅"说他寄去的实物与图片上有差异。觉布现在有钱了,财大气粗,说如果不喜欢,就寄回来,他退钱就是，还有好几个朋友等着要。他还说："妹妹，这可是天赐之物，是唯一的，不可多得的。""爱深恨浅"便只好作罢，说："下次再买，可要诚实守信啊！"觉布说："什么叫诚实守信？上次你说陪我过夜，才半夜你就跑掉了，却拿了我包夜的钱。""爱深恨浅"说："你烦不烦啊，如果你听不进我的话，你会吃亏的。"

此后好长一段时间，就再也没有人找他买石头，他暗地里拿出手机，对着"爱深恨浅"吐了两泡口水，连叫："去霉气！去霉气！"

三

整条街上带佛的石头都没有了，可还不断地有人找觉布下订单。那些人不要山水，不要鸟兽，不要其他人物，只要佛石。觉布问赵老板是什么原因，赵老板说："神佛谁不尊敬呀，你问得多了。"据"爱深恨浅"说，最近反腐查得很厉害，纪委的人经常出入，甚至进驻了各大企业，煤矿是他们盯的重中之重，煤老板们一个个被叫进去就不再出来，叫一个煤老板进去，就会有一群其他的人也陆续进去，一串一串的，像是拴蚂蚱。现在是风声鹤唳、草木皆兵，她们的日子也不好过了。不过她说，觉布给她邮寄过去的石头，还真起作用。他们把它当真佛供，给它做一个实木座子，用红布作为背景，供奉在堂屋里。早出门，燃上一炷香，作三个揖。晚归来，再点上一对蜡,叩上三个头。矿山上好几个有钱人,白天坐不住,晚上睡不着,电话铃一响心里就发抖,有陌生人来访,便脸上失色,可一看到那石头上的神佛,便心静神清,镇定自若了。

原来是这样啊!

有电话过来,觉布一看来电显示,原来是赵业。觉布清了清喉,无意识地拉了一下衣领,装模作样地问:"谁呀?"赵业在那头说:"我是源流煤矿的赵业呀,怎么,把我的电话删除了?"觉布忙说:"哎哟,对不起,业务太忙,一天事情好多,电话都打爆了,没有注意到你,对不起,对不起。"赵业说:"事情多就好,人嘛,多干活就多有钱。"觉布说:"是,托赵总您的福。"觉布知道他是要干啥,但觉布现在老辣了,他不吭气,他要让赵业说。谈生意是要掌握火候的,谁先说谁就被动,这个觉布懂。果然,赵业说:"觉布呀,最近石头生意怎么样?"觉布说:"石头呀,这金河里的石头,价格炒高了,现在还一路攀升,不太好整。"赵业说:"哦,适当高点也正常的。"觉布说:"赵老板,我正要打电话给你……上次卖给你的那块石头还在吗?"赵业说:"早送人了,你怎么总是盯着不放,咋说?"觉布说:"如果还在,我想买回来,我出二十倍的钱。"赵业说:"开玩笑,我到哪里找,即使找到了人,人家哪还会卖?你出一百倍我也没法。"觉布说:"是呀,那东西是好东西,当时你我都不懂。"赵业说:"打电话给你,是要你再找一些有佛像的石头。"觉布说:"赵总,有是有,但是贵啊,又难弄到手。"赵业说:"不要说贵,我只要你有就行,你尽快找,找到时告诉我。"

觉布应诺了下来。可话是这么说，去哪里找呀！金沙江水冲刷成千上万年才形成的东西，不是说找就能找到的。店铺里没有，觉布就到河滩上去找，他把希望寄予上天，寄予江河，寄予这洒满金色的滩涂。觉布在自己的小屋里，给阿枝设了个灵位，早上起来，给她烧了三炷香，坐在她的面前，和她絮絮叨叨地说上一会话，然后泡了一罐酽茶，背上几个苦荞粑，手里握一杆锄头，就下河滩了。冬天刚过，正值枯水季节，河水退下去不少，河滩上一大片一大片的石头露了出来，可觉布认为那些大多并不是艺术品，和人的生活、人的想象没有关系。觉布心想，不能给人以启发的东西，都是没有价值的，普通石头就是石头，种不出庄稼，也榨不出油水，放在火里不能燃烧，放在水里不会融化，放在哪里都嫌碍眼呢！可要是它上面有个图，如一个村庄、几缕云、几棵树、动物的头、美女的腰，那就有意思了，要是上面有着象征钱的孔方、暗喻权的宝座，那可就不得了了。

站在山梁上看河滩，河滩小得像是别人吃剩的半块苦荞粑，可一走进去，河滩就大得出奇，人就像河滩里的一个小小的石头，或者一粒尘沙。河滩大好，河滩大了，石头就多了，石头多了，找到宝贝的概率就高了。觉布从河滩的一个角落开始，一处一处地找，一个石头一个石头地翻看。石头太多，奇形怪状，有的支棱在表面，扫眼一看就知道它有价值否，有的埋得很深，必须得用锄头掘开才行。有的小得如拳头大，有的大得像头牛。觉布的精力就集中在既刨得开、又拿得走的那种石头上面。可事实上，那种有点意思的石头并不多。自七八年前，一些吃饱饭没事干的家伙，把有点意思的石头赋予了什么文化的内涵，还把它当作一项产业来做，这个峡谷里外地人就越来越多。人为财死，鸟为食亡，金河两岸的一部分人就把这石头，真正的当成一回事了。这河滩都给无数的人跑上无数遍，翻上无数遍，不过审美观点不一样，今年的河滩和去年的河滩不一样，所以每次去了，都不会空手而归。

还真是这样的。觉布跟在别人的后面，踩着他们留下过无数次的印迹，也有些新的发现。第一天他找到两块有鸟的石头，第二天找到拳头大的石头，一块像块腊肉，而另一块像一颗花生。这给了觉布信心。懂石头的人曾经说过，不是人找石，而是石等人，还真是有道理。有的石头，千万人刻意走过，不一定就是那刻意的千万人的，而是千万人之后的那一个，有意无意的那一个。那河滩上，也不全是石头。除了石头，还有沙砾，除了沙砾，还有些从上游冲下来的木柴、塑料袋、破衣服、胶鞋、旧轮胎、瓦砾、动物的骨骼等。看到这些，觉布就想起阿枝，心里就隐隐作痛。他试图在这些破烂的东西里，发现属于阿枝的一部分，头饰、衣物，或者鞋子。当然，如果是她的一块头盖骨、一根腿骨也好，那觉布就带回老家，给她找个向阳的坟地，垒个土堆，种些易生的草，栽棵常青的树，让他有个念想。可那只是一种梦想，滚滚金河，真不知道它把阿枝带到什么地方了，说不定早已进了长江，到了无边的太平洋里……

也许是日有所思吧，这天，他看到一块石头，横卧在一堆沙砾中间，一半被埋在了里面。从外表上看，只是有些长而已，也看不出什么不同。看了一眼，他便把目光投向其他地方。满眼都是白晃晃的石头,满头都是淋漓的汗,他干脆坐下来歇上一阵。他打开茶罐,喝了两口,随手放下,可一不小心,茶罐打翻。他有些心疼这一罐茶,他要靠它支撑他一天。他去拾茶罐的时候,却看到了那块石头的不一样,便拾起锄头,将那块石头掘了出来。那石头上的图案还不错,是个女人,女人身上披着羊毛毡,背对他,看着远处的云。觉布觉得那块石头越看越像阿枝,抱着它回到家里,一遍又一遍地给它擦拭,然后抱着它,哭上一阵,进入乱七八糟的梦乡。

十多天后,他拥有了一大堆奇形怪状的石头,靠他一个人搬不回来,他就出工钱,让街上的壮汉们帮他搬回。他给石头一一照相,编号,一层层堆叠起来,放在墙脚、火塘边,甚至床头、枕边。屋里放不了,就搁在檐下。这样的石头倒真是不能随便出手了。他用新的毛巾将石头擦洗干净,一边擦一边看,他越看越爱,越看越心动。肚子饿了,他就守在它们旁边,吃上两个水煮洋芋或者火烧荞粑。酒瘾上来,他就握着酒瓶,喝一口,就看它们一眼,就和它们说上两句。瞌睡来了,就搂着石头入梦,像此前搂着心爱的阿枝。

觉布给石头照了相,发在微信朋友圈里,便提着水罐,套着竹板拖鞋,沿街溜达。这段时间,他天天下河滩,很少上街,也很少上网。那金河的滩底,是没有无线网络的,如打开流量,费用会高得吓人。现在在街上,可以蹭网用。他走到街中间的一家奇石店,里外传来呜呜呜的机器声,灰尘往外弥漫,呛得人都往另一边走。觉布不怕,觉布此前在煤矿,整天在煤堆里爬进爬出,黑得超过非洲人,痰吐出来的,都是满口墨汁。他走进去，原来是唐三娃。唐三娃在用黑色的大理石加工死人的墓碑。唐三娃和觉布相处得不错，觉布上煤矿时还问过他能不能去，唐三娃给觉布说的是穷跑厂饿当兵，没有钱就去嘛。觉布没有钱，觉布就去了。现在见面，他们好像是在同一战壕打过仗的铁杆兄弟。唐三娃给觉布递了一根烟，觉布就站在他身边看他用电脑指挥，将"故显考××之墓"的字样刻在黑色的大理石上，再涂上金粉。觉布开始深思了，他想的第一个问题是这家伙能不能在石头上喷图，二是能不能喷出金沙石那种感觉。当他把这疑问和唐三娃一说，唐三娃笑了，唐三娃说："觉布老表，这是电脑啊，只要人想得到的，它就能做到。"觉布盯着他看："有这样神奇呀？"唐三娃说："当然啦！"觉布说："给当真？"唐三娃说："你还用怀疑吗？"觉布说："那你给我造一支枪出来。"唐三娃吓了一跳，说："犯法的我不干。""行！"觉布说，"犯法的不干，那你给我把老婆找回来。"唐三娃支支吾吾地说："可能吗？我又不是公安。"觉布说："你不是说，只要人想得到的，它都能做到吗？"唐三娃让觉布站好，笑一个，觉布笑不出来。唐三娃说："你就说两个字，好茶。"觉布说："好茶。"唐三娃快速地用手机给他照了相。因为觉布说了"好茶"两个字，他被照下来的样子是笑眯眯的，和他这些日子以来愁眉苦脸的样子判若两人。唐三娃将手机往电脑上一连，在电脑里点了几下，一分钟都不到，旁边的打印机咯叽咯叽地响起来。很快，打印机下面的石头上，就有了觉布的一块彩色的笑脸。觉布说："你这电脑，做做这些小事还可以。"正说着，他的手机响了。赵业的电话打过来，一接通就说："嘿，觉布,你现在拽得很了,跟你说过的事情,居然不跟我联系。"觉布一边往外走,一边说:"你要的阴沉木没有,你要的金沙也没有淘到。"赵业说:"你那微信里的图片,是假的吗?"觉布说:"是,是假的。"赵业说:"你就是和我作对,你再这样我就把你在矿山嫖女人的照片拿出来,让纪委来查你。"觉布笑了,觉布说:"我又不是领导干部,也没有在国有企业当领导的命,我连个村民小组长都不是,你帮我扬名了,提升我的名气,对我做生意倒有好处。"赵业说:"你是死猪不怕开水烫,难道你不怕你老婆和你离婚!"觉布说:"要是我老婆能和我离婚就好了……"说着,他便潸然泪下。赵业见硬的不行,口气就软了下来:"开玩笑,开开玩笑,兄弟,和你说真话,你那石头,还在不在手里?"觉布说:"在呀!"赵业也很干脆:"多少?一口价。"觉布说:"一万八千元。"赵业说:"行啊,你发过来,我给你打钱。"

电话挂了,觉布一看微信,不到半个小时,那些图片下面,点赞的就有二三十个。那个叫作"爱深恨浅"的女人也在下面留了个言:如果你那带佛的石头还没有出手,请给我电话。觉布打了自己一个耳光:"佛啊,你保佑我吧!"觉布走回屋里,对唐三娃说:"对了对了,你这个可以派上用场了。"他把手机里存的那张神佛的图发在唐三娃的电脑上,让唐三娃给他打在石头上。唐三娃说:"这还不简单!"只五分钟,一个规整的石头上,便有了神佛的图像。觉布把石头抱到阳光下看了看,除了觉得有些新鲜外,倒还找不出什么毛病。他问唐三娃:"这个做一个,需要多少成本?"唐三娃说:"二十块吧。"觉布说:"你给我做二十个,我给你一千块钱。"

唐三娃掂量了一下，二十个他一早就可以做出来的，便应下了，他说："觉布老表是不是发财了，出手阔绰，看你这穷鬼的样儿，说话倒挺干脆。"觉布说："不是我发财了，是我把你当兄弟。"

那天觉布给赵业寄了一个，给"爱深恨浅"寄了三个，后三个每个卖的是八千元。他一共就收入了四万二千元，给了唐三娃一千元，他纯收入是四万一千元。看到银行发到手机上的短信，他有些不相信，跑到银行里将钱全部取出，双手紧紧握了又握，又全部存了进去。银行里的营业员怀疑地看了看他说："觉布先生，你发烧没有？头昏没有？"觉布说："嘿嘿，我既没有发烧，也没有头昏，只是看到数字，有些不踏实。"觉布请唐三娃吃红烧肚条，吃河鱼，喝苦荞酒。觉布对唐三娃佩服有加，问他怎么会有如此本事。唐三娃说："县里有我的好朋友，一个领导，是他帮助了我。"觉布就很羡慕，敬了他满满一杯酒。唐三娃得到了应有的尊重，就说改时间给他引荐一下。

觉布回到屋子里，抱着那个像阿枝的石头又哭了一回。夜里，觉布跑到河滩里，对着汹涌而去的金河说："阿枝，你在哪里？你告诉我。活要见人，死要见尸。我现在有钱了，如果你活着，就快回来，我送你到大医院看病，去北京、上海都行，病好了，我们就生个娃，让他读书，考大学。如果你真的死了，就给我捎个梦，我给你打碑立墓，念毕摩经……"

四

觉布的石头卖了好价钱,而且觉布手里还有很多、很不错的石头,这件事在裤脚坝子被传为传奇。这天,觉布要唐三娃除了在石头的平整处、凸处喷上图案,还要在凹处也喷上图案,这样石头才会更逼真。唐三娃说:"你这又不是日瘪,只有日瘪才会往凹里去。"觉布就批评他了:"所有值钱的东西都在凹处。高高的山是凸的,值钱吗?不值!相反还贴钱。我们眼前的金河、裤脚坝子,还有你我都进过的矿洞,是凹的,你敢说不值钱吗?"觉布现在有钱了,付给唐三娃的也不少,他腰就硬,说话的口气就大。唐三娃也不大反对。唐三娃说:"以前没有发觉,你还很幽默的!幽默的人心情好,幽默的人财运不错……"觉布说:"我这不是幽默,生活真的是这样。"觉布手里的烟还没有燃尽,唐三娃又往他的嘴里塞了一根。

正说着,外面一辆越野车过来,停下,麻俊从车上下来。麻俊笑眯眯地说:"觉布,你名气好大,你是我们裤脚坝子里冲出的一匹文化产业的黑马。"觉布不明白黑马的意思,说:"黑马?呵呵,我是有些黑。"麻俊说:"不是说你黑,是说你的出现很让人意外。在裤脚坝子,我推出了很多文化产业的人才,个个收入都不错,有的还被评上了大师的称号,他们我都熟悉，可你是个新人，不小心就冒出来了，而且手里的作品不比他们差。"可从来没有人这样表扬过觉布，此前只有阿枝会在他支撑不住的时候，给上一两句鼓励。现在表扬他的是个领导，他真的有些受宠若惊了。

麻俊想看他的石头，觉布屁颠屁颠在前带路。唐三娃也要跟着去，麻俊说："你就别去了，你看好你的店。"唐三娃不好再去，但他和觉布告别的时候，朝着他怪眉怪眼地抓了两下头。觉布也没有放在心上。麻俊仔细看了那一堆石头，最后把目光定格在了几个相对特别的石头上，其中就有那个仿佛阿枝的石头。麻俊让觉布把这块石头搬上他的越野车，觉布觉得奇怪："搬去干什么呀？"麻俊板着脸说："这样的石头，你玩不出格来，我是让城里的专家帮你看看。"觉布说："不行的，这是我的宝贝。"麻俊说："不就是个石头嘛，就是宝贝也让我看看。"觉布说："不行的，它是我的命。"麻俊一脸寡白，在裤脚坝子，他是功臣，对大伙没有功劳也有苦劳的，还没有谁会这样不服从他的安排，今天可算碰上一个不懂事的人。不过麻俊没有多说什么，只是要觉布好好干，弄出几个精品来，在下个月的全省文化博览会上展示展示。觉布预备接受一回痛骂的，现在没有被骂，相反得到的是关照，他的心里热乎乎的。

麻俊垮着脸走了后，唐三娃来到觉布面前。觉布说："你刚才挤眉弄眼的是什么意思？"唐三娃说："你不是都知道了吗？"觉布说："我知道啥？"唐三娃说："麻主任没有给你说呀？"觉布一下子明白了，说："你是神机妙算的诸葛亮咯？"唐三娃说："我不是诸葛亮，这都是老套路了，我早知道的。"

觉布说："那怎么办？"唐三娃对着觉布一阵低语，觉布便忍住内心的痛，将那些石头用箱打了包，对他的那个阿枝石头，他是包了两层。他和唐三娃将石头扛到街头。麻俊还蹲在车边吸烟呢！麻俊见他们来，没有多说什么，站起来拍拍觉布的肩头，镜片后的目光充满诚恳："好兄弟，后会有期。"

觉布虽然损失了他那些宝贝，但麻俊却不食言，全省的文化博览会上，他让觉布带了一批还算满意的石头，随着参展团到了昆明，进入了展区。在麻俊如簧巧舌的推介下，几天下来，倒也有好几万元的进账。收摊那晚，麻俊还请了一帮做文化产业的人吃饭，酒喝得多了，麻俊拍拍觉布的肩说："老表，我不会亏待你的，你该得的，已经得了，你不该赚的，已经赚了！"觉布连连点头，觉得麻俊说得有道理，他本来想问那块叫作阿枝的石头最后花落谁家，可麻俊没有给他说话的机会，他也便不再多问，就当那是一场梦。

麻俊酒喝多了，不停地说话。说他的学生时代，他在裤脚坝子长大，天天在那一堆石头中间割猪草，放羊，与同伴们捉迷藏，偷了爹的钱被打，就在石头堆里躲了两天两夜。有一回正值夏天，夜里上游涨水，他差点被浪渣打去，要不是给一块石头拦住，他早就见东海龙王了。他对石头有感情啊！第一次喝酒，是和高中的同学们坐在金河边的石头上；第一次恋爱，是和女朋友在石头边接的吻；第一次干工作，就分到县文产办，开始和石头打交道；第一次提拔，也是因为他将裤脚坝子的石头卖到省外，产生了不小的影响。可是自那以后，七八年了，他还在原地踏步，主任换过六个，他的"副科病"一直没有治好……像麻俊这样的人，在裤脚坝子已经是人上人了,要是他不说,谁知道他内心还有这么多的酸水和苦楚,谁知道他内心还有这么多的怨气。一个石头有没有价值,需要认真琢磨,反复思考。一个人内心快不快乐,需要与他多接触,将心比心。觉布觉得麻俊可怜,就将麻俊杯里的大半杯酒倒在自己的杯里,给麻俊换上白开水。麻俊说他一生中开到的最好的石头,全进了那些"无底洞"。他说有一次他去一个高级的"无底洞"家送石头,那家有三层的复式楼,外带一个两百平方米的院子,半车东西摆进去,居然一点都不显眼,摆不满一个角落,那领导看了看,连好话也没有一句。

麻俊说着说着居然泪流满面。麻俊端起酒杯来敬觉布:"你那石头,没有了。我的石头,也没有了。很多人的石头,都没有了……"觉布说:"怎么说没就没了,它又不是糖,会化;又不是草,会枯;也不是人,会死;也不是水,会流走。它是个石头啊!石砣砣的,用牙咬不烂,用油炸不酥,你就别逗我玩了!"麻俊说:"我逗你玩,谁又要逗我玩,我的好多东西,只要一往上推荐,都没了!你看我那家里,还有一块像样的石头吗?还有一块值钱的石头吗?"

这话让觉布难受,因为酒,他觉得一切都无所谓了。麻俊在他的心目中,变得那样可亲、可敬和可爱。麻俊的爱恨就是他的爱恨,麻俊的伤痛就是他的伤痛,麻俊的苦难就是他的苦难。这个时候,别说是一个石头,就是一条命,麻副主任让他断掉,他也不会有半点的怜惜。他把这半杯酒全倒进自己嘴里后,就醉了。觉布不习惯大城市里的酒,这酒虽然包装特好,很上档次,但肯定不是金河两岸用苦荞、糯米或者苞谷做的那种,估计是酒精加水加香精勾兑的那种。觉布的醉没有让他像往常一样很快进入梦乡,他感觉到脑袋的深处像是有一把刀在划来划去,脑袋眩晕,胸膛发闷,肠胃痉挛,想吐。想骂人,却一句话也说不出;想唱歌,却记不得任何一句歌词;想睡觉,头放在椅子上觉得太软,放在地板上觉得太宽,反正任何地方都不合适。要是此前在家,他醉酒,是件快乐的事,可以放心地酣然入睡。家里的小猪叫了,有阿枝喂食。火塘要熄灭了,有阿枝加柴火。要是他醉得太多,阿枝就会一边小声地喘息着,一边给他煮葛根粉醒酒。想起阿枝,他就流眼泪,泪水滑过脸颊,一汪一汪的。

这次醉了酒,觉布和麻俊的关系更进一步。麻俊教他一些找钱的办法:"对不同的人,要有不同的表情,对不同的物件,要有不同的价。当然不是你喊多少,人家就出多少。不是你想卖多少,就能如愿以偿。同样一块石头,在张三的手里,只能卖一百元,但在李四的手里,却可以卖上两千元。"这话说得觉布有些蒙了,一脸的迷惑。麻俊说:"我们这一桌子菜,一个炒白菜,最多值十元,但如果加点虾仁,就可卖二十元,但如果我们再用萝卜雕一个凤凰搁上,取一个'凤凰朝阳'之类的名字,就可以值五十元。"觉布点点头。觉布觉得这个麻副主任,还真是有意思,虽然是个领导,但还算平易近人,他说这些话,是把自己当成他的人了。麻俊又说:"当然这个度并不好把握的,得慢慢来,经验嘛,靠在工作中积累。"

那边赵老板,隔三岔五把电话打过来,就是想要带佛的石头。这次让麻俊听到了,麻俊说:"你答应他就是。"觉布说:"可是石头没有了啊!"麻俊说:"你先答应他吧,我自有办法。"觉布就答应了下来。觉布刚一答应,几分钟时间,短信便通知他卡里有钱了。觉布望着麻俊:"麻副主任,你看怎么办?"麻俊站起来就走,麻俊在前,觉布在后,他们往唐三娃的店里去。麻俊让觉布把手机里的图片拿出来,要唐三娃照着这个样子选一批石料,做上一大批。五十个,不,最好一百个,每天陆续给他提供十个,照葫芦画瓢。唐三娃表态一定按时完成任务。麻俊回过头来,要觉布将这图发在微信朋友圈里,写上文字:远古奇石,披沙沥金,神奇高雅,奥妙无穷,一旦拥有,一生平安,有缘来电,来电必复!广告词下面就是觉布的号码,并注明地址是金河边的裤脚坝子。觉布说:"主任,这样怕不行啊!"麻俊说:"怎么不行了……到时他们购买时,让他们把钱打在这个卡里,由我来处理,不会亏待你的。"说着,麻俊将一个卡号发了过来。觉布说:"这不是你的卡号吗?"麻俊说:"这你就不用管了。"

微信朋友圈发出后,觉布也没有闲下,他这样的人,从不会守株待兔。一有空,他就往河滩里跑。可河滩里的石头已经全被翻了无数遍,略有点像样的石头全都给搬走了。觉布叹了口气,看来不管什么东西,一旦有人关注,命运就会发生变化。那怎么办呢?石头没有了,生意将就此惨淡。这天晚上,觉布配合着唐三娃,把他复制好的神佛用红绒布衬好,装在麻俊从省城里订制来的高端木盒子里。忽然有个男人打来电话,问他:"你那奇石真有奥妙吗?"觉布一听,这分明就是赵业啊!他要这么多石头干吗?他为什么不用原来的手机打?为什么不报自己的名?觉布也不揭穿他,马上回答:"有灾免灾,心诚则灵。"他马上发了一张图片过去。赵业看了照片后,说:"就是你微信里发的那些嘛,多少钱?"觉布有些激动,不敢大开口,于是反问:"您是有缘人,您说吧!"对方说:"八百八十八元,行吗?"觉布暗暗惊喜,说:"您将来能得到的,或者说您因此而不会失去的,绝对不止是它的几十倍或者几百倍……这样,你先付这点,过些天,如果你的运气转好,就再付一千六百六十六元。""好的,成交!"对方很爽快。不过觉布没有发麻俊的卡号,而是发自己的卡号给他,原因是麻俊已经很多天没有出现,电话打不通,找人问,谁也不知道他的下落。拿到了赵业打过来的钱,觉布自己也暗暗惊奇,他看着那些仿制品,竟然也有些爱不释手,觉得自己今后的命运就会和这些仿制的石头紧紧联系在一起了。

　　三天过后,赵业又憋着嗓音来电话了,问还有没有奇石。觉布说:"老兄,金河里面的天然奇石,来之不易啊,有是有,所剩无几了。"觉布不肯卖,倒吊起了赵业的欲望。赵业开口说:"一千六百六十六元一块,还有几块?我都要了。"觉布咬紧牙关:"五千元一块,只卖一块,多的没有了。"那头还讲,觉布说:"和你打过多次交道了,你是老朋友,不然我真的不想卖。"那头咬咬牙答应,于是成交。拿到了钱,看着剩下的八块石头,觉布睡不着觉了。真是奇石了,不仅仅是自己的感觉,相信那个买石头的赵业一定也是有同样的感觉吧,否则怎么会如此喜爱和迫切呢?夜里,觉布忍不住打电话给赵业,问他:"赵总,你现在感觉到了这块石头的奥妙了吧?"赵业很兴奋:"是是是,太奇妙了。最近运气老是不好，我也是买个石头试试看的。谁知道买了石头后，我那天开车多喝了点酒，错把油门当刹车踩，车子一下子就往河里蹿，幸亏有一棵大榕树挡住……""真是这样啊？最近你们家发生的事情还真不少。"觉布说。赵业又说："告诉你一件更吓人的事情，你那个老乡德黑……"

说起德黑，觉布头皮一阵发麻，全身发抖，两肩紧缩，他不由自主地将双手伸出来，紧紧将头护住。赵业说："这个德黑，出了一件十分意外的事。"觉布说："他……他出什么事了？"赵业说："你还记得不，一个网名叫'爱深恨浅'的女人，每天都在我们矿区外面的酒店里接客的，眼睛大大的，胖乎乎那个？"觉布当然记得，他们的交情算是不浅。赵业接着说："那个'爱深恨浅'买了一块佛石，被德黑看见，硬是要霸去。他霸了佛石不说，还把'爱深恨浅'长期占有，两人还办了结婚证。这不，一个月前，德黑在矿洞突遇瓦斯爆炸，死了，这'爱深恨浅'就成了德黑合法的继承人，这女人暴发了，一下子就得到了六十多万元的补偿金。"觉布听得呆了，这真是恶有恶报呀！他正想告诉赵业他离开煤矿前发生的那事，但赵业不等他开口，便说："'爱深恨浅'说她最感谢的是你，她准备处理一下相关的事情，过段时间就来金河边找你，要和你合伙做石头生意呢！你看，不说不相信，说起来，真是神奇了……佛石，你还有吗？我打算给我家人再买几块。"觉布心里一阵轻松："呵呵，那是你有缘分！天机不可泄露，你自己知道就可以了，不要给我往外面传啊！"觉布故作神秘地叮嘱他，心里也暗暗吃惊。难道真的是奇石吗？看着自己花五十元一块仿制的这堆石头，他的心里说不出的喜爱和快意。也许，这就是自己的生财之道了。

现在，觉布已经很懂销售策略了，他回绝了好几个随后来电话的人，说对方和奇石无缘，不再出手。

不出一个月，觉布手上的八块石头都卖光了，最后两块卖到了两万元一块，对方也是毫不还价，非常虔诚地捧了而去。这一切，觉布都是瞒着唐三娃做的，觉布知道，唐三娃尽管是好朋友，但他的嘴巴是守不住秘密的，他是不会让觉布独自挣这么多钱的。他电话回访了那些客户，故意说要讲解如何敬奉奇石，然后问对方是否有神奇的事发生，有五个人都说买了石头后，自己躲过了大难，免了牢狱之灾，有一个说家人中了大奖，那些人都问还有没有奇石可买。觉布说缘分天定，不可贪心。他给自己定了一个规矩，要控制销售数量，每个月只卖两块，每块只卖五万元，否则真的会亵渎宝物，不灵验了。于是他把广告删除了。可是电话还是不断打来，越来越多的人来询问有没有奇石可买，觉布都一一回绝，除了赵业和"爱深恨浅"之外，只挑两个看起来官气十足的人卖给他们。短短两个月他已经赚了六十万元。他把那张最早的佛石照片放大，装了框，放在屋子正中的墙上，每天朝它拜上几拜。

五

觉布一直严守着自己的秘密，很少出门，尽量不与身边的人打交道，包括唐三娃。大热的天，觉布喝了酒，不知生死，不知现实与虚拟。

觉布的门虚掩着，懒人大抵如此。唐三娃冲到他的屋子，见他抱着一个石头，在那里自言自语，以为他疯掉了，吓了一大跳。唐三娃将他一把从床上提了起来，问他："这些天都到哪去了？是不是生病了？"觉布说："是生病了，是没有老婆的病。"唐三娃抬手就给了他一个耳光，要他清醒，并告诉他麻俊麻副主任出事了。觉布一下清醒过来，这句话比那一耳光还起作用。他说："你慢慢讲，你讲清楚，到底是咋回事？""这么久没有踪影，是给纪委的抓起来了！"唐三娃死死抓住自己的头发，缩在墙脚悲痛地说。

出了这样的事真让人意外。觉布有些后悔，当时复制了那么多的佛石，居然没有给麻俊留下一块。不过照麻俊那脾气，那做人做事的风格，即使给他一百块，他也会全都往上送，而不会给自己留下一块。卡里有那么多钱，觉布的腰挺直了，气粗了，胆子也大了，他觉得应该帮助帮助麻俊。麻俊是他认识的第一个官员，是给他帮助的第一个官员，是和他交心的唯一一个官员。觉布了解到，麻俊被双规，之后又被关在看守所，据相关人员说，他觉布根本就不可能看到麻俊。觉布去了县文产办，县文产办有几个人他是认识的，办公室的人对他都很热情，让他坐，让他喝水。他注意看了一下，麻俊办公桌后的座位空空的，办公桌上落了厚厚的灰尘。他装作什么也不清楚，问起麻俊来，一个个脸上都很暧昧，都很模糊，说话之乎者也，根本问不出个所以然。觉布在县里也有几个熟人，他们没少去裤脚坝子，没少从觉布手里买到最便宜的石头，但当觉布把电话打过去的时候，他们有的出差了，有的下乡了，有的是正在开会。绕山绕水，觉布终于知道，麻俊的案子将由纪委转检察院。据懂法律的人说，麻俊此次麻烦了，工作丢了不说，还要判刑的。

觉布问唐三娃有办法不，唐三娃说："有，但是要钱。"觉布说："你能办到吗？"唐三娃说："有钱就可以办到。"

觉布在县城的银行里，从卡里取出三十万元钱，用报纸包住，再用包装带子捆得紧紧的，外面写上"金河奇石"几个字。觉布来到唐三娃的店铺，唐三娃在给死人刻碑，那碑刻得很大，一看就不是穷家小户那种。刻完了，唐三娃弯着腰往那凹处涂厚厚的金粉，那种敬业让觉布增加了对他的信任度。觉布凑过去一看，正中刻着大大的"夫君德黑之墓"几个字，左下角并没有注明是谁人所立。觉布问："是谁让做的？"唐三娃也答不上来，只说是一个外地女人打电话来让做的。觉布知道那女人是谁了，他说："德黑啊德黑，你真是罪有应得！千算万算，算到了自己的头上！"唐三娃问他缘由，觉布一一说了。唐三娃脸色渐变，气不打一处来，转过身，提起大锤就往碑石上砸。觉布一把抓住唐三娃："你疯了吗？你疯了吗？"可那石碑并不经砸，两锤下去就破成几块。觉布不明就里，追问他："你这是干吗？"唐三娃扔掉大锤，喘着气，往地上呸了一口说："其实我不认得他的，听你一说，这样的人，也配在石头上永远留名吗？也配我唐某人给他刻字吗？真是的！"

天下居然有如此明是非、讲义气的人，觉布深深感动。觉布紧紧攥着唐三娃的手，两人坐进一家酸汤猪脚火锅店，要了一锅猪脚，要了两大杯酒。觉布与唐三娃啃了两块猪脚，干了半杯酒。放下酒杯，觉布双眼逼视着唐三娃说："我问你，麻俊对你我怎么样？"唐三娃说："很好呀！"觉布问："你知道他是怎么进去的吗？"唐三娃说："听说是行贿。"觉布说："为了金河边的石头卖个好价，这些年他没少受累，没少吃亏。"唐三娃说："这我知道，没有他，就没有我唐三娃现在的好日子。"觉布说："现在麻俊的事已经很复杂了，可居然没有人管他，没有人帮他。之前他一出现，人们跟前跟后，现在他出事了，却个个害怕，生怕牵连到自己，你看怎么办？"唐三娃说："有钱就好办。"觉布从桌子底下把那捆钱提出来，重重地砸在桌子上："兄弟，你我一起努力，谁把麻俊弄出来，这三十万就是谁的，如果不够，还可以再商量。"唐三娃立马眉开眼笑，轻松地吐了一口气："觉布老表，你这就对了，我们一起努力，如果还不够，过几天，我把门面也当了，只要能把麻俊弄出来，花得再多，也是值得的。"

　　唐三娃人活络得很，在县城里没有他认不得的单位，没有他认不得的人。到了一个院子里，他让觉布把钱分出二十万元，重新包了，他装在一个公文包里，背着进去。门岗盘查很严，但听他说出了某领导在几幢几单元几楼几号房，并且打通了电话后，便让他进去了。觉布在门岗后的一块草坪上一边漫无目的地游荡，一边用眼睛的余光盼着唐三娃的影子。半个小时后，唐三娃出来，一脸的兴奋："成了！"觉布也很高兴："成了？说细点。"唐三娃让觉布请他吃烧烤，他刚才紧张得汗水都湿透衣服了。他们坐在烧烤摊前，唐三娃便一五一十地给觉布说了送钱的经过。他说："这样的领导，一般人是见不着的。人家答应见了，说明给我面子。"唐三娃猛喝了一口酒说："好在都是朋友，以前给他送过石头。我一开口，人家就答应了。"觉布点点头，看来找这唐三娃是找对的了。觉布端起酒杯来和他碰了一下。但唐三娃又说："对方说了，还有几个地方需要打点……总计至少得六十万元。"觉布吸了口凉气，如果这样，他的钱就一分不剩了。看他一脸的苦瓜样，唐三娃说："你想，人家是会算的，这麻俊如果公职保留，他现在三十六岁，就算再活四十年，活到七十六岁，领四十年的工资，每年五万元，就是两百万元以上的钱……花六十万元，一点也不亏。"

觉布把钱全交给他，说："就这么办吧！"也就一两天，觉布卡里的六十万元，在唐三娃小心翼翼地努力下，全都送了人。后来，唐三娃拍拍空空的两手："送钱，也不是件轻松的活儿，我这几天，至少瘦了五斤。"

六

钱花了，觉布心里突然踏实起来。他一边等着麻俊出来的消息，一边继续做自己的生意。可一个月过去，麻俊没有出来，两个月过去了，麻俊还是没有出来。觉布便有些急了，跑到文产办和纪委去问。对于这样的问题，文产办是不知道的，而纪委肯定是无可奉告。可他依然不屈不挠，有种不搞清楚、得不到个明确的回答就誓不罢休的样子。后来几天,他一到办公室,那些人就用怀疑的眼光看他。有人小声问他:"觉布,你是不是失钱在他这里了?"觉布摇摇头。那人又问:"是不是你的好石头给他弄走了?"觉布摇摇头。那人又问:"是不是你老婆被他……"觉布满脸愤怒,满脸寡绿,却说不出话来。那人说:"那你天天跑,是什么意思呀?"觉布说:"我有什么意思呀?我这半年来(倒)霉透了,先是好不容易找到个地方打工,被人吓回来,再就是老婆被水冲走,不知下落。现在,对我好的领导被关了起来,我活着还有什么意思?"说着说着,眼泪涌了出来。他抹了抹泪水,不好再停留,连忙溜了出来。

麻俊案子的尾绞(比较麻烦的事情)不仅没有解开,相反他的案子还移交了检察院。觉布傻了眼,他跑到唐三娃那里,一把提起他的衣领:"唐三娃,你不是说麻俊没事吗?你不是说他的公职能保住吗?"唐三娃少有的冷静:"觉布老表,别激动……我告诉你,最核心的人都说了没事,你慌啥?麻副主任没事的。"觉布说:"你别绕那些弯弯儿,你说该怎么办?"唐三娃说:"再等等吧!"麻俊说:"都移交检察院了,还让等,是等他被判几年的消息吗?"唐三娃有些无奈:"我去问问吧!"唐三娃当即进了县城,很晚才回到裤脚坝子。从气色上看,感觉并不是很好。果然,唐三娃对麻俊说:"事情是有些麻烦,人家嫌钱少呢!"觉布说:"六十万元嫌少,那你还来,我自己去办!"唐三娃说:"有这样好还呀,这里分一点,那里分一点,我找谁要去?我要了,不仅事情办不好,相反得罪了人,那把麻副主任往死里整,怎么办呀?"觉布说:"到底能不能办好?"唐三娃说:"我再跑跑吧,你我都是帮人，你知道的，我可是没有得一分钱的。麻副主任关心过你，也关心过我，不仅是你的恩人，也是我的恩人，不仅是你的主任，也是我的主任。他倒下了，再也没有人关心我们了，你以为我快乐啊？我比你还难受，要不是还想着要把事儿往下做，我死的心都有了！"

唐三娃让觉布帮他看住门面，他进城去追办那件事。唐三娃一去就不回来，觉布每次打电话问他情况，他都说快好了，但就是没有好了的实质内容。觉布和乡里搞司法工作的人讨论这件事，那人说："麻俊的问题很多，而且事实清楚，证据确凿，要保住公职是不可能的事情。""那……"觉布话到口边又咽了下去。他突然想到，自己是不能泄露那事儿的，搞不好会牵涉一大帮人，唐三娃说了，如果事情弄开，他们俩都是行贿者，首先要拿下的就是他们俩。他再给唐三娃打电话，唐三娃接都不接了。他想，看来这哑巴亏是吃定了，六十万元，打水漂了。

这天，觉布的手机突然响了，是唐三娃的电话。觉布没等他说话，就先问："是不是有好消息了？"唐三娃说："当然有好消息！"觉布说："哪天回来？我杀只羊，开坛酒，再准备两件鞭炮！"唐三娃说："要得要得，是应该这样！"觉布放下电话，立马就干。到了下午，他正往羊肉汤里放些淫羊藿的时候，门外一阵车响。等他在围腰布上抹干水，转过身来时，一个女人一边走一边叫："觉布！觉布！"这声音无端地熟，觉布当然知道是阿枝的，但他认为这是幻觉，不过他还是很享受的。他将阿枝搂在怀里，他感觉到了阿枝的体温和身体的战栗。他说："阿枝，想不到我们在梦里还能相见。"

阿枝的眼泪打湿了他的下巴，顺着脖子往下落，一直流到他的胸膛上。他说："阿枝，不要再哭了，你的泪水把我弄得痒痒的，这样我就会早早地醒过来，没有梦，就见不到你了。"阿枝说："傻子，哪是梦，是真的，我真的回来了。"觉布说："阿枝，我爱你，我喜欢你善良的谎言……"

"啊呀！"阿枝在觉布肩上狠狠咬了一口，觉布感觉到阿枝的牙齿尖利得像一把刀，那块肉好像都掉了下来。阿枝推开觉布说："你疼啦！疼就不是梦了！你看着我，感觉一下是不是在现实中了？"觉布朝阿枝认真看去，见她穿得干干净净，脸色红润，眼睛里是多情的笑。觉布还是不相信，说："你没有死？你没有病了……"

阿枝当然没有死。那天夜里，阿枝很快就被急骤涌来的浪潮卷到下游，她呛了不少水，她随波逐流，她心甘情愿地坠落江底，很快，她就不属于自己了。当她醒来的时候，发现自己躺在雪白的病床上，可她动不了，听不到，也说不出话，她知道自己是聋了，哑了，老天让她活了回来，可居然让她雪上加霜，病了还残。她人死不了，可心死了。只是偶尔翕动的眼睛看到了，除了自己，简易的房间里还摆着很多床，还躺着很多人，有老的，有少的，有男的，有女的。她看见很多医生忙出忙进，给他们做各种检查，做各种治疗。三天后，她和一部分人被送到县里的医院里治疗。她没有治好，又被送到省里的大医院里。几个月过去，她的耳朵能听到了，她的嗓子可以发出声音了，更重要的是，她的肺病也全治好了，医生最后一次给她拍的胸部 CT，图片清晰分明，居然没有一点问题了。这时，医院里的领导就要她出院，要她回家，可她不知道觉布现在在哪，也不知道觉布还有手机。医院和县里的民政局联系上，把她送到了县里。县里正要把她送回裤脚坝子，不想，正好遇上唐三娃，唐三娃便自告奋勇，把她送了回来。

阿枝那次被浪冲走，正好下游一条客船也因这次洪水而翻船，满船的人全都落水。救援人员连她一起救了上来，她说不出，听不到，动不了，民政相关单位出面，把她治好了，并且还给了她两万元的补偿款。

阿枝说，出院那天，她想到县里的广场走走看看再回家。广场上正在处理一些物品，那是纪委从一个贪官家里搜出来的，多得不得了，什么都有。她左看右看，看中了一个石头，石头上有一笑佛，正眯着眼睛看她呢！她想，自己死里逃生，原来的不治之症也给治好，还得到这样一笔钱，冥冥之中似乎有神奇的力量护佑自己。想到这，她就觉得应该把这同样神奇的石佛请回家去。她和负责处理的人一讲，便参加了竞买。两万元，正好将这石头拍下了。阿枝说："这石头还真神奇呢，是个无价之宝。"她刚抱起这石佛，一转身就看到了唐三娃。

阿枝说着，便将石头放在桌子的高处，一层一层地打开红绒布。

"你看看，它是不是很慈祥啊？"

觉布一脸的惊讶，眼前这石佛，分明就是他几月前卖出去的那个，他没想到这石头又辗转千里，回到这裤脚坝子。石佛满脸的笑，从未改变。他将石佛转过身来，背面是包公的像，一脸漆黑和肃然。

唐三娃说:"觉布老表，发啥子呆，快放鞭炮吧！我等着你的酒喝呢！"

觉布问唐三娃:"阿枝要回来，为什么不明说？"

阿枝笑了，有些不好意思:"我是想看看，我死掉这么久，家里有没有住进其他女人……"

觉布突然想起，说:"那麻俊呢？麻俊在哪？我想看看他。"

唐三娃说:"你可别搞错啊，我不是给你送麻副主任回来，我给你送的是阿枝。"

觉布目光如钉，两眼逼视他说:"我问你的是麻俊！麻副主任！"

唐三娃一脸的不自在:"我不是一直在努力着吗？觉布老表，我嗅到荞酒的香味了……你是不是在里面加了裹手蜜？"

觉布掏出手机，将"爱深恨浅"的手机号和微信号调出，快速拉进了黑名单。鞭炮响完后，三人坐在火塘边，一边喝酒，一边吃肉，直到火塘渐凉，直到酒瓮空空。

"疯子"维聪

一

月亮是个上弦。朦朦胧胧的银白月光照进村头的孔庙,使本来就清幽的庙子更加神秘。一只蝙蝠飞过屋梁,撞下一层灰。冯维聪即刻毛毛倒起,半晌才知道是那小动物作的怪。他双手合十,朝着孔圣人的塑像三叩九拜。完了,他又照先前的拜了两次。先一遍是替稻花拜的,后两次是给自己和弟弟拜的。稻花是他小时候的同学,住邻村,和他的关系好得不得了,以前曾私下说过若干次感情上的事儿。稻花比他成绩好,先他一年毕业,去年就考上了青华大学。对他来说,有动力,但更多的是压力。弟弟冯天俊也上高一了,成绩不错,紧紧跟在他的后面。他在心里默默地叨念,祈求圣人保佑："圣人呀圣人，你保佑我考上。我考上了，以后有钱了，给你修庙，要多大就多大，要多有气势就有多气势。如果再有钱，就给你塑金身……"

几只蚊蚋不停地飞来飞去，好像是很久没有吸到动物的血了，在他的脸上、手臂上叮着不放。赶走这个，那个又来，赶走唱着歌来的，又被无声地咬了一口。可是他不能打死它们，只能赶。妈说过，在庙里不能杀生，那些蚊虫疙瘩、蜘蛛蚂蚁、蝴蝶飞蛾，说不定就是哪路神仙呢！说不定它们的前世就是状元呢！要忍受，要爱，要宽容……

冯维聪小心地站起来，低着头，退了三步，才转过身往外走。天上那些密密麻麻的星星，像是蚊子飞来宕去。月亮像是给谁啃了一半却又舍不得吃的苞谷饼。

第二天就要进酒州县城参加高考了。冯维聪几大步蹿回家里，赶快洗漱睡下。瞅着从瓦隙里落下的点点月光，他却又睡不着。一会儿他猜想此次高考的作文题目；一会儿他想稻花那可爱的眼神；一会儿想上了考场自己一定不要把试卷翻夹页——那可是最惨痛的教训，此前曾有过相关的事例，老师也多次让大家记住——一个错误将终生悔恨……

睡不着，口渴。他起床，摸索着下楼，把木瓢伸进石缸，不料却刮出空闷的声音，缸里没有水了。才想起祭孔前洗澡，将水全洗完了。他将木桶倒过来，也就滴出一大口水，刚够打湿嘴，根本就解不了渴。他把土罐端起，里面装着爹没有喝尽的茶水，他咕噜咕噜喝了几大口，用袖子一抹嘴，点亮油灯，又开始看书。茶很酽，喝下去提神。他越看越没有瞌睡，越看人越清醒。

鸡叫了几声，估计天快亮了。冯天俊起床，准备去村外的沙井里担水。见冯维聪还坐着看书，冯天俊说："我哥，你背时呀，不好好休息，这试咋个考！"

妈在里屋摸摸索索起床，听到这话，不高兴了，骂道："冯天俊，闭住你那狗嘴！"

冯天俊伸了伸舌头。

冯维聪有些后悔自己熬夜，放下书，赶忙回到床上。还好，躺下就睡着，迷糊了两个小时。睡梦里，大约还是考试的一些场景，也有稻花。天大亮了，他起床吃了妈煮的六个荷包蛋。他本来不愿意吃那么多，可妈说"六"字吉利，六六大顺，他一定会考好的。红糖的甜味触到冯维聪的舌头，他的心尖子一颤，泪水就含在了眼眶。他努力忍了忍，没有让泪水滑落。冯家的鸡虽然常下蛋，但好几年舍不得吃的，妈以十为单位，凑够数送到镇上卖的。今天妈让他吃鸡蛋，还吃这么多，算是优待。他心暖，疼。

冯维聪带好考试用的所有东西，出门时，和爹对看了一下。爹布满皱纹的脸上眼眶深陷。爹没有说话，但那目光依然像钉，落在哪都是一个坑。冯维聪觉得爹那样儿，比说话还镇人。他低了低头。

妈送他出门。在村口的谷草堆旁，他就再也不让妈往前走。妈拉了拉他皱着的领子说："妈相信你，你爹也相信你。考完了，到车站看看稻花会不会回来了……等你们的好消息。"

走了很远，冯维聪回头，妈还站在白杨树下看着这边，妈老而单薄。

为了省钱,冯维聪没有坐公共汽车。背着一包复习资料,他上了小路,一个人走得飞快。见沟跳沟,遇埂跨埂,有水田挡道,他就沿埂走。有苞谷林,他就一弯腰,狗一样钻了过去。走了两个小时,爬上了一个高高的山冈,在这里就可以远远看到酒州城高矮错落的密集的房屋。

冯维聪累了,他靠在一个土坎下,喘了一口气,慢慢坐下来。有风吹在汗津津的脸上,他感觉到好舒服呀!累,他觉得全身酸软。坐着坐着,他头一偏,居然睡着了。冯维聪的梦千奇百怪。天空长满了草芽,牛头在画画,花朵的脸长满雀斑,风的腿是谷草扎的,骨头居然可以用来切菜,笔会发笑,咕咕有声,声音又变成了一个个文字,豆粒儿一样活蹦乱跳……

他醒来的时候,满背脊的冷汗。风绕山冈,像是要把他也举起来。他哆嗦了一下,接连打了两个喷嚏。

到了城里,冯维聪到考场上看了考点。遇上班上的同学,他们问他的住处,约他一起吃饭。他连忙拒绝,说他还有事,便离开他们。长期以来,他都不合群,大多时间均是独来独往。他的目的不言而喻:节省时间,节省钱。

天已黄昏,冯维聪在考点附近找了个小旅社。那小旅社的床位不贵,一张床一晚上三块,这样的价位接近于他想象的标准。他看了看床位,交了三天的钱。出门,在旅社旁边的米线摊前坐下,要了一个大碗红烧米线。好像是火不旺,水不开,端上来的米线居然有些硬,那红烧肉粒的颜色也不是很对,他挑起几根放进嘴里,酸菜味还不错。冯维聪吃了两口，觉得嘴里寡淡得很。脚汔手软，两眼昏花。凭经验，他知道自己是感冒了。他在碗里加了些醋、盐、花椒和生辣子面。味道重了，刺动味蕾，口里润滑了许多。他狼吞虎咽，三两下吞掉。肚子不饿了，感觉上好了些。

街上小摊小点多，行人很多，这种热闹非镇上的乡场可比。冯维聪无心看景，噼噼扑扑往旅社里走。旅社里来往的大多是些小商小贩。马车、牛车、单车横七竖八摆在院子里，各色人等奔出蹿进。冯维聪住的房间，在二楼的一个角落里，算是有些清静。上床躺了两分钟，想起考试，人一下子又变得沉重。他翻出书，看了看那几篇重要的文言文，那些文字，对于他来说，是没有问题的，无非是想再温习一下，巩固一下。可是现在看去，字却有些变形。有些是腰折了，有些是头在随目光晃动，有些字体却是分家的，形在一边，意在一边，声音却在耳边叫来嚷去。

迷糊间，他睡着了。迷糊间，他又醒来。他醒来后感觉不是很好，口干舌燥，整个口腔像是夏天的沙漠，嘴皮子全是干壳，而且苦，苦得像塞进了块黄连。眼涩，头沉，耳鸣，四肢酸软。还有就是满屋子的闹。楼下的天井里，有一帮人在唱小调，扯声曳气，长歌吆吆。堂屋里，另一帮人在吃酒，黑土碗端着，吼着拳。赢的大笑，一脸得意。输的噘着嘴，在赢家的督促下皱眉喝酒。划拳的两只手碰在一起，力量足得很，像是打架，脖嗓管挣得又粗又硬，声音粗重嘶哑。而冯维聪隔壁房间里的几个人，壳脱壳脱地嗑着葵花子，打扑克，三毛两毛地赌钱。

"你们，可不可以小声一点呀？"冯维聪问。

冯维聪的声音小得像只蚊子在叫，甚至比蚊子的声音还小。蚊子在旁边叫，那些人会伸出扇子样的手掌打开。冯维聪的话，他们连听都没有听到。他站出去，努力地又说了一回，还说自己是个学生，明天一大早就要参加升学考试。有人转过头，翻开污脏的白眼看了他一回，小了点声。可过不了一会，又大声起来，依然嘈杂无比。

冯维聪觉得自己在这一分钟里很可怜，很弱小。书是看不进去的，他索性躺在床上又睡，但还是睡不着。冯维聪拖着鞋跑去给老板娘说了一回。老板娘也有点心疼，看着他，说："你考试呀？那你就不该在这里住。这里都是些粗人住的。"老板娘在外面扯声揬气地给那些人告诫了一回。效果还真有。其中有人说："高考呀，真要命，要得，要得，家家都有读书郎的。"那些人就将手里的酒喝干，把酒杯丢在桌上，将扑克收了。有的坐着看调小了声音的电视，有的出门去了，有的则睡了。

挨了半夜，冯维聪终于睡着。可很快，冯维聪醒了。他肚子生疼，奔到厕所，裤带一解，哗哗哗地拉了一大摊稀。怎么这么倒霉呀！看来是那一碗米线吃错了，说不定就是人们传说的死猪肉做的汤，心下后悔不迭。慢慢熬着，好不容易天色接近黎明。冯维聪腹中空空，想吃点东西，便走出门，看到那家的米线店就恶心。还好，旁边就有一个卖豆浆的小摊，他买了一碗豆浆趁热喝下，口里不苦了，心里也好过了些。

天大亮了，冯维聪一步一步挪到了考点。脚步有些飘，但脑子还算清醒。考点上的考生越来越多,大多是一脸的焦虑。冯维聪感觉到了整个考点的搏动,那种搏动是心脏在跳,是脉搏在跳,是想法在跳。大家都在努力地压制自己的胸腔,都在控制自己的情绪。在今天能发挥好,能考得理想的分数,就会改变自己的命运。这是一个个考生多年所梦寐以求的、永不改变的梦想。

冯维聪还是想到了父母亲,这个时候,他们一定是端着一碗天不亮就去井里挑来的净水,燃着香烛,在孔庙前祈求圣人给他庇护。

预备铃还没有打响,考场的门就开了。冯维聪是第一个冲进考场,第一个在座位上坐下的。监考老师木着脸清点人数,查验身份。考试铃响,开始发卷。冯维聪猴急地抓起试卷。那些密密麻麻的字像是蚂蚁,在他眼前跑来跑去。他努力睁开眼,努力看去,努力地调动大脑对这些考题的记忆。

开考不到半个小时,他感觉不好了。头昏,眼花,出冷汗,肚子又疼了,还发出了一阵阵的怒吼。有的考生吹鼻子,皱眉。估计是他放出的臭味熏到了大家。他只好伸手紧紧扦了肚皮。可扦住了还疼。他就用手抠,使劲钳。暂时地缓解了一下,不到五分钟,又疼了,受不住了,他站起来。监考老师问他干什么,他搂着肚子,弯下腰说要拉屎。监考老师皱紧眉,送他上厕所。刚上蹲位,已按捺不住,一阵惊天动地,臭气熏天。好不容易,他将肚里的东西拉掉,肚子不疼了,他长长地喘了一口气,回来坐下,一看手腕上的电子表,二十分钟过去了。

考场里的考生们都在认真而紧张地答题,钢笔落在纸上的沙沙声像一群群小虫，在心里穿来钻去，在脑子里游来荡去。再就是像一条由远至近的河流，哗啦啦地从天而降，自己像是要被这河流淹死。冯维聪急了，他端起桌子往外走。监考老师脸色大变，忙过来制止，说："你干什么，干什么，干什么？"冯维聪说："空气闷得很，河水越来越大了。"监考老师说："不是都打开窗了吗？"冯维聪说："考场里没有阳光，也没有船。"监考老师说："考试和阳光有啥关系？和船有啥关系？请你严守考场纪律！"

冯维聪恳求说："老师，我真的感觉闷，我出去考，你们让我出去。"

要端着桌子出去考试，这是天大的笑话。监考老师摁住他说："不行，坐下，好好答题。你这样不仅影响自己，还影响场内考生。"

冯维聪说："我坐不住，坐下来心就慌。"

冯维聪说着，用尽全身力气，将监考老师掀在了一边，猛地站起来。场内考生吓得哇哇大叫。

很快，县政府高考巡视组的考官们赶来。他们看到，冯维聪脸色发青，神色怪异，还在自言自语、絮絮叨叨地说着什么。他们让保安把他弄到考点办公室，一问一盘，大家都觉得他是精神上有问题了。

监考领导通知冯维聪所在学校的领队老师，领队的老师一看冯维聪那样儿，知道这学生废掉了，考不成了。老师也没有办法，恨不得马上脱祸卸罪，急急忙忙找了辆吉普车，把冯维聪送回了碓房村。

坐小车对于冯维聪来说是头一回，何况是回家，他由此兴奋得不得了，一路上和紧紧挟持他的老师说这说那，不停地提出些新要求和新的想法。比如说，如果把考场设在月球上感觉会更清静。比如说，人其实不必那么守旧，可以用耳朵呼吸用眼睛说话用嘴走路。比如说，车长上翅膀最好，想怎么飞就怎么飞，夜里还可以夜宿树梢。他的这些话，如果是从正常人口里说出，是很了不起的，有思想，有创意。但对于一个还没有考完试就回村的考生来说意味着啥，大伙儿都清楚。

爹和妈犯了糊涂，他们不明白，平日里聪明规矩、老成稳重的儿子，咋一下子就变成这样。

冯维聪有时笑，有时哭，有时自言自语，更多的时候是收紧拳头，缩着脑袋，在屋子里走来走去。

他那样儿，不是疯了，又是咋的？

二

冯维聪担着水桶，匆匆往返于村外的沙井和家之间。他挑来清亮亮的井水，将家里的水缸装得满满的，把院角的石碓窝装得满满的，将洗脸盆、洗脚盆、洗菜盆、空锅都装得满满的。然后弄一个谷草墩，放在这些装水的器物面前，一个人坐下，看水。水有厚厚的质感，有深度，太阳光转了小小的一个角度，很容易就插进了水底。早上的阳光从东面插进去，正午的阳光从顶上插进去，下午的阳光从西边插进去。

早上的阳光很温暖，下午的阳光很霸道，晚上的阳光很苍凉……那些光在水里搅动着的暗流，透明而深邃，博大又沉稳……一只蚂蚁爬上石缸，以为那是一个空大的洞，再往前走，就掉了进去，在里面挣扎着出不来。一只蜜蜂飞来，以为那是一个自由的王国，飞过去，不料翅膀着水，就再也起不来了。对于这些小小的生灵来说，这缸水就是大海，是一个尽头，或者开端。

一片树叶飞过来，掉了进去，浮于表面。微风起时，轻轻移动。

冯维聪从早上看到晚上，从月落看到星起。他的感受，只有他自己知道。

这天，他顺着村边的小溪的土岸往下走。小溪穿过村庄，穿过田野，流得很远。水波翻起来，他就跳一下。水波跌下去，他就蹲一下。他在找水的感觉。河岸此起彼伏，弯来拐去。河水汩汩，清清亮亮，流得急的地方就有珠飞玉溅，流得缓的地方平静得像是一面镜子。河里没有鱼，但有一串一串的蝌蚪，有绿绿黑黑的青蛙。很多的水草，长长短短，颜色各异，随水逐流。

水里，水里到底有些什么呀？

走了很久，水就停了下来，积在一起，一大片，清澈的，碧绿的，安静的，无边的。冯维聪随着水走了进去，随着那些小鱼小虾走了进去，一股清凉冲了上来，漫上心头，好爽呀！他觉得整个人都和水融在了一起，他流进了水里。或者是，他冯维聪根本就不存在，他本来就是一汪水，甚至只是一滴水。是多少不重要，重要的是他很舒服，舒服得想死，想没有自己，想忘记了一切。

水淹过了他的大腿，淹过了他的胸部，淹到了他的下巴……他还往下走，水还往上淹。他觉得自己的身体融化了，觉得自己的头发飞起来了……好久好久，他好像听到有人在喊他："冯维聪！冯维聪！"他不想理。是谁这个时候还打扰他，真是的！他感觉到有人在骂他："小子，连命都不想要了！"他觉得好笑，命是什么呀，命是水吗？那水又是什么，是命吗？

有人揪他的头发，他挣扎了两下。好像有人跌倒了，有人呛了水。有人紧紧抓住他，想将他拖向另一个方向。他有些生气，一把抓住那人，往回拽。搏斗了很久，但最终他输掉了。他那挣扎是徒劳的，他被拖上岸，脸上被啪啪地打了两下，很重，有些疼。因为疼，他清醒了些。

他被放在草埂上。先是口朝下，腹中的水被一汪汪地控出。仿佛他的那口不是他自己的口，而是水库的一个闸门。插秧的季节里，开闸了，水往外涌，鱼呀虾呀水草呀泥沙呀全都往外涌。接着他被翻了过来，仰望天空。有人压他的腹，口对口做人工呼吸。他有些讨厌，想推开他，但他手里一点儿力气也没有，他无法反抗，只好任其摆布。

好半天，他清醒了。睁眼一看，是赵老师。

"高中儿，要自重呀！"赵老师说着，泪就下来了。那口气像是爹。

赵老师是村里的民办老师，没读过几天书，教了几十年书，却一直没有转正。冯维聪心里暗笑了一下，想：我怎么就没有自重了呢？在水里，多愉快的。你们呀，永远也感受不到的。不过，他还是挺感激赵老师的。在碓房村里，能听懂他说话的，还有谁呢？就是赵老师了。赵老师水平低，现在村里有文凭和水平的老师多了，赵老师就不再上课，只是给学校打打铃，搞搞收发。今天下午赵老师拾粪，准备贮存起来明年开春家里种田用。拾着拾着，他看到了冯维聪沉下水，连忙跳下水施救。他水性不好，差一点让冯维聪拉着，一起找龙王爷报到去了。

趁着太阳辣，赵老师让冯维聪把衣服脱下来，放在草埂上晒。冯维聪的光身子很好看，黑不溜秋，肌肉结实。

赵老师搂开自己的衣服给冯维聪看："高中儿呀，你看，我这肉都松了，软了。你捏捏。"

冯维聪捏了一下赵老师身上的肉，果然有些松软，他想起了煮熟了的肉皮，就一下子笑了起来。

赵老师拍拍冯维聪坚硬结实的屁股说："年轻就是好。"

衣服干了，赵老师帮冯维聪穿好。一老一少，一前一后，两人一边说话，一边慢慢回家。

回到村里，赵老师没有和冯家说啥，他怕冯维聪的爹妈受不了。冯维聪到底怎么了，他还得再琢磨琢磨。

三

一家人正准备吃饭，却发现冯维聪不在。妈让冯天俊去找找。冯天俊说："刚才他把家里的大簸箕扛走了，好像是去晒谷。"妈啐他："这个时候，青黄不接，哪有谷晒，你也不想想。杨树疙瘩脑壳！"

冯天俊沿村子里的路找了好几个地方，都没有找到冯维聪。走到村子中间，他发现场院上聚了很多人，便赶了过去。学校楼的瓦顶上，冯维聪高高站着，手里抱着那个大大的竹簸箕，满脸阳光，满脸得意，正在慷慨激昂地给大伙讲着什么。见到冯天俊像只小虫似的移了过来，冯维聪兴奋地大叫道："大学弟！大学弟！"

冯天俊双手并拢，做了个喇叭，将声音猛地吹了出去："哥，你干啥呢？"

冯维聪："你来得正好！你回去叫爹、妈来，我要飞了，我研究出了飞碟！"

"飞碟？哥哥研究出了飞碟？"冯天俊十分的疑惑。

冯维聪说："你快点呀，不然我就要飞了！"

冯天俊说："你千万别往下跳，你要什么我们都答应你！"

冯维聪说："我不是跳，我是飞……不过我先不急着飞，我等爹妈来。"

不一会儿，爹、妈都赶来了。妈一看，脸都吓白了。这么高的瓦房，从上面掉下来，不摔成肉饼才怪！她一扑爬跪在地上，哭道："冯维聪！我爹！我给你磕头了！我求你别做这样怕人的事！"

冯维聪说："不会不会，我是创造发明，我飞了噢！"

妈说："你不要跳，从楼梯上下来！"

冯维聪说："那怎么可能，你是看不起我的发明了！"

冯维聪不是跳，是将大竹簸箕放平，人往里站，往前一挪,也没有看清是怎么回事,村里人的眼里一团东西就往下落,大家都吓得闭上了眼。接着就是声嘶力竭的惨叫。

冯天俊睁开眼一看,教室前边掉下那个哥哥从家里带来的簸箕,簸箕在场院里打了几个转儿,停了下来。而冯维聪,却没有见,地上没有,簸箕里也没有。大伙儿正找的时候,头上传来了令人恐怖的叫喊。抬头一看,冯维聪被挂在高高的白杨树枝上,怪物样的,哇哇大叫,树枝给他坠得吱嘎作响,很快就要断了。

冯天俊说:"冯维聪,你不要动了!再动会跌死你!"

冯维聪不再动。村里人乱作一团,大伙抱了一大堆谷草放在树下。爹蹲了个马步,伸出两手,铁锨一样摊开接着,说:"跳!"

冯维聪不跳。

妈喊:"你跳呀,下面都有草了,你爹也正接着你的!"

冯维聪还是不跳。

冯天俊说:"哥,你跳,有爹接着,你怕啥?"

冯维聪还是不跳。

冯天俊突然喊:"哥,小心,你手边有蛇!又粗又长,吐着蛇信,爬过来了。"

冯维聪一听,忙将手松开。他呜呜啦啦地叫喊着,像没有张开翅膀的鸟一样飘落下来。

尽管有谷草垫着,有爹接着,冯维聪的腿还是错位了,手臂也脱了臼。因为他自身的重量,因为他的惯性,他在爹双手接住的那一瞬间,身体还是着了地。他脸色惨白,双眼紧闭,口里有气,身上无力,任什么人叫他,他都不答应。

他落了魂了。

一家人在村里人的帮助下,将冯维聪弄回家。太阳落山,爹和妈站在院门口,爹敲一下铜锅,妈就叫一声:"高中儿哪——!回家来了——!莫在阴山背后挨了——!回来穿衣吃饭了——!"

铜锅沉闷,喊声呦呦,哀怨凄楚,让人想哭。

冯维聪睡了三天。

四

"飞碟"试飞没有成功,相反差点要了冯维聪的命,一家人一提起来就打抖,就心有余悸。妈现在是看到高处就头晕,就站不住。冯维聪好像没有事儿一样。在房前屋后看来看去,像在找啥。妈说:"高中儿,有什么东西丢了吗?"冯维聪一脸的木然,小声说:"妈,没有……有。"

赵老师把冯爹、冯妈拉到檐后,悄悄地说:"老弟呀,娃儿这样下去,一时两时是好不了的。"

冯妈抹了一下眼泪说:"他是雪上加霜。那个稻花,写信来给他,说分手的事。"

赵老师说:"他这种情况,是必然的……"

赵老师说:"县里的医院我认得一些人,可以看看……不过,我建议你们到最好的医院,趁他的情况还不是最严重,争取一次就治好。"

冯爹将嘴里的烟锅拿掉，点点头。

夜里，冯爹往村里跑了一圈，借了些钱。第二天一大早，冯爹将冯妈、冯天俊和冯维聪送出了村。相比之下，爹口木，说不出话，就在家里看门。妈的社交能力要好一些，能说会道，就领儿子出门看病。他们徒步进城，坐上了到省城的夜班车。

省城那个大，超过了碓房村背后的崇山幽谷，人落进去，仿佛就没有找到的可能。一下车，冯妈就紧紧拉住冯维聪的手不放，生怕他跑掉。好不容易找到省城的精神病医院，一看，这医院大得几乎超过了酒州城。那楼房高得看不到顶，多得像白杨树林一样，这里一丛，那里一丛。那治病的人和病人的家属们，高的矮的，老的少的，又多又乱。这些人都是些吵吵闹闹、神情怪异的人，都是些面色焦虑、神色疲惫的人。看起来，得这种病的人，还不少呢！

费了很多力，冯天俊才找到挂号的地方。排了好一阵的队，好不容易排到，可专家的号早卖完了，只有普通号。普通的就普通吧，这里的普通号，也应该比酒州最好的医生强吧！冯天俊楼上楼下蹦，找到了所要看的医生，可刚排到，医生下班了，回去吃饭了。

这时，有一个小伙子走过来，凑近冯妈说："要号吗？要专家号吗？"

冯妈眼一亮说："要，当然要啦！你有吗？"

小伙子说："两百六十块一个。"

妈一下愣住，说："这么贵呀！牌子上不是都写着'十六'吗？"

小伙子说:"大婶,这可是我们院里最好的医生,全国闻名,好多外地的都来找他看病。我们去要号也不容易,要找人,要请人吃饭,还要送上两条烟呀什么的。"

冯天俊说:"太贵了,给你五十吧。"

那小伙子转身就走,说:"五十还不够我请专家吃饭呢。兄弟,最低两百,不要拉倒。"

两百当然不能要。

肚子饿了,可谁也不说。挨到受不了的时候,妈领着他们两个,走进医院门口的一家小吃店。冯天俊一看,一个小碗的炒饭也要五块,他突然想起旁边的小巷子里有馒头、包子、烧洋芋卖呢,跑了过去,买了几个馒头、两瓶水。又累又饿,洋芋烧的时间太长,很硬,娘儿三个吃得眼泪直冒。

洋芋还没有吃完,冯维聪就不见了。妈急得哭出声来,娘儿俩一边跑一边喊,一边喊一边问。跑过几个院子,没在。看过诊室门口,没在。跑过广场,没在。看过电梯,没在。冯天俊跑到厕所里,一眼就看到了哥。哥在不停地洗脸,水花浇在他的头发上,汇流成河,流过他的脸、他的脖颈,流到他的衣服里,可他还专心致志,不停地洗,不停地往头上浇水。

冯天俊将他拉出来,他早成了一个落汤鸡。

冯维聪很不愿意地跟着他,边走边说:"兄弟,我的脸还没有洗干净呢!"

妈抱着冯维聪大哭,哭得天昏地黑,不知所以。

一个中年妇女走过来,叹口气说:"造孽哪,这孩子年纪轻轻的……是哪里人哪?"

冯天俊说:"是酒州的。"

那妇女挠着脑袋想了想说:"哦,想起来了,很偏远的。"因为那妇女的打岔,冯妈止住了哭。

妇女说:"我给你说呀,这医院太黑了,看病难,那专家,你根本就见不到。他们的号,早三天就给票贩子拿走了。我儿子……"

妇女回头,她一招手,一个二十岁左右的小伙子大步走过来。她说:"我儿子呀,一年前谈了个女朋友,吹了,儿子就出问题啦,整天打人骂人,大小便失禁……"

妇女伸手摸摸儿子的头:"你看,这不就好啦!叫婶!"那孩子笑笑地弯了一下腰,叫道:"婶!"

妈急迫地说:"你是怎么治的,找哪个医生?"

妇女回头看了看,没有人注意他们。妇女才说:"当时我来的时候,也像你们这样,根本就没有人给我引导,走了很多弯路,花掉很多冤枉钱,那些所谓的专家也找到了,可治了很久,一点作用也没有……我是领他在一家中西医结合医院看的,现在是领他去复查,再拿点药巩固一下。明年接着考大学。"

看到妈很在乎。她说:"如果你去,我给你写个纸条儿。"妇女说着,拿出纸笔,刷刷刷地将那地址、医生名字、科室名称、电话号码都写给妈。又说:"那专家是一、三、五上班,今天刚好周五。如果今天不去,就只能下周了。"

妈一边感谢那妇女,一边拉着冯维聪说:"我们现在就去。"

娘儿仨打了辆摩的,三拐两转,在一个巷子里找到了那家医院。一下车,就有护士十分客气地迎了上来,将他们领到诊室门口。不一会儿，里面就让进去。那穿白大褂、戴厚厚眼镜的老大夫，看了看冯维聪的眼皮，掐了一下脉，看看舌苔，提起笔就给他开了三个疗程的药。

冯天俊拿到收费窗口一算，药钱是四千六百三十八块。冯天俊咂了咂舌头，跑回去给妈说了。妈犹豫了一下。那看病的大夫说："随便吧，我看这孩子心绪紊乱，病入膏肓，要是再拖延，以后再来，就难治了。"

妈一咬牙，说："买。"

冯天俊扛着那一大口袋药，娘儿仨第二天下午就回到了碓房村。一进屋，妈就洗尽药罐，把药给煨上了。

爹看到他们才三天时间就回来，心里也高兴着。他分析，如果是大病重病，那得治多久，天也说不清。回来得早，说明病情不重嘛。

赵老师赶来，听他们说了治病的经过，打开他们带回来的中药，一味一味地数着看。末了，赵老师沉默住了，他说："你们遇上医托了。"

药倒进碗，端到冯维聪手里。冯天俊说："这药，还喝不喝呀？"

爹脸一板，说："喝！"

五

几个疗程过去，那中药并没有让冯维聪的病好起来，当然也没有吃出什么问题。下了两场雪，过了一个年，春风将桃花吹得红一阵白一阵的时候，冯维聪的病又犯了。有时糟糕到整天在村里闲游浪荡，唱一阵，哭一阵。有时则见到读书的孩子就去追，拿他们的书包翻来看，吓得孩子们一见他就四处奔逃。冯爹没有办法，只好用一根拴狗的铁链将他束在黑乎乎的屋子里。

村里人都明白，他这是又犯病了。赵老师对冯爹说："兄弟呀，我看还得上医院，上次没有断根。"爹点点头，算是同意。赵老师就急忙找熟人联系城里的医生。过了几天，城里回话，说联系上专家了，让领病人去。

放下手中的活，冯爹和冯妈将儿子送进市里的精神病医院。因为是赵老师的熟人联系的，也请赵老师跟着一起去。医生给冯维聪做了血液、心电图、X线、超声波、脑电图、CT、核磁一系列的全面的检查。一大摞检查结果出来，冯维聪坐进了医生诊断室。

这老医生，据说是很有名的，在治疗精神病方面，很有办法。奇怪的是，在这个老医生面前，冯维聪居然清醒很多，他回头对爹、妈和赵老师说："你们出去吧，我会给医生说。"

冯妈说："有什么不好说的，让我们也听听。"

冯维聪说："你出去！"

冯维聪的态度很硬，他们只好出来。他们缩在门外的长椅上，捧着头，神情惶惶，忐忑不安。天呀，真不知道这冯维聪心里有些什么。不知道是什么在他的心里作怪。他们张起耳朵，小心地听着屋子里的每一句话。

诊室里，老医生和颜悦色，笑笑地看着冯维聪。这个老医生有七十以上了吧，头发白了，胡须剃得干干净净。

老医生说："孩子，心里有些啥，就说给我听听。"

冯维聪不知道怎么说。

老医生说："想怎么说就怎么说……噢，告诉你，我小的时候，像你这样大的时候，整天就只知道玩，在村东爬树，在村西的泥塘里游泳……"

冯维聪："那，不上课吗？"

老医生说："上呀，但我们那个时候，课程不重，除了上课，我们就往田野里跑。春天就弄根棍子，掏蛐蛐儿……"

冯维聪说："羽翅金黄色的那种蛐蛐儿是最厉害的。"

老医生脸上笑起了皱纹，说："就是就是，谁要是有了那种蛐蛐儿，那他就算是我们村的孩子王。"

冯维聪说："我也当过孩子王，不过不是斗蛐蛐儿，而是割草比赛。"

老医生说："你是实用主义……我们还从塑料厂里弄根橡皮来，自己弄个木杈绑了，就可以打鸟。我打鸟，可是班里的高手。"

"我喜欢冬天在雪地里，用个笼子捕鸟，一次可以捕十几只呢！"冯维聪说，"它们喜欢吃谷，冬天下雪了，没有吃的，它们就往村里钻……"

"就是就是。"老医生高兴了，站了起来。他说："可是雪地里捕的鸟，麻雀居多，很瘦，就是个骨头架子，它们的肚子里基本没有食物……"

冯维聪："我捕鸟，其实就是玩玩，不吃它的。天晴了，雪化了，原野上有吃的了，我就放了它们。"

"就是就是。"老医生说。

屋子里的声音时大时小，大的时候，屋外的几个人都听得到。声音小的时候，他们就不知道里面在说些什么了。不过从断断续续的话语里，他们听到的，却和治病没有多大关系。

这个老医生，都在说些什么呀！

现在老医生的话题转了，他说："小伙子，说说你的理想。"

冯维聪说："我觉得人生很重要的事就是飞起来。"

老医生说："飞起来干什么？"

冯维聪说："好离开这里。"

老医生说："是不是有什么不舒服？"

冯维聪说："他们整天喋喋不休，烦。"

老医生说："怎么个烦？"

冯维聪低头不语。

老医生说："说说你的具体感受。"

冯维聪说："你不知道啊，那些语言、那些字，一个一个地钻进我的嘴里，像铁豆，被我咬得嘎扎响。"

老医生说："那你就咬它，吃掉，就什么也没有了。"

冯维聪说："太硬了，硌牙。有时候的感觉像是牙都碎了，那些字却还在。"

老医生说："那就不要吃它。"

冯维聪说："不行的，它会死死粘在我的牙上，怎么刷牙都刷不掉。我用了好多的牙膏，如冷酸灵、云南白药、黑人、盐白……有时还用碱粉，还用刀刮。"

老医生说:"从什么时候开始的?"

冯维聪说:"考试的时候,有一次考什么试,我都忘记了,一拿起试卷,就感觉到不对。那些字呀,披盔戴甲,手握大刀、长矛,尖利无比,朝我奔来……"

老医生点头:"嗯。"

冯维聪说:"我手一挥,那些房屋、那些高大的建筑,就会粘在我的手上,随着我走。还有庄稼、树木,甚至天上的云。"

老医生说:"你挥给我看。看房屋会不会粘,会不会动?"

冯维聪挥手,房屋在他的视觉里晃了一下,不再动了。他又挥手,还是没有动。他再挥手,还是没有动。

老医生说:"粘到了吗?"

冯维聪说:"暂时没有。"

老医生说:"不是暂时,是根本就不会。你想着不会就不会。"

医生指着桌上的一本书说:"这些文字,你吃给我看。"

冯维聪嚼了两下,嘴里却什么也没有。

医生说:"很多不快,其实是自找的。心里有,自然就有,心里没有,自然就没有……你知道你为什么要上我这里来吗?"

冯维聪说:"我病了。我妈说我病得很厉害。"

老医生说:"没有没有,只是一点点心里的不愉快。你知道的,任何一个人,生活在这个世界上,都会受到不同程度的病毒感染的,承受不同的不愉快。"

冯维聪说:"我受到病毒的感染了。"

老医生说:"没有什么大不了的,小问题。不过,你的恢复需要一段时间。按时吃我的药,你就会好的。"

医生说:"回去后,你想干啥就干啥。开心点。"

冯维聪说:"可以不读书吗?可以不高考吗?"

医生说:"当然可以,身体好了后,什么都可以做的,你是这个社会的一分子,你对这个社会会贡献很多……不过现在不要想这些。"

冯维聪弯下腰,捧着头说:"是……"

老医生让冯维聪出去,让几个大人都进来,说这孩子得的是精神分裂症,还伴些忧郁症。程度较深,治疗起来很麻烦,互相配合,可能也要三至五年。妈哭了起来。妈还指望他好了,继续读书,考试,读大学。看来这些都是梦,是泡影了。

妈又抱有一丝幻想,她说:"会不会拖一下就好了,哪有这么复杂的!"

赵老师不同意,说:"有病一定要治,而且要趁早。这个时候,不要把钱当钱看,当作纸看,治好儿子才是天大的事,比钱重要多了。"

妈和爹商量了一下,按照医生的安排,让儿子留下来,在医院里观察一个星期。如果严重,就继续治。如果不严重,就回家慢慢治。

奇怪的是,这一个星期里,冯维聪不吵不闹,不打不骂。

妈说:"还是回去吧。"

爹说:"回。"

他们让医生开了一些药,领着冯维聪回到了碓房村。

六

冯维聪的梦想又开始了,现在,他开始研制飞机。麻栗木做翅膀和架子,发动机烧的是柴油,一点火,就声嘶力竭,满地黑烟。赵老师让他换成汽油的,他不换,他说:"烧柴油的力气大。"

两个多月后,冯维聪的飞机制造完毕。他让冯天俊帮助他将飞机弄到村子里的场院里,然后提一个破铜锅,用一根木槌一边走一边敲一边喊:"快来看飞机!快来看飞机!"那阵子正是寒假,在外打工的大人、在外读书的孩子全都回来了。大伙一听,真是稀奇,就都涌到了场院里。

看来人气还挺旺的。

冯维聪头戴赵老师递过来的摩托头盔,从容地坐上飞机。在噼噼啪啪的掌声中,冯维聪点火发动,飞机沿着场院的边上走动,也就十多米,飞机打了个嗝,颤抖了几下,就停下来不动了。

冯维聪再次点火,飞机一点声音都没有,一点想飞的样子都没有。

是没有油了吗?

冯维聪检查了一下,油还有至少五升。

是火花塞给堵住了吗?

赵老师拔下又吹又擦，还是不行。

是发动机坏了吗？冯维聪觉得这可是个大问题，一时解决不了的。

大伙儿一阵哄笑，冯天俊觉得受不了。

赵老师忙跳到高高的谷草堆顶上，冲着大伙儿叫道："有什么好笑的！大伙儿听着，任何发明创造都不是一帆风顺的。当年的达·芬奇、诺贝尔、爱迪生、伊戈尔·伊万诺维奇·西科斯基……最早不都是这样的吗！大家不要小瞧高中儿，他可是一个有思想的人，这次飞不起来，不等于不成功，请大家耐心等待……"

五天以后，冯维聪的飞机再一次起飞。马达轰鸣，螺旋桨开始旋转，一股黑烟过后，飞机摇摇晃晃，离开地面，穿过白杨树梢，在空中盘旋。冯维聪先是一阵紧张，再是一阵兴奋。他大叫："我终于飞起来了！我终于飞起来了！"

场院上一阵欢呼接着一阵，其中，赵老师的声音最大："我早就说过，高中儿了不起！高中儿真行！高中儿会成功的！"

脚下的人小了，谷草堆小了，树矮了，房屋都小了。那些庄稼地、那些田畴，像一块块手巾一样丢在那儿。冯维聪从没有这样全景式地看到过碓房村。飞翔的梦想终于实现，他激动得浑身发抖，以至于好几次都几乎握不住方向杆。

上面是蓝蓝的天空和朵朵白云，脚下是严冬季节里的荒凉稻田，也许更高一点，他将会看到更为美丽的图画，感觉会更特别。他努力试了两次，想再往上飞，但却不行，冯维聪便平稳着向前滑行。冯维聪想：我从来没有这样开心过，我从来没有这样飞翔过,原来我们的村庄这样小,原来我自己是个井底之蛙……

飞翔好呀,飞得越高越好,飞得越远越好……

不知道飞了多长时间,也不知道是飞到了什么地方,冯维聪看了看油压表,里面的油已经不多了。冯维聪想着要将飞机飞回去,可是方向杆失灵了,他急着想停下来,可是这个时候,他却不知道如何降下。松掉方向杆,不行。松掉油门,也不起作用。当时研究飞的时候,总想着是要让它飞起来,飞得越远越好,飞得越高越好,就没有想到如何降下来……

当时就没有想到要如何降下来。

降不下来了,怎么办呢?

降不下来也好,能到哪儿就到哪儿吧……

天空、云朵、阳光、特别冷的风……冯维聪管不了这么多了,他醉了,醉得很到位。曾经有一年,家里请人插秧,爹从镇上打了几斤苞谷酒回来,一院子的人喝得满面红光,一个院子都在吵吵闹闹。本来,大伙儿都在生活的重压下沉默寡言,是酒点燃了他们的激情,是酒为他们的生活增光添彩。冯维聪知道了,酒是好东西,就趁大人不注意,悄悄地舀了一土碗寡酒,坐在谷草垛上喝。那酒先是苦,再是辣,后来却是香的。到了月色如霜的时候,冯维聪已经醉得不省人事。

醉酒的感觉挺好,不知不觉就睡过去,不知不觉地回醒过来。还可以忘记劳累,忘记忧伤,忘记钱,忘记考试呀什么的。现在,冯维聪居然有了酒醉的感觉。他闭上眼,抱紧头,醉着醉着,就什么都不知道了。

也不知道是什么时候,冯维聪才醒过来。做了些什么,经历了些什么,他一概不知。看着床前的爹、妈、冯天俊、赵老师,他摇摇头,说:"你们,是什么意思?我是不是又犯病了?"

冯维聪那天是把飞机开到了另外一个乡镇的山头,油已经烧尽,飞机跌落在一片苦荞地里。好在冯维聪除了因震动而昏迷外,并没有受太多的伤。

过了两天,冯维聪摇摇晃晃走出医院大门,回到碓房村。村子里的人一脸惊讶。大伙都以为这个"疯子"早就永远离开了碓房村,想不到他居然连走路都不要人搀扶。

七

冯维聪的思维转变得很快,好像是在密路丛生的大地上走路,走着走着,突然拐向了另外一条道。不过那样的道路,在碓房村只有他一个人能走。现在他想干啥就干啥,家里根本就不干涉他,村里的人对他敬而远之。现在,他又研究机器人了。赵老师直言不讳地问:"在你的飞机还需要改进的关键时候,你却改做机器人,打一枪换一个地方,行吗?"

冯维聪说:"我想让现实和理想同步。"

他说得就是怪,你根本弄不清他的真实想法。

冯维聪曾设计过第一个机器人,小小的,中学生画图的圆规那么大。嘿，你别说，真的是圆规的材料做成的。那个机器人，手脚是僵的，但是它会唱歌。它唱歌的原理，是冯维聪用铅笔在纸片上涂成长短不一的条儿，做成半导体。机器人动一下，触到了半导体的键上，音乐就响起来。他精心设计了，让机器人唱的歌是"幸福的花儿心中开放，爱情的歌儿随风飘荡，我们的心儿飞向远方，憧憬那美好的革命理想……"那声音有点电子琴的感觉，但更像是鸭子在叫。冯维聪决定把它送给稻花。那个小人儿，他给它取了个名：冯老大。

冯维聪研究第二个机器人，他的做法依旧是就地取材。其实并不是机器人，而仅仅是个木头人，是粗糙的木头人。他先是将檐后堆着的风干了的白杨树、山榉子树锯断，将表皮刨光，在关节处打眼，上螺钉，装上一个头。木头人的脸是用硬纸壳画的，一片红一片绿，眼睛小小，嘴角往上挑，嘻嘻笑。木头人的头上，冯维聪则给他戴上爹的硬壳毡帽。

冯维聪用一根木棒在后面推着，满村子吆喝：

"冯老二！我儿子冯老二！"

那木头人咯吱咯吱地，并不是很配合，常常是要跌倒了，冯维聪又将它扶起。

满村子人都惊慌了起来："冯维聪疯病又发了！冯维聪真的疯掉了！"

冯维聪说："这是冯老二！我儿子冯老二！"

有人说："那是啥机器人！不过是驱鬼的纸人！是吓雀的稻草人！"

赵老师走在从乡教办回家的路上，心情正郁闷。前几天给稻田施肥，赵老师在街上赊了两包化肥，每包八十块钱，两包一百六十块钱。可他一个月的工资才七十八块钱。今天这钱虽到手，但这点钱实在解决不了什么问题，心里硬是难过。是呀，钱不够用，心里还不平衡。现在，刚到学校工作的小嫩苔苔都发二百多块钱的工资了。

他刚走进入村的小路，就听到鼎沸的人声。赵老师从那些繁乱的声音里听到了冯维聪的名字。这个冯维聪，又咋个了？

赵老师快速穿过一片杨树林，就见冯维聪推着"机器人"在前面走。冯维聪一边走，一边叫道："冯老二，我儿子冯老二。"

赵老师叫道："高中儿，高中儿，你等等我！"冯维聪别人的话他听不到，但赵老师的话他听到了。他回过头来看了看，停住，笑了。赵老师看到冯维聪笑时露出的一口白牙和浅浅的酒窝，眼眶潮了一下。

赵老师说："让我看看你的发明。"

赵老师围着那木头人转了一圈，又从冯维聪手里接过来试试。赵老师说："不错不错，比例适当，关节也算活套。"他伸手在冯维聪渐宽渐厚的肩上拍了两下说："发明家，了不起，你长大了！"冯维聪说："赵老师，你看出它的优点了吗？"赵老师说："看到了，看到了。"冯维聪说："他还有些什么缺点？你给我说说。"赵老师并没有直接回答他的话，只是说："蛮不错的，我陪你走走。"

这样，前边是木头人，后面是冯维聪，再就是赵老师。赵老师边走边喊："大家都来看看，冯维聪的新发明！冯维聪的新发明!"

沿着村子里的小路走了两圈,估计大伙儿都看到了。赵老师说:"我们回家,好好商量,把它改进,代替我们做事。"

冯维聪说:"人类太孤独了,我们需要伙伴。"

赵老师说:"是的是的,我们常常觉得孤独。"

八

冯维聪是赵老师看着长大的。冯维聪小的时候就与众不同,看到什么都好奇,都要刨根问底,他会在一些别人司空见惯的现象上想问题。和其他孩子不一样的是,他还特别儒雅,特别懂事,不骂人,不和孩子们打架,见人就笑笑的,很有亲和力。这样的孩子,如果落在条件好一点的人家,他会很出色,很有前途。当然,就在碓房村也不错,在冯家也不错。但想不到的是,这孩子在即将成材的时候,出问题了。

冯维聪出事了,至少在别人眼里是出事了,出大事了。但他觉得这不是孩子的问题,有问题的是别人,是……往深处想,他也犯了糊涂,只好就此打住。现在,他和冯维聪肩并肩,一步一步向学校走去。

冯维聪的研究技术逐步有了进展。他现在要做一个会干活的机器人,代替父亲在田里劳动,最简单的是可以吓走麻雀。每到秋天,田里的谷子成熟,麻雀平日里躲在白杨树林里吃虫子、吃坚果、吃草籽,现在它们就一群群地扑出来,叽叽喳喳地吃个没完，谷穗给它们啄得乱七八糟。一片一片的稻谷遭损，碓房村人的心疼得不得了。碓房村的防御办法就是在田里放火炮，用声音吓；或者甩炮石，用石头打；再就是插上个稻草人，给它穿上红红绿绿的衣服，戴个大大的草帽，装成人的样子。但这些方法都不奏效。原因是谁有那么多火炮来放啊？那可是一笔不小的钱。也不可能有谁能够整天不停地往田里扔石头，那明年的田里都堆满了石头，咋种哪？再就是稻草人是草人，不会动。而麻雀，是鸟类中较聪明的那一种，一次、两次会怕，三次、四次就会让它识破的，吓不了的。甚至它们胆子会越来越大，觉得人类不过如此，居然连动都不会动一下，稻草人相反成了它们歇凉歇脚、谈情说爱的地方。

在香喷喷的稻谷面前，麻雀会不顾一切的。

冯维聪用白杨树枝做主干，装上人头、手臂，穿上衣服。这不见得有多稀奇，稀奇的是他在稻草人的身体内部装上一个扩音器。鸟儿一歇在上面，踩到触点，机器人就全身抖动，像筛糠簸米那样动，同时还发出令人恐怖的怒吼。

这样的机器人就厉害多了，这个机器人开始使用时，居然有几只麻雀吓昏掉在了田里。

冯维聪做第二十个机器人，用纸片画了一个人的形状，关节部位用大头针当轴串上，然后拿手搬动它，用手来模仿各种动作。为了让它能不断地运动，冯维聪就用电动机来驱动，让它动起来。

电动机让它动了。可是，它只能迈步，抬不了腿。电源打开了，它的两只腿就在地上蹭，相互抵消了力，走不了。这个问题很是让冯维聪苦恼。在赵老师的启发下，他在机器人后面加了一个类似钟摆的轴，轴上带一个铁块，解决了重心问题。这个机器人便可以抬腿，可以迈步了。

冯维聪高兴得不得了。

冯维聪给他取名：冯二十。这个冯二十，会给人敬礼、点烟、献花，甚至还会给人捶背。不过那捶背的力量，轻一下，重一下，方向上左一下，右一下，常常给冯维聪骨头打得生疼。

他皱着眉头笑，那样子虽难看，但很开心。

赵老师看到冯维聪满院的废铁巴，和他那一排或大或小、神态各异、笨拙而又可爱的机器人儿子，乐得喘不过气来。

"冯二十?"赵老师哈哈大笑。

赵老师说："我看你呀，有了儿子，可心情还是不好。"

冯维聪说："怎么会不好?"

赵老师说："你的眉头是皱着的，不舒展。"

赵老师说："你心里，还有一个人。"

冯维聪全身抖动了一下，脸有些苍白。他颓然坐在地上，佝着头，朝赵老师摇了摇头说："你别说了，行不?"

赵老师说："我知道你的心病，你病得不轻。前不久我和冯天俊坐了一晚上，谈了你的事。其实，你身体好得多了，但心里的病却有增无减。"

冯维聪说："你不要再说了!"

赵老师说："你这个人，是讳疾忌医。我晓得，你心里还有那个人，那个女人……我劝你尽量忘记她。"

冯维聪说："这不可能！"

九

几年的时光过去了，院门前的白杨树几经枯荣，又高又壮。稻花自考取青华大学后，就再也没有回到杨树村。她曾将此前冯家给她的钱、各种物品折算成的价钱，加倍还了回来，表示两清。而冯天俊也参加了十次以上的高考。冯天俊没有进大学，不是他没有考上，是他发誓要考青华大学。到了他实现梦想的那一天，他将开着宝马，最好是悍马回到碓房村，接上父母，特别是哥哥冯维聪，在村里走上十圈八圈，再到北京过过别人所没有的生活。但这种赌气式的考试并没有让他如愿以偿，他就一次又一次地放弃，再一次又一次地梦想。

冯维聪的冯二十一刚具雏形，他就给它穿上女人的衣裤鞋袜，给它的头上披了长长的头发。这冯二十一的面部，是一张碓房村人人都熟悉的脸。这是一张稻花的脸。稻花眉清目秀，两眼含春。这是冯维聪扫描了稻花的照片还原出来的面孔。

这冯二十一一出来，吓坏了冯家全家，冯维聪的病，是越来越重了。这几年来，给冯维聪治病，冯家可算是呕心沥血，全力以赴，不遗余力。西药治不好，就用中药、用民间的偏方。从碓房村到杨树村，再到酒州城，再到省城，从最小的医院到最大的医院，冯维聪都去过了；从最小的郎中到最有名的医学专家，冯维聪都见过了。冯维聪的药罐，熬掉了冯家无以计数的钱。

冯维聪整天神经兮兮的样子，令爹心里火。爹听有人说，这种病大多是闲出来的，仔细一想，还有些道理：谁会看到一个劳动者，一个整天匆匆忙忙的人会得这样的病？爹由此推断，冯维聪得的是懒病，就给了他一把锄，每天早上天刚蒙蒙亮，就把他催醒："起，起！起！"冯维聪一翻身，咕噜一下爬起来，揉着惺忪的眼，磕磕绊绊，跟着爹走。

冯维聪从这个时候起，由一个读书人变成一个地道的庄稼汉。他承担起了家里种谷、栽树、喂猪、舂房等一切农活。

冯维聪有的是力气，干得不错。冯维聪对着猪笑，和猪说话，很亲切。猪见他手里没有猪草，不理他，他就掀起猪的长耳朵，对着猪耳朵心子大吼。猪吓得突然站起来，他就很开心。有时，他的嘴和猪的嘴碰在了一起，有时，他干脆骑在猪的背上，任猪奔跑，累得猪呼呼直喘气。

走在路上，他感觉到那些树叶会飞来粘在他身上。那些鸟啼声一摞一摞飞进他的耳朵里。在家里，他在灶台上炒着菜，爹和妈说了些话。冯维聪就说："爹，你们的话，一字一字地，都给我炒进菜里了，炒得不是很熟，小心硌牙！"

妈说："高中儿，那菜是啥味道？"

冯维聪说："有些是脆的，有些是硬的，有些是嫩的。"

妈问他："香不香呀？"

冯维聪说:"有的香,有的甜,有的很臭。"

妈问:"那啥时候香?啥时候臭?"

冯维聪说:"你们心情不好的时候,就臭。刚才说话的时候,就甜。但大多时候没有味道。"

妈回头对爹说:"儿子虽然有些小病,可他比任何人都清醒!"

在冯维聪的发明过程中,父母不理解他,村里人嘲笑他,他心如刀绞。虽然爹、妈不说他,但他心里清楚,妈是可怜他,同情他,是慈母本身固有的那一种态度。而爹,严厉得像是一块木头,即使春天来了,连芽也不会冒出一叶。冯天俊比冯维聪小,精明,但这些年的高考,已经让他过早成熟,说出一句话来,和四十岁以上的人差不多,和他也没有啥共同语言。

更为麻烦的是,冯天俊没有考上青华大学,失踪了,找不到了。冯家找了几个月,也没有他的一点踪影。这个血气方刚的兄弟,真不知道会折腾出个啥来。眼下真是活不见人,死不见尸,让冯妈哭了不知多少回。有人说他去深圳打工了,有人说他直接去了青华当旁听生,也有人说他在沿海城市辗转,挣了不少钱,但人却骨瘦如柴,很快变成药渣……没有依据,所有的传闻都不足为信。

在冯维聪的生活里,还有一个人,和他息息相关。和这个人在一起的时候,就是一句话、一个眼神,或者是一个动作,他都觉得熨帖,觉得踏实,觉得是一股暖流。这个人就是赵老师。赵老师比他大好多,他们是隔着一个年龄代沟的两代人，但他却觉得他们很近。

冯维聪的衣袋里，藏着一个东西，那是他的秘密，也是他的最爱。

那是一张照片，是稻花的照片，黑白的。当年稻花和冯氏兄弟俩一样，没有钱花，也舍不得花钱，照相对于她来说，同样是一件奢侈的事。稻花高中毕业，禁不住相馆里的人的劝说，才在学校的水池边留了一个影。那一次摄影师收了一块二角钱，洗了两张照片，稻花送了一张给班主任，一张自己留着。冯维聪看到了，问她要。

稻花说："你还要呀？你不是天天都能见到我的吗？"

冯维聪说："各是各，看照片有看照片的感觉。"

冯维聪得到了照片，好像比得到了真人还高兴，整天嘴角往上翘，牙齿外露。常常在一个人的时候，拿出来看。看着看着，就笑了。

稻花是和他冯维聪连在一起的人，抓心的那种，但又隔得很开的那种。想别人是暂时的，想稻花却是长久的，像是一根线扯着，偶尔一提，心就会疼。稻花走了，他偶尔从发明里抬起头来的时候，一下子觉得空虚，一下子觉得生活差了一样东西。摸摸头，头还在。摸摸手，手还在。跺跺脚，脚也还在。摸摸胸，很空。原来是心不在了。

小时候，村里人一看到他和稻花在一起，就拿他们俩取笑，说他们小两口如何如何。那时他心里很烦，很恼火，恨说话的人。现在他长大了，成人了，稻花不在了，也没有人说他们的事了，他倒难受得很，他恨不得有人来说说他们。

现在，冯维聪看稻花照片的次数更多了，时间更长。白天看,夜里还看,醒时看,睡着了还看。他不知道她现在在哪里,不知道她的情况是啥,好几年了,她没有给他写过一封信,哪怕是只言片语。

现在,他又开始看照片了。黑白的照片上面的那个人,头上扎着马尾巴辫子,刘海掩过了一点额头,脸白而略显长,瓜子型,薄薄的嘴唇,轻轻地抿住了。一双眼笑眯眯地看着他,像是在说什么,又像是什么也没有说。胸脯有点鼓,将白色的衬衣顶起了一点点。

这个人在和他说话了,很小声,很温柔,像是有风轻轻吹过河面,又像是夏末的稻谷扬花时飘出的一丝儿芳香。冯维聪就去牵她的手,她让开,一甩辫子转过身去了。冯维聪就追,跑趟子是他的强项,他的步子密得像雨点,能带起风。小时候他常常追她,她跑不过了,就一跤跌进谷草堆里,他也跟着一跤跌了进去。可现在他就是追不上她,他叫,她不理。他喊,她不应。眼看快要抓住了,她柳枝一样的腰轻轻一摆,他挥出的手就只握了个空。

他坐下来哭。他感觉自己已经多年没有哭过了,现在哭,哭得山摇地动,哭得风飘雨摇。哭一哭,闷闷的胸里、心里居然轻松多了,好过多了。

没有捉到稻花,却听到稻花说:"要追上我,要读书,要高考。"

听到"高考"两个字,冯维聪的心里一激灵,居然就醒了。

原来他做了一个梦,一个隔世的梦。爱在他的心里最疼的地方扎了一针,让他辗转反侧。

十

冯维聪从没有停止过对于自己梦想的追求。眼下,他做的机器人已经做到第二十二个了。可材料差得太多了。这天,冯维聪跟在赵老师的屁股后头,来到了酒州城里。

赵老师找到电脑经销商,这老板曾经是赵老师的学生。老板大笑,说:"你真了不起,虽然是个农民,但你的想象超出了很多搞研发的人。"赵老师要求老板支持一下冯维聪。老板说:"我只卖电脑,不搞研发。"赵老师说:"这个研发有很重要的意义。"

老板笑笑,对冯维聪说:"你会电脑吗?会组装程序吗?"

冯维聪说:"……不……不会。"

老板说:"连电脑程序都不会装,搞什么研发?电脑只是机器人的一部分。"

"高中儿是个聪明人……不,是个天才。一个月,如果一个月他都整不会这个,我的'赵'字,倒过来写。"赵老师显然有些生气。

老板吓了一跳,连忙说:"老师,既然你都这样说了,我还有啥话说,我支持就是,我给你一台电脑。"

赵老师说:"新的还是旧的?"

老板犹豫了一下,说:"新……新的。"

赵老师笑了，说："不过我不要你的新的，我只要你的旧的，三台。"

老板说："赵老师，你咋说都得，我照办就是。"

赵老师说："你帮助帮助他，你生意会更好的。"

冯维聪将三台旧电脑弄回家，整天就佝在电脑面前。半年后，他的考试机器人出来了。他只消对着机器人说"王维"，机器人就会一板一眼地将王维所有入选教材的诗歌都背出来。只要说"硫酸"，机器人就会将硫酸的生成、分子式和与其他物质发生反应的全部式子都说出来。只要说"作文：生命中最难忘的一件事"，机器人就会说出这个标题下的三篇不错的作文。赵老师很高兴，在充分体验了冯维聪制造的机器人的智慧后，拍拍冯维聪的肩说："我们碓房村真了不起，出的人才是一拨又一拨，又一颗耀眼的星星升起。"

"不过，"赵老师说，"你这个机器人，只会说，不会写字，还不够。"

冯维聪拍拍脑袋说："是了是了，怎么我就忘记了呢！"

赵老师说："想想吧，这才是最关键的。"

冯维聪再一次进入了艰苦的探索，两个月过去，机器人可以写字了。也恰巧到了高考报名的时间，冯维聪就请赵老师把冯天俊的名报了。冯维聪就决定让这个会考试的机器人代替冯天俊考一回。他把冯天俊的衣裤鞋子给机器人穿上，给机器人头上戴了低低的帽子，眼镜也用上了。冯维聪转着看了两圈，拍拍机器人的肩膀说："听我的话，争取考上青华！"

机器人晃了晃身子，像是答应了的样子。

爹看了，脸垮下来，不说一句话。

高考那天，赵老师借来一辆手扶拖拉机，天不亮就将机器人"冯天俊"抬上车，轰隆隆就往城里开。冯维聪那个高兴，嘴都合不拢，那个得意，可不得了。

拖拉机开到城里，天正亮，考试时间也差不多了。赵老师和冯维聪远远地看到了考试的学校。四周有三三两两的考生在往学校走去。赵老师停下车，和冯维聪一起将机器人"冯天俊"搬下车，一个一边夹着往学校里走。高考特殊，看门的都是警察。警察一看，觉得有点不正常，就伸手拦住说："咋回事？请拿出准考证。"冯维聪说："我弟弟冯天俊，他有些感冒，让我们送来。"说着递过准考证去。警察一边看准考证，一边伸手推了推"冯天俊"的帽子，想看看脸。不想一看，当即大惊失色。警察一边阻止他们再往里走，一边对着对讲机大叫。才一分钟，冯维聪、"冯天俊"的周围站满了警察，一个个如临大敌，严阵以待。而那一瞬间，赵老师见势不妙，早逃出人群，躲进了附近的小巷。

冯维聪被带进了派出所。下面是他们的对话。

警察："姓名？"

冯维聪："我，冯维聪，弟弟，冯天俊。"

警察："家庭住址？"

冯维聪："碓房村。"

警察："身份？"

冯维聪："学生。"

警察："学校？"

冯维聪："青华大学。"

警察惊了一下:"青华大学!为什么回来?"

冯维聪:"搞研究。"

警察:"什么研究?"

冯维聪:"机器人。"

警察:"为什么要做机器人?"

冯维聪:"考试。"

冯维聪越说越离谱。警察联系碓房村,让村里来带人,才知道冯维聪是精神病患者。

"疯子!"那警察一下了跳起来,"怪事!疯子比我们还有本事。"警察在释放冯维聪的时候,说:"你真了不起!你给我制造一个警察,不,一批警察,专门抓坏人,我给你买专利……你会很有钱,你就不必再读什么书,不必整天想着考试的事。"

冯维聪说:"贵得很,怕你买不起。"

警察说:"还看不起我!我买不起,国家买得起,只要对我们国家有益的事,都买得起。"

警察说:"我们国家有实力了,赶超世界先进水平!你又不是不知道!"

赵老师的拖拉机就停在路口,见冯维聪出来,长长出了一口气,说:"上来上来。"冯维聪爬上车。赵老师说:"吓死我了,看起来,你那个发明还是不成熟。"

冯维聪说:"赵老师,你对我的发明,有信心没有呀?"

赵老师说:"怎么没有?"

冯维聪说:"那你为啥要跑?"

赵老师脸烧了一下,说:"毕竟,毕竟我还每月领着国家几十块钱的,我不知道这是不是犯巨大欺诈罪。"

十一

这天,青华大学搞科研的几个人坐飞机,再坐汽车,风尘仆仆地赶到了酒州城,政府接待办的人刚接到这些人,他们的第一句话就是:

"知道冯维聪吗?我们找冯维聪。"

政府接待办费了好多力,才查到碓房村有一个叫冯维聪的人,初步估计,这个冯维聪就是他们要找的人。他们就立即出发,颠颠簸簸来到了碓房村。冯维聪没在家,他们在冯妈的引领下,逐一看了冯维聪的那些发明:潜水艇、第一次飞翔用过的竹簸箕、机器人……特别是机器人,他们从冯老二一直看到冯四十,这些冯维聪在二十多年里的创造发明,各具形态,一个个仿佛有生命的孩子,在他们眼前生动而可爱,闪烁着冯维聪智慧的光芒,他们感动得眼泪都要掉了下来。

他们说:"找的就是他!就是他!"

冯维聪正和赵老师在村后的小山冈上,弄他的飞机。他这一次的飞机得到了前所未有的改进。马达、螺旋桨、机翼都是经过精心打造的。飞机上所有的螺钉都是全新的。一切调试完毕,冯维聪坐在飞机上,掌握着操纵杆,一脸沉着。赵老师坐在副驾驶的位置上,一脸得意。

冯维聪说："一切检查完毕，正常，我开了。"

赵老师挥挥手说："好，启动！"

点火，发动，螺旋桨开始旋转，飞机一阵轰鸣，慢慢升了起来。飞机升到碓房村的上空，草垛、人、房屋、白杨树，一切慢慢变小。眼前的景象变得全面了起来。

冯维聪说："我再一次飞起来了！"

赵老师说："我们都飞起来了。"

那是一个很好的日子，没有风，天上飘着几朵白云，阳光照在飞机上，飞机反射着灼人的金属光泽，让他们俩感觉到很温暖、很真实。他们想把飞机开得更远，开得更高，可他们的努力却实在有限，根本就飞不到自己想要达到的高度。只能将这个略具飞机雏形的东西勉强飞起来，甚至，冯维聪想要将飞机开到云彩的那一个高度，居然也没有实现。冯维聪说他的高度控制系统没有研究好，还有问题。赵老师说："这一次，我们已经达到目的，把问题留在下一次解决吧。"

冯维聪和赵老师没有将飞机飞回碓房村，但他们最终还是安全地停在了碓房村后的小山冈上。刚下飞机，他们眼前一片眩晕。回来的路上，好几个相机对着他们，噼噼啪啪拍了半天，还让冯维聪谈制造飞机的感受和这些年一路走过的历程。

当天，青华大学的那些人给冯维聪留下了五万块钱的劳动所得，将冯维聪的发明全都搬上车拉走。五万块钱，对于冯维聪来说，当然是天文数字。但当那些东西都给搬走的时候，冯维聪一下子觉得心空了起来，奔了过去，将其中那个女人一样的机器人要了回来。

那是他的心爱之物,是他的一个梦,不管是多少钱,他都不能出卖。

十二

半年后的一天,赵老师在报纸上看到了这样一条消息,说一个叫作蔡国强的艺术家,为了探索人类与自然、宇宙的关系,以大自然创造力的来源与转换,举办了一个艺术展览:"蔡国强:农民达·芬奇",使用文化现成物的概念,首次将焦点集中在对广大中国农村民众个体创造力的表现上。他展出的是从全国各地搜集到的农村发明家的各种创造,潜水艇、飞机、机器人、永动机……此次展览的核心工程,主要由一个叫作冯维聪的农村青年完成,颇具影响力。这些作品,已在上海国际博览会上展出。

正在这时,学校传达室里的电话铃声响起。赵老师连忙跑去拿起话筒,喂了一声,那头说:"是赵老师吗?我是冯天俊。"赵老师一下子激动起来:"你狼心狗肺,家里你也不打个招呼就跑了,一去就是几年……"

冯天俊哭着说:"赵老师,我这次还是没有考上青华……"

赵老师说:"你在哪里考?考上哪所学校没有?"

冯天俊说:"我在北方弄了个户口,考取的是华北师范大学。"

赵老师说:"那你打算怎么办?你都考了十多次了。"

冯天俊说:"我都不好意思回家,不好意思给爹妈说,我想去读了,我再也撑不住了。我想以后回来当老师,和你们在一起……"

赵老师心里一疼,他捂着心口,走到办公桌前,拿起茶罐,狠狠砸下。瓷的碎末,落了一地。

门里门外

一

从战场上回来,乌铁丢掉了双脚。日本那些鬼家伙的炮弹威力不小,只听巨蜂般嗡嗡的啸叫,无数炮弹黑乎乎的,群鸦般扑来,瞬间炸开。乌铁小腿以下,都像利刀削萝卜一样,轻而易举地被切走了。当时,乌铁并未感觉到疼,只觉得身体的下半部分突然冰凉,轻飘无比。血流太多,他就此昏厥。当战友背着他,喊爷叫娘地赶往滇军的救护站时,他才在颠簸中醒来。瞬间如巨锥穿心,痛感贯彻骨髓。他满眼黑雾。"遭貌狨了。"乌铁暗自嘀咕。乌蒙山人把恶鬼叫作貌狨。他努力想吐出一泡口水。吐口水相传是老家咒鬼的办法之一。可他舌头未动,却一下子迷糊。无限跌落,无限升腾；无限高，无限矮；无限放大，无限缩小；无限红，又无限黑。身子被撕得粉碎，被反复碾压。破碎的骨头、污脏的血液、弥天的硝烟……反正，那不是人间，是地狱，是地狱中的地狱。

小腿以下，像被恶狼咀嚼，像被蛊蛊钻啃，乌铁仿佛还听到切切嚓嚓的吞咽声。肉体的痛就不说了，对于一个男人来说，痛算不了什么，它会过去，而且也过去了。麻烦的是失去双脚，他就不再健全，不能像一个正常的人，想骑马就骑马，想爬山就爬山，想下云南就下云南，想上四川就上四川。他常常在夜深人静的时候，闭上眼，挽起裤脚，小心翼翼地，一点一点地往下抚摸，试图意外地摸到梆硬的腿颈和硕大的脚掌。意料中的，他摸不到。他摸到的只是两根粗短的肉桩，于是便再次心惊肉跳。

行走受到限制，他要做的事，就只能依靠想象来完成。比如，他披着雨雪霜冻都难以侵入的羊毛披毡，撵着云一样流动的羊群，在高山上无忧无虑地放牧；比如，他骑着枣红马，在金河上自由往返，别人靠坐溜索才能渡过，他只要两腿一夹，胯下的骏马就能跃过略窄的江面；比如，他扛着一包炸药，跑得比风还快，瞬间就将日本兵炸得尸骨全无；比如，他还能够到城外两里远的沙井里挑水，顺便在石隙里摸两条鱼回来，妻子开杏一只鞋还没有绱完，他的鱼汤就上了桌；再比如，他和开杏一起，到布店扯布，到米店打米，到杨树村开杏的娘家，帮助舅子开贵打理满场的谷粒，金色的谷粒雨点一样，洒落得他一头一脸……他想到这些，就觉得很幸福了。

虽然辛苦劳累，但这些梦里没有貔貅。没有貔貅，过的才算是安宁日子。

山岭间居住惯了的乌铁，夜里老是觉得这城里不平静。金河边的人认为矮山多貔貅，居之多死。只要入夜，他就老是听到风声、雨滴声，听到夜鸦尖叫，他就感觉到貔貅来了。貔貅围着他，时左时右，时远时近，时笑时哭，时喜时悲。乌铁想起自己的战友，他们一个个都是在战场上尸骨全无、无家可归的孤魂。和他们相比，乌铁觉得，自己活着回来，好像占了便宜。他心生内疚，满怀歉意。乌铁知道，他们在鬼的世界同样不容易，便偶尔给他们烧些冥纸，泼些水饭，奠半碗酒，说上两句安慰的话。

远处有公鸡长一声短一声地打鸣，近处屋顶的瓦片上有露水滴落，乌铁突然醒了，原因是他又看到那些隔世的人，一脸模糊地找他来了。他就摸索着起床，偷偷地，争取不弄出响动。响动大了，会吵醒开杏的。他起床有事做，搓麻绳。在这个古城里，开杏算得上个人物，她心灵手巧，做的布鞋总有人喜欢。开杏做布鞋卖，纳鞋底就需要很多的麻绳。乌铁脚没有了，手上功夫却厉害，搓麻绳是小菜一碟。他之前不是太懂，搓出来的麻绳粗一段细一段，根本就过不了锥眼。但经开杏一教，没有多久，从他粗大的掌心里出来的绳子，就又细又均匀，让开杏十分省心。

烧了一叠冥纸，泼了半碗冷酒，感觉中，那些隔世的伙伴满意地咂着嘴离开。乌铁挪到堂屋，他摸到墙脚的马铃。那马铃有着枣红马的体温。哦，不，是马老表——他把伴随自己多年的马，叫作马老表。那马铃声还有着金属的响亮。

咣啷咣啷，咣啷咣啷。开杏给惊醒了。开杏说："你多睡一下不行吗？刚有个好梦，都给你弄没了。"乌铁有些歉意，每次他都是偷偷起床的，尽量减少磕碰，可他总是无法避免，弄出了响声。不过有响声好。他记得，据说貔貅怕人间烟火，特别是金属的喧嚷。

事实上，不是他弄醒了开杏，是开杏本来就睡不着。此前开杏似梦非梦，老是感觉门外有人。

女人总比男人敏感。果然，乌铁推门，往外泼洗脸水，突然"啊"地叫了一声。

门槛外，一团比青石板更黑的东西搁在那里，很醒目。战场上吃过亏的人，对这样的东西心有余悸。四下里看去，没有尽头的小巷里，没有一个人影。他一只手举起马灯，另一只手从门后摸出夷刀。刀尖一挑，是一团棉布包袱。

近来，一个姓安的团长带兵驻守古城，他不来则罢，来了倒不平静。隔三岔五，就会闹出一桩怪事来。要就是谁被抓了，要就是谁吊脖子了，要就是哪个商号又得捐款了。那些都和战事有关，但乌铁不知道眼下这东西，和战事是否有关，犹豫了一下，还是小心地凑过去。

天哪，他居然看到一个孩子的脸！不会是貔貅吧！

灯光一晃，孩子"哇"地哭出声来。

那声音太嫩了，没筋没骨，还不像人。

乌铁的心扑通直跳。看看四周，黑暗仿佛更加浓稠，压迫得人喘不过气来。他收回夷刀，放稳马灯，伸手往里摸了摸。鬼没有命，是凉的。而这包袱里，分明有着几分暖和。他将孩子抱起，回屋。开杏已经起来，听到不太正常的声音，她不知道发生了什么。

什么都不重要,这个时候,能抱回的,最好是粮食。看到乌铁抱回的,是个孩子,开杏脸麻了。兵荒马乱,连自己都管不好,还管得了别人?

开杏连忙摆手:"还是不要多事为好。"

乌铁也觉得棘手。但一个嫩鸡儿,扔到门外,不知道还能不能活。这年月到处闹饥荒,据说野狼都已经进城了。说不定这时,吃人的家伙早已潜伏在某个暗处,眼里闪烁着要命的绿光,磨着锋利的牙齿,流着腥味的涎水呢!

"这……"乌铁犹豫着。

"给我吧!"开杏的牙齿上下敲打,声音颤抖。乌铁所为,开杏并不买账。前世作孽,他们是生死冤家。她将孩子夺过,出了门,四下里还是黑。这个名叫挑水巷的巷子里,还一个人也没有。天上一颗星也没有,空中一缕风也没有。都没有,就和谁都没有关系,那为什么还要和我们家有关系?她用脚尖探索着路面,小心地走到巷口。这里四通八达,只要天亮,往来的人就多了,谁有缘分就跟谁去吧。她将孩子放下,往回就跑,不料孩子哭出声来。孩子的哭声,细若麻绳的末梢,突然冷风刮过,仿佛就不在了。谁家的门板给刮得哐哐作响,似豹子在低啸,野狼在喘息,鬼怪在寻欢。开杏犹豫了,回头看看,又觉得黑压压的天上,有无数的眼在盯自己,仿佛在责怪,又像是不饶。是呀,见死不救,罪莫大焉。

开杏走回去,将孩子抱起。快到家门口时,她站住了。她把孩子放在了对面茶铺的石坎上,赶紧回屋。

对面茶铺的韩大爷,自儿子去了台儿庄,又下落不明后,一病难起。老伴比他利索，比他急，背着个褡裢，就找儿子去了。后来有消息说，儿子找到了，在北方一个城市里做生意，还成了家。又有消息说，儿子当了部队的官，南征北战，无暇还家。消息种种，但韩大爷并没有得到一张正式的纸文，这样的消息就只等于是个传说。韩大爷一个人，茶铺便开得懒，常常是午饭时才开门，太阳一偏西，就将门杠抵上。一天的光阴，他活的是半天。也许，见到这孩子，有了盼头，他又会活得像年轻时，儿子出世那样的开心。

那孩子还是哭，只不过声音更微弱，像根拴着风筝的细线，风筝一挣扎，随时都有断掉的可能。上过战场的乌铁知道，只要有声音，人就还活着。但当声音渐弱时，他的生命迹象还有多少，个个心知肚明。

要是韩大爷天亮后不开门，或者开了门没有发现孩子，或者发现了孩子他根本就不理会，或者韩大爷将孩子抱回去了，可他七十来岁的老骨头，根本就无法料理孩子，或者那孩子根本就经不起这一冷一饿，再或者，一群饿狼扑了过来……乌铁不敢再想了。他往韩大爷的门上扔了个石头。"哐"地一响，又"哐"地一响。直到韩大爷门口堆满了石块，门才"吱呀"一声隙了一条缝。

开杏连忙熄灯，扒着门缝，紧张地往外看。天有点亮的意思了，但巷子还无人往来。韩大爷趔趄出门，马灯一晃，勉强看清了是个啥。老来之人，见的多了，一下就明白是啥意思。他叹了一口气，抓了抓蓬乱的头发，回屋。过了会，韩大爷端出个碗来，放在孩子的身边，连巷口都懒得望一下，蹒跚着关门回屋。

开杏失望了，无奈地朝乌铁看去。乌铁点点头，开门，双手撑着，努力翻过门槛。因为急，一个趔趄，他倒在了门槛下。开杏不忍心了，将他扶起：

"我去吧！"

孩子抱了回来。那个碗也端回来。碗里是半碗米粉，白白的。两人将包裹打开。一看，是个男孩。

乌铁说："谁家呀，这么好的孩子扔掉了，葬德！"

开杏说："这年头，大人都活不了，谁还管他！"

娃儿贴身的地方，放了两件小衣服，其他什么都没有了。开杏忙生火煮米粉。乌铁则抱着孩子，不知所措。孩子老是哭。哭就是不满，仿佛乌铁夫妻前世欠了他啥似的。

米粉煮熟，乌铁抱着孩子，开杏边吹边喂。孩子不哭了，汤汤水水，咽了半碗。估计肚子饱了，孩子闭上眼睛睡着，一呼一吸，还算均匀。

乌铁说："留下吧！"

"要田自耕，要儿自生。"开杏板着脸和他对峙。

乌铁当年从杨树村经过，偶遇开杏，看她鞋做得好，念头一动，就抢鞋。不料开杏死不松手，乌铁干脆连人带鞋抢走了。开杏刚被抢后，不肯活了，寻短见。吊脖子、跳崖、服毒，每种通往死亡的手段都使出过，可每一次都没有成功。死不了的开杏，就拒绝乌铁，肉体拒绝不了就心理上拒绝。这样，怀不上娃是正常的。后来，乌铁从台儿庄回来，脚被炸飞，开杏倒认命了，想通了，就想和乌铁生个娃。有娃的家才完整，有娃的家才过得下去，有娃的家才有奔头。可是，一晃就是好几年，开杏的肚子还是没有鼓起来。杨树村的哥哥开贵和金枝结婚才一年，金枝肚子就大得不得了，听说最近走路都得双手搂着才行。前几天开贵进城来，说金枝就要生了。为此开杏跑了半个城，才给她买了半袋红糖和一块棉布。开杏没有生过娃，做母亲的愿望对她来说越来越强烈了。今天遇上这事，乌铁以为开杏会接受，但她根本就不接受。

开杏抱回孩子，并非是已接纳了他。天亮，开杏假装借火，想再看看韩大爷的态度。推开茶铺的门，韩大爷看了她一眼，将火镰递给她，一脸的麻木。烛火已燃到尽头，剩下的就是苟延残喘。这样的老人对一个连哭都哭得不完整的孩子，肯定是难以照料。开杏抱着孩子就往县府跑。那一瞬间，乌铁心想，这开杏是不是人哪？是不是女人哪？这样铁石心肠，怕世间少有。等乌铁反应过来时，她已经在巷口消失。乌铁气得想跺脚，可一用力才发现，自己根本就没有脚，自己连发泄一下气愤的条件都没有。他把拳头捏得咯咯响，把牙齿咬得咯咯响。可没过多久，开杏又抱着孩子回来了，原因是眼下战事吃紧，又天灾不断，县府根本就无暇顾及这个来路不明的孩子。她把孩子往地上一放，就要跑，站岗的士兵一个枪托子甩来，差一点打在她的屁股上：

"老子打仗都来不及，还管你这家长里短！"

二

折腾半天，乌铁心烦意乱。这个开杏，一个还没有生过娃的女人，内心关得紧紧的，好像也驻了个小鬼。关键时候，小鬼一旦捣乱，行为就无法理喻。这孩子来得蹊跷，乌铁抱过来，对着窗外照来的阳光，看来看去，孩子又小又嫩，眼睛还没有神，腿脚还没有骨，脸皮上还有娘胎里带来的皱褶。除了营养不良外，真还看不出个啥。他找来一个鸡蛋，打在碗里，对着阳光看鸡蛋清的形状。鸡蛋清一部分纹理散乱、略显浑浊；另一部分却很整齐，轮廓清楚。乌铁又扯来稻草，掐去头尾，折算长度。这些金河两岸的人惯用的"算命法"，还是没能明确地告诉乌铁这孩子的过去和未来。乌铁皱了皱眉，抚了抚胸口。他听说，这样小的孩子就遭遗弃，肯定是有鬼作祟。

作为金河边长大的人，乌铁有诅咒恶鬼貔貅的办法。

因为意外出现，开杏门口的鞋摊没有摆出来。乌铁挪出门来，正好有一乘空滑竿过来，连忙把空滑竿叫住。战事连连，又闹饥荒，生意不好，两个抬滑竿的苦力突然见有人招呼，忙客气地搀扶乌铁上座位。滑竿是古城里的交通工具，两根长长的木杆，中间穿斗了简单的座位，一前一后，两人抬着便是。

"去哪？"苦力问。

"城外。"乌铁说。

刚出巷口，却见开贵骑着马匆匆奔来。开贵一脸菜色，一看就是饿久了的那种。乌铁眼眶突然一热，伸出头去："唉！"

开贵正心急火燎地赶路，听见有人叫他，侧头一看，乌铁坐着滑竿，满脸严肃。开贵脸突然煞白，问："妹夫，要去哪里?"

乌铁说去找孙世医。乌铁没说他的真实意图。开贵虽为舅子，却满肚鸡肠子，眼珠一转，便是一个主意，不懂得尊重人，对妹夫乌铁，更是打心眼里仇恨。那仇恨是满罐子的毒，随时都有倒出的可能，随时都会将人熏得不辨东西。开贵今天没有直呼其名，突然称呼妹夫，让乌铁吓了一跳，心想他肯定又有事相求。开贵伸出手来，抓了两把乱草一样的头发，便让苦力折返。

乌铁说："哥，我得看病去，昨天就约好的呢!"

开贵连忙阻拦："别去了，别去了。孙世医给人看病去了。刚被接走!"

"刚接走?"

"是急毛病! 桑树坪的人拉个大黑骡子来驮走的。"开贵说，"我眼睁睁看到，主人家心急火燎，说病人是独丁丁，肚子疼得在地上直打滚，再不去怕要死人。"

桑树坪很远，是高山深处的一个山寨。须爬九座山，过九条河，歇九次气才能到达，往返至少三天。乌铁有些失望，只好打转，回挑水巷。

开贵骑着马在前边走，两个苦力在后面跟。两个苦力很不情愿，小声嘀咕："好不容易揽到的生意，让这个骑马的人给弄丢了。"乌铁转过头，从怀兜里掏出一把铜钱，塞给后边那个苦力，小声说："我有事，不能亲自去。你俩到城外弄些黏泥和柏枝，泥越黏越好，柏枝要爬到树上现摘。子时送来，给你们吃饭的钱。"

跨进乌铁的家门，开贵看到开杏抱着孩子，他突然一愣，满脸惊讶:"开杏,生娃了?"

"生啥!"开杏脸一红,努了努嘴说,"捡来的。"

"呀!"开贵脸色一转,突然笑了,"是观音显灵了!观音看你们家生不出,给你家送来了!"

开贵的为人处世,乌铁不是第一次领教。横说直说,由他那张嘴。今天这话,乌铁不舒服,开杏也不舒服。

开杏突然说:"嫂嫂生了?"

"生啥子!"开贵立马瘪嘴,一脸的苦相。

"怎么了?"开杏追问。按时间推算,金枝就是这几天生。

"前两天金枝说肚子痛,我拉马驮她去找郎中。"开贵指了指门外那匹烦躁不安的马,"不想这遭瘟马不听话,突然一个遭扑,金枝跌下来了。那么高的马背,那么大的肚子,她就往下掉……"

"啊!"开杏吓得尖叫,"她都要生了,你还让她骑马……"

"谁能预料这些事啊!就这样,娃娃没有啦!"开贵双手一摊,脸瘪得像核桃的硬壳。

乌铁对金枝印象好。乌铁也急了:"金枝现在怎么样?"

"这不,金枝还躺在屋里啊!"开贵白了他一眼。

开杏急了:"大人要紧呀!性命危险不?你还有闲心跑来跑去?"

"大人要紧,娃儿也要紧哪!我……"开贵捂嘴,又说:"我家这么不幸,金枝十月怀胎,受够苦累,却给马摔掉了。你们家一点不费劲儿,却得到了孩子。人比人,气死人,马比骡子驮不成啊!我还担心是这马使坏……"

舅子信口雌黄，胡说八道，这不是一时的事了。舅子还没有说完，乌铁抱在怀里的孩子却好像屙了。乌铁要开杏配合他来擦掉，可他笨手笨脚，开贵一看就生厌。

"你这手脚，笨！要是在杨树村，吃屎都要给狗推几个翻翘。"开贵边说，边去帮助妹妹。孩子太小，没有筋骨，粗手大脚会伤害他的，两兄妹都很小心。

开杏说："你们家孩子没了……哥，这孩子你们领回去，说不定会让嫂子高兴。"

"金枝最想娃了……"开贵说。

开贵想了想："咦，你说得对呀！不过，我还是不带去的好，观音娘娘送给你家的，又没有送我……"

两兄妹推来辞去。那是他们的家事，乌铁不便插嘴。乌铁把箩筐里搅乱的麻丝理顺，开始搓绳。乌铁手劲大，搓出的麻绳太结实，用这样的绳绱出的布底就会很硬，硌脚。开杏告诉过他好几次了，用力要均匀，搓出的绳才好用。可乌铁一走神，麻绳还是又搓紧了。

开贵也就是看看。喝了开杏端来的半盆稀粥，用水涮涮嘴，咕噜咽下，开贵一甩手就走了。不料第二天他又骑着马，仿佛背后有饿狼追逐，急匆匆从杨树村赶来。他跳下马，抹了一把汗，说要带走这孩子，帮助金枝解决问题。原因是金枝奶涨，不一会儿就将胸襟沁湿，好像她抱着的是两个不停冒水的泉眼。没有孩子吃，奶汁积在里面，会长奶结的。奶结大了，就是包块。包块硬了，就是肿瘤。此前有的妇女，就是因此得了大病，难以治愈。再有呢，孩子没了，金枝伤心得很，有个孩子在她身边，打打岔，让她淡忘，是再好不过的事。

"暂时帮你们带几天，金枝过了这一关，就还你们……不过，给你们家带孩子，花钱费油的。金枝生的是头胎，奶水特养人。她能给你们奶孩子，多大的福。但她多伤身体，你们看着办。"开贵语无伦次。开贵不像乡下人，像个账房先生，一说话，就像是算盘珠子给打得哗啦直响。

开杏原本就不想领养这孩子的，开贵一说，她巴不得。过去的一夜，孩子又哭又闹。醒的时候，怕他饿了，睡着时，又怕他没有呼吸。她只好整夜守着，睡不好，吃不好，客人等着鞋穿，鞋子却没法做。养儿她没有经验，要是出了啥意外，还真不好交代。

"不能带走。"乌铁却说。

这下吃惊的是开贵，他的眼珠跟牛眼珠一样突出。他试图看清乌铁平静的脸后面的内容。这个没有脚的人，并不好对付。开贵说："帮你家带孩子，居然不领情，什么意思啊?"

"粥稀与稠，筷子晓得；人来人去，天才晓得。"乌铁说，"这孩子一定是有来历的。扔孩子的人家，一定是有什么大事发生，不是家破人亡，就是大灾大难，要不然谁会干这样的傻事啊！身上的肉丁丁呀！再就是，这么大的古城，这么多的人家，为啥不放在别的地方，偏要放在我们家的门槛边?"

开杏也觉得乌铁说得对。开杏犹豫了："是呢，要是有家人突然来要孩子，我们抱不出，麻烦就大了。"

"哪有这样的事，别想多了。"开贵有些不耐烦，"就三天，三天啊。要是有人来，你就说我带走了。"

开杏说:"那我跟你去吧,照顾他,也顺便看看嫂子。"

"不用了!有啥好看的!"开贵并没有好脸色。他转身朝枣红马走过去。

事实上,乌铁才是那枣红马的主人。枣红马刚走进挑水巷时,乌铁就感觉到了。一个养马的人,嗅不到马的气息,听不清马的蹄声,感受不到马的饥饿、困乏、疼痛和欢乐,那肯定不是一个称职的养马人。而枣红马大约也嗅到了乌铁的味道,记起了往事,蹄子不断地叩击石板,发出咴咴的嘶叫。经历太多,乌铁和枣红马的内心都不断受过重创,破裂、流血、结痂,再破裂、流血、结痂。现在他们见面,乌铁冷静多了。内心疼是疼,但他可以不说话,不呻吟,甚至不皱眉,咬咬牙就可以将疼痛咽掉。可马不行,马毕竟是畜生。

开贵跳上马背,接过开杏递过来的孩子,往身上一拴,一抖缰绳,就要离开。那枣红马却不往外走,而是扭过头,朝乌铁走来,低下头。乌铁不能站立,他伸出手,努力摸了摸马脸。马脸糙手,眼下方有些潮湿。

乌铁心里疼着马。这马是他当年从数十匹马里挑选出来的,两者患难与共,相依为命。乌铁上前线后,马就落在了开贵的手里。开贵仇恨于乌铁抢娶了自己的妹,搅乱了一家人的正常生活,便迁恨于马。他私下叫马为烂乌铁,根本就没有把马当马,万般蹂躏,让它拉碾子、驮重物,甚至耕地,尽干超量的重活。马吃不好,休息不好。稍不顺心,开贵的棍棒就打了过来,马老表几次差点毙命。现在,乌铁虽然回来了,但他没有脚,要照料马老表,困难不小。关键是开贵不还。

马看着乌铁，乌铁也看着马。乌铁对马说："马老表，看你好好的，我就踏实了。"

开贵脸一垮，收紧了马嚼口："它哪里不好了？没有见到你就不踏实啦？你这嘴，吃了乌鸦屎还是咋的！"

看着人马消失于巷口，乌铁老觉得开贵背后有股阴气。朝着巷口，他吐了一泡口水。

三

开贵骑着马，踢踢踏踏到了杨树村。因为天旱，沿途黄尘一片。四下里有树的树枯，有草的草亡，萧条得怕人，人影儿都难有一个。开贵张了张干涸的空嘴，笑了一下，感觉自己并不是太笨。听到马蹄响，金枝从屋里蹿出，差点让门槛绊跌。开贵还没有下马，孩子就让金枝接过。孩子是金枝身上的肉啊，十月怀胎，把金枝折磨得不像个人。孩子离开也就这点时间，金枝连肉都垮掉。心尖子上像有根铁丝牵住，想一下，就被扯一下，疼到了心口，疼进了骨髓。受不了，就看天，天上干风薄云；看地，地上尘起土落。现在孩子回来了，她紧紧抱在怀里，好像不这样，就有人会随时抢走。

孩子大约是嗅到了奶的味道，直往金枝怀里钻。吃奶的那种急，仿佛是饿了几十年。

"饿痨沟来的娃……"金枝的泪水黄豆样滚落下来。

孩子还怀在金枝的肚里时，杨树村就不像是人在的地方了。天要收人，不是直接将人拖走，而是让人受大难、生大病，最直接的办法就是让人冷、让人渴、让人饿。到了极致，自己去见阎王。先是大雪大冻，一月不化。接着是洪涝，整个村子、田野全泡在泥汤里。再后来是干旱，泥巴都冒起了煳味。每一次灾害对庄稼都是致命的。庄稼死，人肯定不得活。村里有人死了，有人投亲靠友去了，有人逃荒要饭去了。没有米，没有肉，多数时间是挖地瓜、剥树皮。一顿分作三顿吃的，一口分作三口咽。嚼咽的时候，还尽量让食物在口舌间多停留。开贵熬不住，几次要带着金枝出门找吃的。金枝不干，她怀着孩子，无法想象前面的路途，说要死也要死在杨树村。这样开贵就只好顺着她。好在有开杏偶尔的救济，他们一家没有饿死。

生孩子难，养孩子更难，这个开贵清楚。孩子临近出生，开贵就将消息捂得死死的，就是开杏也不知道。孩子生下来，外面谁也不知道。开贵有开贵的小主意。这年月，连自己都养不活，要让这比拳头大不了多少的小生命活下来，还得动动脑筋。但当他把自己的想法和金枝说了时，金枝根本就不同意，金枝觉得这肉是她身体的一部分：

"葬德呀，开贵！孩子是你的，生得起养不起……"

骂归骂。当金枝饿得眼冒金花、脚酥手软，孩子饿得连哭的声音都弱于耗子时，金枝只好妥协："只要孩子能活下去，随便你。"

留在身边是死，送出去，或许还会有条生路。开贵清楚，村子里不行的，耗子都饿跑了，鸟雀都饿。人呢，都饿得连走路都要扶墙。开贵来到老鸹崖的寺庙。此前，不断有香客去观音面前求官、求子，去地藏菩萨面前求财，去南极老人面前求寿。他们常常会带些钱，带些吃的贡献给菩萨和服侍香火的弟子。开贵没少吃那里的免费食物。可开贵背着孩子到了那里，四下里冷冷清清，蛛网纵横，众菩萨在尘埃中冷若冰霜。一个人也没有，哪里还有吃的？他到了城门边。那里是交通要道，走南闯北的人很多，偶尔也会有达官贵人经过。这孩子要是能进那样的人家，也算是一件幸事。但事实并非如此，开贵凑近一看，城门洞口有枪弹打穿的洞，有烟火烧过留下的痕，地上还落有星星点点的弹壳和未干的血迹。偶尔有人走来，都是破衣蒙面，行色匆匆。

不远处，三五只饿狼目光泛绿，它们埋伏着，静静等待，喉咙里藏着饥饿，伺机找到下口的机会。开贵毛骨悚然，连忙逃离。

突然，一个念头一闪而过。

夜深人静，开贵将孩子送到了乌铁的家门口。开杏是他的妹妹，两兄妹从小相依为命，情深意厚，难以割舍。开贵甚至暗地里想，要是天理能容，他就应该娶开杏为妻。开杏随了乌铁，他内心一百个不情愿，每每想起就痛苦不堪。他一直看不起乌铁，仇恨乌铁。甚至恨不得掐他脖子，剔他的骨，吃他的肉。乌铁上前线，他在默默地祈祷，让乌铁吃枪子，被刀杀，被炮炸，去了就不要回来，连尸骨都不要有一点回来。但上天不这样安排，乌铁不仅回来，还人不人鬼不鬼的回来，这更让人厌恶。即使乌铁不断地为过往忏悔，但忏悔不能当饭吃，不能当衣穿，改变不了既成事实，改变不了乌铁在开贵心目中的形象。开贵甚至认为，乌铁这杂种，一定会在他的面前消失,迟早。

开贵现在这一招,可是一举两得的事啊!可是当他得意扬扬地回家时,金枝揪住他的衣服不放:"还我的孩子来!还我的骨肉来!你这黑心烂肝的畜生,你这个卑鄙的小人……"

女人一天一变,说好的话全不认账,难得侍候。顾全大局,金枝怎么骂他都受了。当开贵将他的作为和意图,小声告诉金枝时,金枝还是不依不饶:

"你看到他们把孩子抱回屋了吗?"

当时他将孩子放在门槛外就走了,比做贼还紧张哪,哪里敢回头去看。

金枝打他,又哭又闹。这女人泼,十头牛都拉不开。

其实金枝也闹不了几下。她饿呀,稍一用力,就手软脚汎。金枝喘着气说:"是死是活,我可得看他一眼呀!"

看他一眼?要是到了他们家,金枝这种人,还不一下子就露馅?但不满足金枝的要求,又怕她弄出什么不妥来。

挠挠头发,开贵略施小计,便把送出去的孩子领了回来。

抱着孩子,金枝便不再松手。捧在手心,金枝生怕有风吹来,不小心将他带走。抱在怀里,金枝生怕自己沉重,伤害了他嫩芽一样的手脚。疲惫之极,她睡着了,却又突然惊醒,冷汗淋漓。幻觉似梦非梦,并没有让人开心的情节。

但是到了第二天,她的奶水却突然少了,最后连一滴也挤不出来。奶水少了的原因,是因为她没有吃的。森林和植被干枯,哪会有泉水呢!

开贵将马拉出来,往草料袋里塞进些枯草。人日子不好过,马也遭难,以前它吃嫩草、吃豆料,现在就只能吃枯草了。好在马嚼口好，再粗糙的草叶，它都吃得津津有味，它都能从中汲取自己需要的营养。金枝从水缸深处刮出半瓢水来，马长嘴伸来，吱儿一声，全都吸了进去。

"水留给我喝。人都干死了你还给牲口。"开贵边说，边给马老表备鞍，上嚼口。马老表缩了一下身体，它有些发抖。

开贵爬上马背："递来。"

金枝知道开贵说的是啥，不吭气，装聋。

开贵瞅了瞅自家这破烂得连乌铁家马厩都不如的草屋，说："就算是活下了，你要让娃儿像我们一样，过这牲口不如的日子吗？"

"啥意思？"金枝觉得开贵的说法有些怪异。

"你我饿死是小事，这娃儿饿死了，天理难容！"开贵这样一说，金枝只好哭，手软了。

开贵骑着马，踢踢踏踏上路了。这马像个中年的男人，走路沉稳，慢条斯理。早年的马可不是这样。它随着乌铁，从来就没有安闲过。那时候年轻，骨头硬，那时候没有挫折，心性高。虽吃过若干的苦，那正好给它的骨子里补钙，正好给它成长的经验。是马，肯定不能过猪的生活。是树，肯定不能只长枝叶。但现在马老表不行了。不是它身体不行，而是心态。未来的路还未知，它不知道在哪里会遇上坎，在哪里会被暴打，在哪里适合于自己倒下。既然未知，就没有必要竭力去奔向未知。

四

夜里，苦力如约送来黏泥和柏枝。确信不会再有人来了，乌铁就把门销插上，将油灯调暗。挪到屋后的角落里，将黏泥加水，搓揉，捏泥人。泥人捏好了，是三个害人的鬼。鬼的形象，自然是令人恐怖和厌恶。脸是扭曲的，眼睛是两粒黑豆，嘴大如火瓢，手舞足蹈。然后他再扎草人，草人也扎好了，毛发参差，手长脚短，让人肌生寒栗。他就给这些鬼取名字：西尾寿造、多田骏、阿多纳。前两个，是他在台儿庄咬牙切齿要碎尸万段的人，日本人，杀人狂。而后一个，则是金河两岸传说中的恶鬼，是一颗拖着长尾巴的流星，见利忘情，祸害无穷。孩子到来，他不能让这些鬼得势。驱走他们，家里才会百事消停。

"老鹰在天上飞，吃的在地上；大雁在天上飞，心思在地上；饭菜属于饥饿的人，甜蜜属于善良的人……"乌铁一边拿夷刀，砍这些想象中的恶鬼貔貅的背，一边念念有词。烧灼通红的石头，往上浇水，灼气升腾。摇晃马铃，金属的响声，使貔貅害怕。完了便将那几个貔貅的形象，用草绳捆着，让苦力送出城外，扔在十字路口，用刀砍碎，用火烧毁。乌铁对苦力说："越远越好，越碎越好。你们回家时别走直路，绕着弯走。它们有可能复活，不可让它们进门。"乌铁早年在金河边的老家，没少参加这些咒鬼的仪式。原本是必须祭司作法的，但在乌蒙古城，没有祭司，他就自己作法。能把貔貅咒走，怎么都行。

开杏一直在努力配合着乌铁，看他这像模像样的作法，她有时害怕，有时又暗自想笑。她心存疑忌："行吗？"乌铁并不掩饰："相信，就行；不信，则无。"

第二天一早，阳光从巷口探头探脑地钻出，开杏的鞋摊摆了出来。开杏正坐在摊位前绱鞋，早晨的阳光，携着些潮湿的气息，落在开杏的头上，她便像是黄金做成的塑像，真是美丽极了。开贵骑着马，啪嗒啪嗒地走进巷子来。开贵想，如花似玉的妹妹，勤劳贤惠的妹妹，纯洁无瑕的妹妹，嫁给乌铁这个杂种，好比鲜花插在牛粪上，不知是前世作孽，还是老天无眼。

听到马蹄声，乌铁从里屋挪出。乌铁的脸给阳光一照，带着点点金色：

"马老表，你来了！"

马老表被拴在外面的石桩上，听到乌铁叫它，叩了两下蹄子，努力挣了挣缰绳。缰绳太结实，马老表的努力显然没有作用。

"我是送娃儿来还给你家的。"开贵说着，将娃儿抱了过来。

"不是说过三天的吗？"开杏觉得，哥哥不容置辩地把这孩子认为是自己家的，显然十分勉强，她内心并不认同。

"这娃不是省油的灯，金枝的奶都让他唑瘪了。让他再吸就坏掉啦，我们家还要生娃的呀！"开贵说。

开杏并没有动,也没有要伸手的意思。乌铁说:"接着吧,好好养,说不定以后会是个将军呢!说不定是个状元呢!"

吃过奶的孩子,脸色是好看些。开杏接过孩子看看,不知道未来这孩子会给自己带来什么。

"你家捡到便宜了。"开贵说,"开杏你免除了十月怀胎之苦,应该高兴才是。笑一笑嘛,又没有哪个借你白米,还你粗糠!我们家金枝,可怜!受十月怀胎之苦不说,最后还弄了个鸡飞蛋打。"

开杏勉强笑笑,但她觉得这笑,估计也不会好看。生活到了这样一步,开杏心疼。

"活不下去了,老天在收人。村里的刘货郎,昨天饿断气了,落气时,前胸贴着后背,比个巴掌厚不了多少。"开贵说。开杏知道,哥哥这次说的,一点也不夸张。据说,村里的树皮剥完了,草根挖完了,有人就吃观音土。近半月来,被观音土塞死、梗死的,不下十人了。

乌铁听说过,那观音土,其实就是田头的黏泥,细细的,有些滑,兑成清汁,口感还不错。可那是泥土呀,一进肠胃,就不消化。屙不出,当然就得死。

乌铁说:"穷跑厂,饿当兵,当兵饿不死。"

在部队里,打死的多,饿死的少。乌铁试图给舅子指一条生路。可开贵根本就不干。开贵怎么会干呢?当年和日本人打仗了,朱保长在杨树村征兵,开贵为了逃避,亲自砍掉了自己右手的食指,现在想来,还痛感锥心,心有余悸。

"当兵?这年头可是将脑袋拴在裤带上耍的,那子弹不长眼,饿不死也要被打死……我这样子,打不成仗的。"开贵白了乌铁一眼，有些惊慌，他举起没有食指的右手，悲伤地看了看："你没有死在枪炮下，没有见上阎王爷，不甘心，存心让我替你去死一回咯？"

"金河边的人不畏惧死，死让我激动。"乌铁说，"反正都是死，战死比饿死，就体面得太多啊！"

"宁可饿死，我也不会当兵的！"开贵狠狠往地上吐了一口痰，说完就走。

乌铁说："你把马老表留下吧！"

"留下？我养了这么久，它吃我的，用我的。这马都跟我形影不离啦！"开贵睁大眼睛。

"我这身体，经常要去找孙世医。现在又多出个孩子，万一有个三病两痛，我跑得快些啊！"乌铁在极力争取。

说到可迅速给孩子看病，开贵犹豫了。他怀疑地看着乌铁说："你这怂样子，能管理好一匹马吗？"

这马伴随乌铁多年，乌铁也管护了它多年。这马是乌铁的亲兄弟、好朋友，这不容置疑。马老表被开贵拉去，给他驮负重物、拉碾子、耕地，没少为他干活，成为开贵家最重要的劳力。现在要让他轻易就拉回来，怕难。

"不把马老表给我，你就把孩子带回去。"乌铁只好用最后一锏。

开杏也说："你不是要去逃荒吗？一个骑着马的人，像吗？"

"如果我找不到足够的粮食，金枝就会离开我！"开贵气哼哼地扔下马缰，"逃荒有什么不可以的！村里都去了一大半。"

开贵噼噼嗒嗒地走到巷口，突然感到热，胸闷。他忽然想起了什么，回头看了看。乌铁的房子位于巷子的中间，从位置上来看，是巷子里最好的。这房子用松木搭建，工艺不俗，冬暖夏凉，开贵在心里羡慕了一回，叹了一口气。

开贵走了回来，对乌铁说："你那东西不行，真可怜！前世做了葬德事了吧？身体不好，得想想办法，不然我这妹妹，简直就是守活寡……不过，看病的事，不要急。我想想办法。那个姓孙的，说是世医，却多是哄鬼。"

"哥，嫂嫂怎么办？"开杏问。

"我逃荒去！要饭去！金枝就让她在家里，她是我的老婆，我不会让她风吹雨淋、受苦受累的！我还要让她给我生一堆娃儿，儿孙满堂是我的梦想……"开贵说得干脆，不害羞，不脸红，仿佛逃荒要饭是件理所当然的事。

"要是实在熬不住，就回来啊！"开杏哭了。

饥荒像漫山遍野的野火，不可阻挡地弥漫过来。乌铁此前挣下的一点银子，还有脚残时得到的一点点补助，差不多都用光了。更何况，现在拿着钱也买不到东西。一大堆纸币，买不回一篮子洋芋。好在开杏是个有心人，此前来买鞋的顾客，大多是穷人，常用小米、苦荞什么的来抵，开杏也不嫌弃，不计较，都收下了，有多少算多少。收下就存起来，所以米瓮里多少还有些粮食。

开杏跑到里屋，撮了一碗苦荞麦面，要给开贵。此前，开贵从这里拿走的粮食不少。现在听到开杏空抖了几次簸箩，他对乌铁说："看来你家的日子也好过不了多少，我们一起去讨口吧，你只要把裤脚挽起，做出十分可怜的样子就行了，别的事由我来完成。得到的东西，五五分成……"

乌铁生气了，脸发青，变长。乌铁说："我脚没有，可我还有膝盖，还有腰！"

开贵不解。他说："你一个残疾人，有膝盖有腰也没有用呀！"

乌铁大声说："我的膝盖不会下跪，我的腰不会折断！腰直得起来，才算个人！"

开贵想说的话到了口边，只好咽了下去。站在巷口，再次看了看乌铁这高大的房子。乌铁精得很，早年在金河那边做生意挣下的钱，不用来吃喝，用来在城里买房。杨树村的那个房和这比，连牲口窝都不如。土的墙，耗子打了洞，生了若干儿女，不久就是一个大家族，仿佛它们才是那房的主人，想窜出就窜出，想躲进就躲进。草的顶，常常遮不住雨，常常顶不住风。风雨突然光临，房子随时都有被掀翻的可能。开贵的草屋，比村里其他人家的，还要老，还要旧，还要破，还要矮。金枝嫁了他后，几次提出要另修两间房，开贵不干。在他看来，修房是件十分麻烦的事，不累断腰是干不成事的。这屋的差距大，原因是人的差距大。就算是开贵在这里挑水卖，或者下乡种粮食卖，一辈子也挣不到这样的大房子。

有了这房，就会有钱用。就是再困难，碗里也少不了盛的。开贵想着，忍不住咕咚地咽了口水。

开贵走后，开杏说："从没见你发这么大的火。"

"你没看哥那样子，要是再把马老表给他，迟早要被他杀吃了……"哥怕是饿鬼缠身了。乌铁心有余悸，往门外连连吐了几泡唾沫。

第二天，开贵汗流浃背地赶来。他走进屋，把肩上的麻袋一倒，枝枝叶叶一大堆，原来是中草药。开贵抹了抹汗水，往火塘边一坐，说："妹夫，为了给你找这些药，我可是走了九十九里路，翻了九十九座山，趟了九十九条河……"

"啥药？"乌铁满脸不解。

"给你治下边那东西的呀！为了让你早生娃！"开贵有点不高兴了。

开贵还真的把这些药送来，乌铁便有些感动。关键时候，这开贵还真是个人。乌铁为自己此前的多虑而后悔，忙挪动身子，费力地给开贵倒了一碗水。

开贵一口喝了，起身去看孩子。孩子还算好，没被饿到，现在睡得扯呼，小鼻子小眼真是耐看。

"看来这孩子交给你们是对的。"开贵放心了，他小心地将孩子抱起来，"快快长大，长大了，日子就好过了。"

这样的叮嘱有些语重心长。

开杏连忙找出药罐，要给乌铁煮药。开贵摆摆手："我走后，乌铁你慢慢喝，慢性病，不是一天两天能治好的。这药贵重，其他地方是找不到的，不送别人啊，过些天我再送些来。"

开贵沿着房屋团团转看了一回。乌铁让开杏先别煮药，作为金河边长大的人，要在世上活下来，不懂点草药是说不过去的。他一样一样翻拣，看看枝，看看叶，看看根，看看茎。

看来看去，还真看不懂。

看不懂的草药是不能吃的，老辈有这规矩。草药从乌铁的手里掉下，他看着门外长起苔痕的石板缝，发呆。

开杏说："哥，饿了吗？我给你舀粥。"

饿是正常的，不饿才怪。这些日子以来，开贵很少吃饱，实在饿了，就喝点稀粥填填肚子。碗还没有放下，尿就涨了。尿还没有屙掉，肚子又空了。开贵端起碗来，几口喝干，肠胃得到满足，安静了些。

开杏性急，巴不得乌铁立马就行，巴不得她的肚子立马就鼓起来，巴不得立马就抱上自己亲生的孩子。她不顾乌铁反对，急着煮草药。半天过去，草药炖得很透，汤色红里沁黑，说不清的味道弥漫了整个屋子。

开杏端了一碗过来。自脚上的疤痕痊愈后，乌铁就很少用药，接在手里，满满的，烫手。他皱了皱眉。

"一口喝下吧，趁热。"开杏说，"你身体调养好了，下年我们自己生一个。"

开杏的脸白里透红。有梦想嘛，想到未来，她兴奋。

乌铁心里是温暖的。开杏照管孩子时，他将药倒回锅里，连忙去看马老表。

马老表留了下来，它开心了。它用脸在乌铁身上蹭，它的眼泪将乌铁衣服蹭湿。它呼哧呼哧地打着响鼻，两只耳朵不断地抖动，尾巴高高举起，不停地摆动，四蹄激动地跺着碎步。过去的日子，坠入的是黑暗的陷阱，不想现在云开雾散，居然还有相守的时候。乌铁也哭了，泪水遏止不住地往下落。一个大男人，有痛不会哭，有苦不会哭，有了爱，就不一定了。不是因为人，而是因为一匹马哭，这就令人揪心。

马老表跪下身来,乌铁没有费太大的劲,就跨上了马背。它直起身来,轻启四蹄,便出了门。巷子两边,是高低错落的楼房。木墙发黑,瓦顶枯草索索。出了巷子,便是古城中央,是县府。这一切对于乌铁来说都非常熟悉,都是该死的脚,让他隔绝于这些很久了。脚没有了,要实现梦想就很难。乌铁暗自庆幸,当年自己没有了脚,眼睛却没有瞎,要是眼睛瞎了,再有脚也没有用。而他最庆幸的是,自己的心还活着,心里仿佛有一苗春芽,静静地卧在泥土的深处,春风一动,地气上升,便潜滋暗长。乌铁让马老表特意在县府前停了一下。这县府闭得紧紧的,据说打败日本人以后,内部的纷争又起来了,自己人打自己人。这样想来,乌铁觉得自己算是幸运。如果没有残疾,他就只得上前线,把枪口对着朋友、兄弟,或者邻居,那种感受他无法想象。

古城里人很少,偶尔三两个人,都低着头,缩着肩,快速走开,大多店铺关得紧紧的。走到东门,孙世医的药铺半掩着门,乌铁眼睛一亮,两腿夹了一下马背,马老表快步走过去。

这个孙世医,他有独门子药,好得很,说是祖上给的。他爷爷的爷爷的爷爷沿五尺道从北方过来后,就一直在这个小城里行医。当年乌铁从台儿庄丢掉两只脚回来,伤口灌脓,皮肉腐败,看到的人都闭眼,摇头,捂着口鼻往后退,以为溃烂必将他废掉。孙世医用草药汤给他清洗了一遍,用个铜板,将早配制好的草药粉,撮了几撮撒在伤口上。据说,当时眼不花耳不聋的人,居然看见脓血被迅速撵出的样子,居然听到肌肉生长的嗞嗞声。五天之后,新肉长出,乌铁的伤口慢慢痊愈。

孙世医最擅长的还有治不孕不育，几服药喝下去，十有八九都能当爹当妈。

乌铁见开杏对他的态度有了彻底的改变，看到开杏的真心，决定来找孙世医看看。虽然战场上那弹片魔鬼一样凶残，切走了他的两只脚掌，身上也多处受伤，但是他那个东西还在。他暗地里一直觉得，自己的那个地方没有问题，求医纯属多此一举。但开杏的肚子一直没有鼓胀，这就不得不让人怀疑，而且很多人都怀疑他那个东西，是不是漏了气血？是不是断了线管？甚至有一天，开贵来他们家，不无骄傲地告诉开杏："你嫂嫂金枝要生了。"也不无同情地问乌铁："妹夫，你那东西是不是给日本人咬掉了？还是从娘胎里出来就坏了的？我妹妹嫁你，和嫁根枯树桩有什么两样！羊落虎口，前世做了葬德事，命苦啊！"

这些都让人难以面对。每每想起，乌铁只好摇头。

乌铁上前线之前，常常来这里，与孙世医探讨中草药的药性、药理，自己学了不少东西，也没少给孙世医启发。

听到马蹄声，药铺门吱嘎推开。孙世医的半个脑袋伸了出来。他推了一下瓜皮帽，再推了一下眼镜，见是乌铁，忙出来拴马，扶他下来。

"你这抗战英雄，一直都蜗居在家，怎么就来了？"孙世医说。乌铁从战场回来后，身体不舒服，都是孙世医上门看的。

"我是来感谢您的，要不是您，我这命早没了。"乌铁说，"还以为您不在……最近，常常出门吧？"

孙世医扶他坐下："到处闹饥荒，肚子瘪的病，比其他病厉害多了。这么久都不敢出门，保命要紧。"

"饿鬼横行。看来，外边比我想象的麻烦……"乌铁叹了口气，看了看孙世医满屋子的草药，"你做的善事多了。"

"互相拉扯嘛！你给我的药方，还真管用，治好了不少人。"孙世医说。

孙世医搂起乌铁的裤管，看了看伤口，愈合得还不错，皮肤富有弹性，甚至还长有毛孔了。又看了看他的眼珠和舌苔，握手号脉后，孙世医点点头，小声说：

"生娃的事啊，你身体没有问题的，可加强一下，我给你药。主要原因应该是开杏。让她来，我把一下脉，对症下药。"

乌铁说："我就怀疑。我自己也曾弄了些药给她，她根本就不吃。她一直认为是我的问题。"

孙世医说："把这药呀，加在这苦荞粉里，不就行了吗？"

乌铁点点头，这孙世医办法就是多。苦荞粉颜色黑乎乎的，味道略苦，往里面加草药的细末，开杏哪会知道。

孙世医低头配药，又是用铜钱度量。乌铁知道，相传貔貅怕金属，毒也怕金属，他问："你们汉人的世界里，有鬼吗？"

"有啊，应该说，有人的地方都有鬼，有权的地方都有鬼，有利的地方都有鬼。"孙世医说。

乌铁说："都有些什么鬼？有了鬼怎么办？"

孙世医说："有刀下鬼、无头鬼、画皮鬼、伤魂鬼、科举鬼、小儿鬼……鬼有百种，一时难以数清。有鬼缠身哪，收拾它呀！我告诉你，收拾鬼的办法很多。最厉害的一种是下油锅……我懂药，鬼自然害怕，一般他们不敢来。"

孙世医心肠好，貔貅肯定畏而远之。收拾貔貅的办法，金河边的人不这样，金河边的人对貔貅，更多敬畏。更多是哄、送，把貔貅弄得越远越好，最好忘记这里，忘记这个人，让它不缠身即可。

在这一点上，两地的区别还是很大的。乌铁想。

上次乌铁送了一次貔貅，效果并不见得好。夜里还是感觉有貔貅在巷子里来来往往，还是觉得屋里不顺。乌铁回到家里，要再次送貔貅，说让开贵也来参加。开杏并不赞同。开杏说开贵最反对这一套了，要乌铁不要多事。如果貔貅真的缠到了开贵，只能油炸。

但是这年月，吃的都没有，哪里有来炸貔貅的油。搞不好便宜貔貅了。

五

晚上，乌铁抱着孩子哄睡，开杏给孩子洗尿布。"咚！""咚！"门突然被敲响。开杏刚把门开了一条缝，一个人就窜了进来。

"你是……"开杏话还没有说完，却发现这人是金枝，"嫂嫂，怎么是你？"

金枝顾不得说话，眼睛饥饿了似的，四下里睃去睃来。

乌铁怀里的孩子，仿佛是她看准了的食物，她不由分说，冲过来就抱。动作的急躁让孩子不安，孩子"嗯"的一声哼了出来。她将孩子紧紧拥在怀里，将衣服拽开，把乳头塞进孩子的嘴里。

孩子好些天没有吃奶，不习惯了，将奶头吐出，头摆开。金枝又将乳头塞过去。孩子大约是有了某种回忆，埋头，大口大口地吮吸起来。

开杏对金枝很尊重，这个漂亮的女人，最终没有逃脱命运的羁绊，嫁给了开贵。她一方面觉得哥哥幸运，另一方面却又觉得金枝可怜。

孩子努力吮吸了几口，不吸了，手挣脚踢，干脆哭了起来，原因是金枝的奶干了。金枝的奶水原本有一些，后来没有孩子吃，只好挤出扔掉。奶汁和爱一样，没人理会，时间一长，它就干涸，就会消失。金枝抱起孩子，走过来，走过去，轻轻拍背哄着。开杏煮了一碗米粥，两人互相配合，一口一口地喂孩子。油灯下，金枝的脸色憔悴而又幸福。

乌铁说："你们真像娘儿。"

金枝脸上突然紧张。她停了停说："都苦命嘛，就是娘儿了……唉，看你这样辛苦，我真想把孩子带走。"

开杏说："可哥哥不让你带，要送回来呀！"

"他现在不见了！"

"他去……逃荒了？"

金枝说："一个大男人，身强体壮，却去讨口，多丢人哪！他要我去，我不去，我情愿饿死、累死、苦死，也不愿羞死！"

"是呀，树活一张皮，人活一张脸。哥哥到了讨口要饭的一步，真是丢死人了。"开杏真为哥哥难过。

乌铁点点头，说："一个人的凛然骨气，和性别没有关系。"

金枝要走，开杏挽留她："就留在这里吧，看来你和这孩子有缘分，多照顾他一段时间，对他有好处。"

"就是啊！"乌铁也在挽留。

"住几天也行，不过我还是得很快回去。这几天老鸹崖观音寺里，好多人都去求雨了，钟鼓铙钹响个不停。如果下点雨，今年还可以补种苞谷、洋芋……"金枝有点语无伦次。

乌铁又想起了貚貀。他说："这开贵哥，家也不管，是不是给貚貀缠身了？"

金枝说："是饿死鬼抠心了。"

传说中，饿死鬼是貚貀中的一种。被饿死鬼抠了心的人，白天饿，晚上饿，春天饿，秋天饿。不仅饿饭、饿色、饿钱，还饿权……饿死鬼见到什么啃什么，见到什么拿什么，实在没有，门枋都要撕掉一块的。饿到极致的人，什么事都做得出来。乌铁也饿过，但他不知道被饿死鬼抠了心，会是怎样的难熬。

乌铁说："找个你们当地的祭司，给他咒咒貚貀啊！如果实在找不到，我用金河边的方法……"

金枝说："开贵的病好治，不消那样复杂。"

乌铁一下来了精神，但他还是不相信："真的？"

想不到，金枝这样说："真的。只要抓把铜钱，在他眼前晃一下。哪怕睡着的，眼睛就睁了！手都会一下子伸过来！"

毕竟是自己的哥，开杏听不下去。她说："人上一百，形形色色。人各有命，我哥他会好的，会渡过难关的。我知道他的脾气的，他有办法了，就会来接你回去的。"

"他接我回去？接我回去喝西北风啊？接我回去吃干泥巴啊？"金枝对开贵，不仅是失望，更像是绝望了。靠这样的人过日子，是扯着老虎尾巴喊救命——找死。

"没有吃的，我活不了。没有脸，我更活不了。"金枝说出这样的话时，心里突然疼痛。那个脑子和行动总是很怪异的人，为什么会是自己的男人？

又有人落气了。有人用门板抬上，穿过古巷，急匆匆往城外走。纷乱的脚步比飘飞的冥纸更快。金枝内心一阵慌乱。那个逃荒的人，已经很久不见踪影，在外丢人现眼不说，要是把命都丢在哪个沟坎，或者比人还饥饿的狼嘴里，这个家就真的完了。

开杏家里已经非常不好了，最清的粥里也掺大量切碎的树叶、树皮。喝下去不仅是嘴涩，更多的是心苦。要是连这些东西都没有掺的那一天……她不敢想下去。金枝要走，不过她不是回杨树村等雨种地。她决定去找开贵，有男人的家才是真正的家。开贵找回来的那一天，她要让他在祖宗的坟前，磕三个响头，打自己的嘴巴，向先人认错，然后好好做活，好好生活。金枝是那样的果断，那样的决绝。

金枝抱着孩子暗自落泪，虽然她是个拿得起、放得下的人，但对于孩子和自己的未来，也无法乐观。开杏也是眼眶发红，于自己而言，是有脚无路，在这座老城，在这个死气沉沉的家，她受够了，但她却无法动身，金枝可以去找自己的男人，她开杏连这样的由头也没有。乌铁看出了。乌铁小声对开杏说：

"如果想走，你也走吧！要是我的脚还在，我早走啦！"

开杏一言不发，拾起没有纳好的鞋底，咬咬牙，一针一线地做起来。做鞋的人，让别人走好了路，自己却连穿鞋的机会都没有。

乌铁摸了摸马老表的脸，把缰绳递给金枝："骑上它，你想去哪，就让它送你去哪。"

马老表将头伸过来，用长长的嘴拱她。

乌铁说："骑上吧！它都同意了。"

金枝朝乌铁弯腰，双手合十，作了个揖："乌铁老表，想不到你还懂得女人的心。"

乌铁笑说："马老表更懂些。"

果然，马老表扑闪了两下耳朵，矮下身来。金枝跨上马背，朝开杏伸手：

"递来。"

"都拴在马鞍子后面了。"开杏说。

金枝摸了摸，一袋不小的荞麦面，捆得十分结实，如果是一个人，至少能吃上三天。

金枝说："我说的是孩子。"

"你这种样子，还想要带走他？行吗？"开杏觉得意外，将孩子往怀里收了收。

金枝说："不是，就抱抱，求你，真的就抱抱。"

乌铁说："给她吧！"

金枝将孩子抱在怀里，解开衣服，让孩子咂奶。孩子咂了两口，便不再张口，只是将小脸往金枝热乎乎的胸上凑。

金枝叹了一口气："儿啊，不吃啊？你也许是最后一次了！"

"保命重要啊，不管走到哪，不能冷，也不能饿。"乌铁难受，用手去捂脸。

开杏也说："如果找不到，你就回来，要死我们一起死……"

金枝哪听得这句话，哭得呜呜咽咽，上气不接下气。

乌铁努力让自己高一些，以便和马老表的距离近一点。马老表低下头，将长长的脸在他身上蹭。

"让它和我走，你放心吗？"金枝问。

乌铁说："人有人的勇气，马也是。在需要它的时候，它应该竭尽全力。如果你找到了能活下来的地方，就让它回来。"

"如果找到了，我们就一起回来。如果找不到，我就让马老表先回来。"金枝将孩子递还开杏，整理了一下衣服，收紧马缰。

蹄声紧凑，马老表隐没在小巷的远处。

六

金枝去哪，情况怎么样了，谁也不知道。可开贵突然回来了。当开贵知道金枝是去找他时，一脸的暴怒："你们傻呀！让一个女人去找自己的男人，丢人现眼不说，落进男人窝里就麻烦了。"开贵对金枝能否活下来,一点也不担忧。担忧的是金枝一旦发生什么,将是他开贵作为男人的耻辱。出门的经验告诉他,一个女人在外,比一个男人生存下来的方式要难得多,但是凭金枝那张好看的脸、那张会说话的嘴、那个不缺点子的脑袋,她会活得比在杨树村更好些。当初他叫金枝和他一起逃荒,是有他的道理的。当时金枝脑子不开窍,现在她居然无师自通了。

发火归发火。怒气未消,开贵就抱着孩子亲了又亲,和孩子逗乐。孩子已经有了眼神,会笑了,会和人发生互动了。这时候的孩子最让人喜爱。

"你还是找找嫂子吧,一个女人在外……"开杏根本就不放心。

开贵说:"别操心,她只要出门,肯定不会饿肚子。"

现在,每隔一段时间,开贵都要给乌铁送来草药。那些草药,都是药铺里没有的,都是乌铁此前所没有见过的。当乌铁从中拾出一两根来,询问他名称、药效时,开贵便显得有些不耐烦:

"我又不是郎中,有必要向你解释得清清楚楚吗?吃就是了,别让帮助你的人心烦啊!"

乌铁连忙认错。

而这段时间,开贵拿来的药,都是石碓舂成的粉末。乌铁看不清药草的本质,更不便再问。

"这样方便吃,用酒或者开水,一口就吞下了。"开贵举了举手说,"为舂细它,我掌心里都起水泡了,红,还肿呢。"

开贵又将草药送来。这次他让乌铁外洗:"煮成浓汤,每天晚上洗一次，特别是房事前。"

"妹夫，一个月后保证你痊愈。"开贵笑。

乌铁不好意思了，让舅子都关心到他私密的具体部位和私生活，他真是不安。他连忙说："最近好多了，估计今年可以怀上。"

开贵不再说话，坐在火塘边，等着开杏给他舀粥。虽然一把米加一大锅水，水里又放这样那样的树根、树叶或者树皮，米在水里能数清颗粒的数量，可毕竟可以下咽。喝下去，胃就会好过得多。开贵并不计较，接过来，嘴不离开，一口喝光。

用舌头卷了卷牙缝里的残渣，开贵抹抹嘴说："村子里好多都出去逃荒了……"

乌铁说："其实，你可以像以前一样，在这里挑水卖。挣多少算多少，先让自己活下去。"

"哥哥，气饱力壮的，你还去……脸上鸡虱子都在爬了。"开杏说，"你回杨树村看看，搞不好嫂嫂已经回家了。把她接来，我们吃啥，你们就吃啥。我们活，你们活，我们死，你们死……"

"我回去过啦！家里冷火清烟，哪有人住的样子！"

"现在要人了？你怎么不管她？你让她伤心了？"开杏问。

开贵说："我怎么不管？每次有人给菜团子，我不吃，全都送回去给她……"

"那咋不在了？咋办啊？"开杏问。

开贵说："我找她啊，我一边逃荒，一边在找她的下落。我发誓，找到天边也要把她找回来。好不容易讨到个老婆，好不容易生娃……"开贵伸手捂了一下口："那些都是过去的事情。没有老婆，我真的无法活。"

开贵朝马厩里看了看，那里空空如也。

他说："马呢？"

"跑了。"乌铁突然脸热。

"跑了？怎么跑的？"开贵有些疑惑，也有些失望。这年头，是怎么啦！他暗地想，如果马在，哪天真饿得要死，还可以杀马熬汤呢！可现在马不在了。开贵站起来。他看了看乌铁这屋子，又高又大，妹妹住在这里，不用种地，做些小本生意，饿不死，还真是好。

原来只是说说，可开贵还真的去讨口了。他爬过高山，走过深谷，趟过小河，乌蒙山的村村寨寨他都走了个遍。这段时间以来，他被狗咬过，被狼逼过，从崖上跌下过，在水里逃生过。可收效甚微，除了偷到一把砍刀，得到的更多是难以启齿的羞辱。一次他敲开了一个老太婆的门，那老太婆给了他一碗水，却对他说："年轻人，我这把年纪了，都还在做活，你就这样了，懒不是办法，一勤天下无难事呀！"他差点没将喝进口里的水吐出。另一次，是一个和他差不多的男人，那男人一脸凶相："兄弟，我也才讨回来呢！你是坟头上掘墓？"开贵吓得赶快离开。他一边跑，一边小声说："我找我的婆娘啊！没准哪天你们也会失去老婆的……"

受到的屈辱多了，开贵便无所谓。只要能找到吃的喝的，只要天黑能有个草堆可钻，醒来能爬起来，就够了。在性命受到威胁时，脸皮根本就算不了什么，良心也是。但当他连脸都不要、四处奔波时，命运并没有什么改变。

眼前的孩子，脸上的菜色褪去，阳光一照，泛起红晕。开贵抱着孩子在屋里转来转去。他一会儿看看窗，一会儿抚抚门，木质的材料比竹篱笆强多了。他笑，孩子就看着他笑。他装作生气的样子，瘪着嘴，孩子就哭起来。孩子的喜怒哀乐，孩子的命运，都和自己密不可分。他的责任感强烈了起来。突然，他看到墙角堆了一大堆草药。凑近一琢磨，都是他一直以来送给乌铁的那些。

乌铁并没有吃。开贵心里一惊。

让开贵更为吃惊的是，开杏突然蹲下，剧烈呕吐。动作的夸张，仿佛要将整个心肝脾肺全都吐出来。

开贵问："是吃错东西了吗？"

这等于白问，眼下的日子，吃的也就锅里的那一点点，哪还有错的东西来吃。

开杏抹抹泪花，刚站起来，却又想吐，赶紧蹲了下去，又是一阵干呕。翻江倒海，满嘴苦腥，却一样也吐不出。妹妹这样子，让开贵若有所思。

"你是怀……"开贵捂口，连忙噤声。他将开杏叫到里屋，小声问她："妹妹，是不是杂种又欺负你了？"不等开杏说话，他又说："乌铁这杂种太坏了，他不会给你好日子的。你是我的妹，是我的痛，我们俩一起长大，我愿意看到你生活过得顺畅的样子。"

开杏突然奇怪，向来不会往深处想的哥哥，向来也不太喜欢表达的哥哥，怎么会发出这样的感慨。她说："哥哥，我现在就生活得很顺畅呀，我不奢求荣华富贵，不奢求盆满钵溢，只求观音显灵，我和他有个娃儿，家庭就美满了……"

开贵知道妹妹和自己想不到一起了,永远。他勉强笑笑,将孩子往开杏怀里一塞:

"观音不是早显灵了吗?我有事,我得走了。"

马老表回来了,马老表居然回来了。它空着背,嚯嚯嗒嗒地跨进门槛时,开杏愣住了。她无力地抓住马缰,不知道如何是好。乌铁将它拉进厩里,给它倒了一碗豆面。人都很久没有吃上的东西,让马老表精神振奋。它大口吃着,却全身哆嗦。马老表这些天到底经历了些什么,谁也不清楚。乌铁一遍又一遍地抚摸它的脸、它的耳朵、它不断移动的四条腿。

开贵又来了。开贵偷偷看了看开杏的肚子,居然看不出隆起的样子,他摇了摇头。他朝开杏伸过拳头:"长这么大,哥哥还从没有给过你像样的东西,这个,你戴着。"

开贵紧攥的拳头松开,是个香囊。开杏接过嗅了嗅,那香味好怪,让人迷醉,但她突然想呕。

开杏捏了捏脖子,让肠胃平静下来,擦擦泪花,她将香囊还给开贵:"你还是给嫂子吧,你对她好,家才旺。"

开贵不由分说,给开杏挂在脖子上:"送你的,自家兄妹啊,就不要找话说……我们的家事,不要让乌铁知道啊!"

谷草的香味直冲鼻子。开贵转到后院,高高大大的马老表,站在厩里,不慌不忙地嚼着谷草。墙脚,还有些咒貔貅用的柏枝、火纸什么的。看来,乌铁背着他,干了不少事,而且还瞒得死死的。

开杏小声说:"乌铁这么久也没少为你操心,说你身上貔貅气重,要给你咒貔貅……"

"咒貔貅？在我身上咒貔貅？还晓不得谁身上有貔貅？谁才是貔貅呢！"开贵咬了咬牙，像在下什么决心，说："开杏，给我一点吃的，我太饿了，像貔貅在抠心……"

开贵埋头喝粥。比清水浓稠不了多少的粥，在喉管里流淌太快，以至于响声很大。也因为烫，开贵面目狡猾狰狞，让人害怕。

金河边人的嗅觉是十分灵敏的。开贵的样子，让乌铁警觉。直觉告诉他，开贵身上又附了什么貔貅了，或者潜伏在他身上已久的貔貅，又在动手动脚了。

七

"咚！""咚！""咚！"木门被人敲响。声音低沉，却如骤雨落地。开杏十分紧张，手抖，背凉，她看着乌铁，不敢开门：

"是不是貔貅哟？"

乌铁说："开吧，不管他是人是貔貅，是祸躲不过，该面对的还得面对。"

乌铁的冷静给开杏壮了胆。开杏放下孩子，拉开门闩。很意外，不是貔貅，是人，是孙世医。孙世医亲自上门，是很久没有的事了。

孙世医轻轻将门合上，插稳木闩。他往木凳上一坐，取下瓜皮帽，擦了擦汗。再取下眼镜，哈口气，擦了擦灰尘：

"今天晌午过后，县府来人接我，说是要给安团长开两服中药。安团长的腰上有枪伤，天一阴，老疼，明天又要出征。安团长位高权大，不去不行的。我刚给他把脉，士兵押着一个乡下人进来。原来是个逃荒躲难的，见到士兵就跑。士兵判断，肯定有问题，便猛追不舍。他跑不动了，就让士兵捉了回来。可这家伙神秘兮兮，不断哀求说别让他去扛枪，他是残疾人。他想立功赎罪，有重要情况举报。见我在，他说话吞吞吐吐。我只好借故回避。这个人我有些面熟。意外的是，我在屏风后面，听到那人告密的对象，是你！"

"我？"乌铁一头雾水。

孙世医说："安团长并不相信他。安团长说他怕是疯掉了，这个乌铁，是上过台儿庄前线的人，是打过日本人的汉子，人家把腿丢掉，把命都差点搭上了，他告乌铁什么呀？安团长要撵他走，不想他在跨门槛的时候，说出了一句吓人的话……"

乌铁有些惊讶："他说什么了？"

"那人说你私通共产党。说年前你用马，送一个共产党员过了金河，说得有鼻子有眼。马是什么颜色，你当时的脸色、动作，天气怎么样，都讲得清清楚楚。他那口若悬河的样子，像是在茶铺里说评书。"

乌铁给吓了一跳。

孙世医说："那人看到安团长不吭气，指天画地，赌咒发誓，说如果说谎，他就是牛日马下的。说如果说错，就砍他的手，不，把脚砍掉，像乌铁那样难看。"

开杏哭了："这个人，怎么这样歹毒！"

孙世医说："安团长这人不愧是当官的。他很理智，问那人是想干啥。那人说他饿昏了，就想天天有饭吃。安团长让人给他端来一盆猪油焖饭，要他吃完了慢慢说。我趁机说要回家配药，赶紧从侧门跑出来……"

这个姓安的，当时是和乌铁一起上前线的。只不过乌铁丢了脚回来，而姓安的是戴着官帽回来的。人哪，就是这样的不一样，从相同的地方出发，结局常常千差万别。乌铁回想起另外一个人——金枝的哥哥胡笙，那是个乡村教书先生。多识了几个字，读了些当局的禁书，思想和其他人不一样，老激动，老想说话，老想做出些不同寻常的事来。但他命运坎坷。他的未婚妻子开杏，被自己抢来，生米煮成了熟饭。后来，乌铁和他一起去了台儿庄，乌铁丢了双脚，他却无影无踪。原以为命给丢了，不料却突然回来，还暗地里加入了共产党。那可是不得了的事，当局到处追捕。胡笙走投无路，眼看就要羊落虎口。看在是自己作孽，又是生死战友的份上，乌铁将他悄悄送走。本以为天衣无缝，不想现在居然有人告密……当年那事儿并没有几个人知道。现在有人翻陈年老账，乌铁觉得脊背发凉，老感觉到暗地里有无数人在盯着自己，有刀手在伺机动手。这种事要是真弄出来，不仅自己掉脑袋，恐怕还要株连很多人。

"哈，还说得有鼻子有眼的！"死过一回的人，显得很镇定。乌铁摆摆手："不要相信他，无中生有的事，我会和安团长说清楚的。"

开杏生火煨水："他是想干啥呀？"

孙世医说："估计是看上你家的房子了。"

"房子？这有什么好看的?"乌铁举头看了一眼自家的房，满眼疑惑。

"那人对你的情况了如指掌。他说，要安团长把你处理后，把房子给他，把马给他，还有一把镀金的夷刀……"孙世医接过开杏端来的水，刚要喝，突然嗅到了什么，抽了抽鼻子。

郎中的嗅觉是敏感的。孙世医知道是开杏身上散发出来的香味，他伸出手来：

"把香囊给我。"

"什么……什么香囊?"开杏有些犹豫。

"你身上的有香味的东西。"孙世医非常肯定。

开杏摸摸索索地从衣领深处拽出香囊，递给孙世医。孙世医拿在手里看了看：

"妹子，这个，你不能戴。"

"为啥?"开杏不解。

孙世医说："这里面有很大成分的麝香。"

开杏睁大眼睛："麝香！麝香不是很名贵的东西吗?"

开杏刚戴上香囊时，乌铁就嗅到了。这味很复杂，乌铁吃不准是啥东西。他问开杏时，开杏却支支吾吾，东拉西扯，并不作答，他也就不好再追究。麝香食之不畏毒蛇，但麝香可致草枯木死。带有麝香的人，穿过果园，果子落地；把麝香戴在身上，女性不能怀孕，怀上也会流产的。

孙世医说："妹子，不能戴的，这东西绝嗣。"

开杏急了。她干呕了两下："这……"

"这香囊是我药房里的。"孙世医翻看着香囊，肯定地说，

"不久前,一个乡下人,来我药铺里,就问这个。这药非同寻常。任何用药,我都得望闻问切,才能配方。那人和我套近乎,先是跟我买。我问他买去干什么,我好给他配方和用量。他支支吾吾,不说。问急了,他干脆说我开药房,他买我卖,又不少我钱。那人怒目丧脸,一看就不是善良之辈,我干脆不理。可这家伙趁我到后院解溲,居然偷走了麝香和香囊。你看,这香囊上,还印有我家药铺的名号。不过还好,他不懂用药,在里面又加了一些乱七八糟的东西,试图混淆,让人看不清认不明。这样,倒将麝香的药效降低了。"

开杏摁住胸口,松了一口气。

"这个人,就是今天到安团长那里,告你密的人!盘点一下左邻右舍,谁和你们有仇?苦大仇深、誓不两立的那种?"

乌铁说:"世医,你越说,我就越糊涂了!"

孙世医放下空碗,擦了擦嘴说:"举报你的这个人,举手揩汗时,我看到了,右手没有食指。"

"啊!"开杏吓了一跳,"是我……"

乌铁摆摆手,不让开杏往下说。他让孙世医跟他进了里屋,摸摸索索翻开一大堆草药。孙世医一手端着油灯,一手抓起那些草药。他看了看,嗅了嗅,又用手捻了捻,找出了其中一些说:

"这是七叶一枝花,这是苦参,这是猪胆,这是蚯蚓,这是满天星,这是五倍子……"

孙世医说的这些药,长久以来治愈了不少人的疾病,都是民间的宝贝。但配方一旦调整,便是杀精的猛药。在金河两岸，要是不想让牲口繁殖，就择其一二，用来煮汤灌下，或者擦在它的生殖部位上，就可达到目的。现在多种药一起下，而且配量不小，其厉害程度，不言而喻。

若是英雄，即使落在仇人手上，死也瞑目；若是老虎，即使中了猎人圈套，死也瞑目；若是羊子，即使被狼吃，死也瞑目。命中注定，无可逃避，那就坦然接受。这些都是金河两岸人的生存原则。可孙世医说的这人，不是仇人，不是猎人，也不是恶狼，但他的内心，比这些以杀生为乐的人和噬人为生的动物，有过之而无不及。

乌铁毫毛倒立，冷汗直冒。他连连往门外吐了几口唾沫："是撞貔貅了，撞上恶鬼了……"

此非久留之地。孙世医要乌铁快走，越早越好，越远越好，越隐蔽越好。他从怀窝里掏出一个鼓鼓的布袋，递给他："我没有啥给你，这袋干炒面，是真正的肠子药，肚子填饱了，肠子才不会生病。肠子不生病，才啥都能面对。"

"你们家的木柜早空了……"乌铁推辞。

孙世医生气了，低声怒喝道："收下！这又不是毒药！也非麝香！你听我的话，这是上好的药！"

乌铁只好接过。带有体温、散发香味的布袋，重若千斤，灼得他心口疼痛，泪往上涌。孙世医将门轻轻隙开，压了压瓜皮帽顶，推了推眼镜，往外探了探头，确信外面没人，才蹑手蹑脚出门。跨出门槛，孙世医又回过头来："我再去给安团长把把脉，先前给他药，还没有配完，明天一早，他就要打仗去了。一个时辰之内，你必须得走啊！我只能给你拖这点时间……"

"这香囊再戴要出大事,我拿走了!"孙世医对开杏说完,像只猫,缩了缩身,往门外一跃。他脚动得飞快,悄无声息地隐没在黑暗之中。

孙世医走了。开杏抱起孩子就要出门。

乌铁说:"你要去哪里?"

开杏说:"这个孽种,他从哪里来,我就扔到哪里去!"

乌铁阻拦他:"这是个懵虫虫啊,他不懂事,你也不懂事!把他养着,几年以后,他就会照管自己了。扔在街头,狼啃狗扯,或者饿死了,阎王爷都不饶我们。给别人领去,又恐会教坏。"

开杏有着无边的委屈。她将睡着的孩子放到里屋的床上,回头说:"当时就是你让留下来的,多了若干的烦恼……"

乌铁开始喂马。他把孙世医送的炒面,加水搅拌均匀,全装进马老表的草料袋。马老表摇着尾巴、大口吞咽的时候,乌铁一边收拾东西,一边琢磨从哪里出城,从哪个渡口泅过金河,从哪条路可抵达老家。开杏却哭得不像个人。乌铁的话,开杏算是听进去了,从未有过的悲伤和复杂心情,像两把锥子,在她的心里戳来戳去。

"我现在不得不走。到了那边,找到安身之地,我再来接你。"乌铁抽出夷刀,试试锋芒,递给开杏,"如果没有吃的,你拿去换。上次我请孙世医询过价,眼下还可以换两升荞麦。如果有人犯你,用这个自卫,也是不错的。"

开杏咬咬牙说:"哪个敢来!我就来一个杀一个,来两个杀一双!"

开杏的成熟和勇敢,已经很像自己的婆娘了,这让乌铁满意。乌铁点点头。乌铁又说:"如果真到了那一步,还是不要硬拼,能走就走。对面韩大爷家的后院,有个暗洞,可以直通城外……"

呕了两口,开杏突然说:"乌铁,我……我好像有了。"

"有了?有什么了?"乌铁不明就里,他满眼疑惑。

"我们有孩子了。"开杏一脸羞涩,"孙世医都看出来了,你傻呀!"

"我们有孩子了!"一股暖流涌上心头,乌铁满眶含泪,将开杏小心搂住。这个外柔内刚的开杏,这个此前一直把他当作外人的开杏,终于在与他从未消停的磨合中,误会渐消。开杏终于与他乌铁,有了骨与肉的粘连,有了心与心的相依,有了将日子继续过下去的理由。

乌铁突然说:"你管好自己的身体,不能饿,不能冷,更不能生气了。你好好等着我,过几天我就回来。"

开杏十分意外:"你回来?你不是要接我们走的吗?"

"我相信开贵哥是真病了,是恶鬼缠身了。这貎貐估计是藏得最紧的,要想办法将貎貐驱走。我们是一家人,不能看着不管呀!我过金河去,请位法术最大的祭司来,给他消灾,给他咒咒貎貐。咒得越紧越好,咒得越凶越好。再不,就配上油锅,盛满满的一锅油,烧得涨辣辣的,炸他个骨肉分离,魂飞魄散……"乌铁说。

金河两岸的诅咒有很多种,很厉害。据说有的咒,可以让对方遭枪子、落崖、溺水、大病不起,或者孤寡一生。开杏全身哆嗦,她不知道,是哪一个结没有打开,致使事情发展到这样一步。她也不知道,乌铁精心准备的这一咒,会厉害到哪一步。

乌铁说:"花开在枝上,毒却藏在根里……山鬼喜欢牛羊,饿死鬼需要米饭。找准病因,就好办了。那时候,貔貅不再附体了,大家都有好日子过了。"

乌铁补充说:"我先给他弄一袋粮食,如果他来,你给他,先让他别饿狠了。丧失理智的貔貅,是最恶的鬼……"

这根本就不是恶咒的方式。开杏不知是喜还是忧:"你不用恶咒了?"

"恶咒只会害人害己,善良才是最大的法力。我这次去请的祭司,又不是对付日本人,也不是对付阿多纳。我们不念恶咒,不整亲人,祈福才是根本。这样,我们的娃儿才会更好……"

"可是,安团长会轻易放饶你吗?"开杏更担忧的还是这个。

"我们先躲过今天。安团长很快就外出打仗了,他一时顾不了我这个小人物的。只要缠哥哥的貔貅离开了,他会和安团长解释清楚——这是一个误会,他之前是貔貅摸着脑壳了,胡乱说话也情有可原。"

开杏说:"知道了,安团长以前也和你一起在过前线。"

乌铁轻轻抚摸着开杏的肚皮,似乎想感觉里面的踹动,却又突然有些不安。他回头往门外吐了几口唾沫,大声念道:"恶鬼貔貅啊!别站着不走,免得胯子抖;别回头张望,不然脖子僵;别见利忘义,免得遭天收……"

里屋的孩子突然"哇"地大哭。开杏连忙将他抱出门来。天空的一缕阳光,破开了云层,将挑水巷照得一片金色。

图书在版编目（CIP）数据

穿水靴的马 / 吕翼著. —南宁：广西民族出版社，2022.1（2023.5重印）

（中国多民族作家作品系列）

ISBN 978-7-5363-7520-8

Ⅰ.①穿… Ⅱ.①吕… Ⅲ.①中篇小说-小说集-中国-当代 Ⅳ.①I247.5

中国版本图书馆CIP数据核字（2021）第229077号

中国多民族作家作品系列

穿水靴的马

CHUAN SHUIXUE DE MA

吕翼 著

出版策划：石朝雄
组稿策划：梁秋芬 陶安宁
责任编辑：李巧灵
装帧设计：张文昕
责任校对：曾杨月 吴艳
责任印制：梁海彪 张东杰
出版发行：广西民族出版社
　　　　　地址：广西南宁市青秀区桂春路3号　邮编：530028
　　　　　电话：0771-5523216　　传真：0771-5523225
　　　　　电子邮箱：bws@gxmzbook.com
印　　刷：三河市嵩川印刷有限公司
规　　格：787毫米×1092毫米　1/32
印　　张：9.5
字　　数：198千字
版　　次：2022年1月第1版
印　　次：2023年5月第2次印刷
书　　号：ISBN 978-7-5363-7520-8
定　　价：58.00元

※ 版权所有・侵权必究 ※